노벨문학상 필독서 31

일러두기

· 이 책의 인명과 지명은 외국어 표기법을 따랐고, 통상적으로 쓰이는 표기가 있을 경우는 그에 따랐다.
· 이 책에 나오는 저자명과 도서명은 국내 출간작에 의거했다.
· 인명과 도서명에 병기한 언어는 작가가 작품 활동에 사용한 언어를 기준으로 하되, 아랍어만 예외로
  두었다.

노벨문학상 필독서 31

조지 버나드 쇼부터 한강까지
노벨문학상 수상 작가 31명의 작품을 한 권에

조연호 지음

센시오

문학이 삶에 주는 풍성함

"선배, 카뮈 읽네요?"

"응, 얼마 전부터 카뮈 전집이 번역돼 나오더라고. 그래서 나
  오는 대로 읽고 있어."

"와, 멋져요!"

"그래? 그럼, 너도 같이 읽어!"

"전 카뮈는 어려워서……."

"어려울 게 뭐 있어? 그냥 읽으면 되지."

'문학'이라는 것에 대해 사람들에게는 편견이 있는 듯하다.
고전 작품은 읽기 어렵다는 것. 전문가나 읽을 수 있는 어려운
철학서나 과학서라면 이해할 수도 있다. 그런데 고전 작품은 대
개 '소설'이다. 그리고 소설은 대부분 보통 사람들의 '이야기'이
다. 그런데도 어려움을 느끼는 까닭은 무엇일까? 아마도 유명한

작가의 작품은 뭔가 심오한 뜻을 담고 있어서, 내가 이해하지 못할 것 같다고 지레 겁먹어서 그러는 것이 아닐까?

물론 그럴 수도 있다. 보통 사람들의 이야기라고 하더라도 문학의 세계는 넓고도 깊으며, 각자의 취향과 이해도에 따라서 흥미 있게 읽을 수 있는 것과 지루하게 느껴지는 것으로 나뉘기도 한다. 하지만 경험해보지 않고서, '어려울 것 같아서' 등의 이유로 애초에 포기하는 것은 너무나 안타까운 일이다. 넓고도 깊은 문학의 세계에서 어떤 길을 발견하게 될지는 아무도 모를 테니까.

로버트 프로스트Robert Frost는 그의 시 〈가지 않은 길The Road not Taken〉을 통해 남들이 가지 않은 길에서 새로움을 발견하는 기쁨을 노래한다. 나는 이 책을 통해 문학에서 '새로운 발견의 기쁨'을 느낄 수 있도록 안내해보려고 한다. 여러 편견으로 고전 문학 작품에 두려움을 느끼는 사람들에게, 오래된 이야기가 주는 즐거움과 새로운 발견을 통해 느낄 수 있는 기쁨이 안겨주는 삶의 풍성함을 함께 나눠보고자 한다. 그 시작으로 노벨문학상을 수상한 작가들의 대표 작품 31편을 골라보았다. 글을 쓰는 사람의 관점과 취향이 반영되어 선정된 작가와 작품이긴 하지만, 노벨문학상 수상 작가와 작품이라는 점에서 누구라도 인정할 만한 명작들이니만큼 작가와 작품이 주는 메시지는 명확할 것이라 생각한다.

이번 개정판에서는 31번째 책으로 한강 작가의 작품을 추가

하였다. 2024년, 한국의 한강이 노벨문학상을 수상한 후, 예전에 읽었던 작가의 작품을 다시 꺼내 들었다. 한강의 작품을 처음 접했을 때의 생경함은 누그러졌고 책장이 더 빨리 넘어갔다. 그렇게 작가의 이야기에 새롭게 몰입하며, 압축적이면서도 풍성한 글 속에서 작가가 던지는 메시지를 좀 더 선명하게 가늠할 수 있었다. 이번 개정판을 내면서, '노벨문학상 수상자'로서 한강과 그의 작품을 소개할 수 있어 기쁘고 반가운 심정이다.

왜 노벨문학상일까?

거대한 대양이라도 가득 메울 만한 수많은 문학 작품 중에 노벨문학상 수상 작가들의 대표작을 선택한 이유는, 노벨문학상은 누구나 인정할 법한 명확한 기준을 가졌기 때문이다. 노벨문학상은 유명한 과학자 알프레드 버나드 노벨 Alfred Bernhard Nobel의 이름을 딴 것이다. 노벨은 다이너마이트를 개발한 것으로 유명한데, 당시 노벨은 이 다이너마이트가 인류의 발전과 진보를 위해 사용될 줄만 알았지 전쟁에서 사람들을 죽이는 살상 무기가 될 줄은 전혀 예상하지 못했다. 이렇게 '생각과는 다른 결과'에 노벨은 놀랐고, 그래서 스스로 참회하는 심정으로 살아생전에는 세계의 평화를 위해 힘껏 노력했다.

노벨의 노력은 여기에서 그치지 않고 다이너마이트 개발로 얻은 막대한 재산을 인류 발전에 공헌한 사람을 위해 써달라는 유언을 남기기에 이르렀다. 그 결과로 매년 물리학, 화학, 생리·의학, 문학, 평화 등 다섯 분야에서 공을 세운 사람에게 상을 수여하는 노벨상이 탄생하게 되었다(노벨경제학상은 나중에 스웨덴 국립은행에서 별도로 제정한 상이다).

그렇다면 노벨문학상은 어떤 작가가 받는 걸까? 일단 노벨상 자체는 살아 있는 사람만 수상이 가능하고, 공동 수상이나 팀 수상이 가능한 다른 분야와는 달리 노벨문학상은 '단독'으로만 받을 수 있다. 1901년부터 2022년까지 노벨문학상 수상자가 119명이 탄생했지만 한 번도 공동 수상이 나오지 않았다(1914년은 제1차 세계대전으로 시상식이 열리지 않았다).

작품성이 가장 중요한 선정 기준이지만, 시대 상황이나 출신 등 작품 외적 요소가 수상에 영향을 미치기도 한다. 대표적인 예로 러시아의 문호 레오 톨스토이Leo Tolstoy 같은 경우는 당연히 수상자가 될 수 있는 작가였지만, 당시 러시아가 수상국에서 제외된 상태라 수상하지 못했다. 제2차 세계대전 이후로는 체제 비판적 성향의 작가들이 많이 수상했는데, 이런 점을 보면 심사위원의 주관이 많이 반영된다고도 할 수 있다. 하지만 문학과 예술이라는 영역 자체가 사람의 주관적인 감정에 좌우되는 요소가 많다 보니 '현시대에 울림을 많이 준 작가'라는 넓은 측면에서 생각한다면 수긍하지 못할 부분은 아닌 듯하다.

그리고 무엇보다 노벨문학상은 '작품'이 아닌 '작가'에게 수여하는 상이다. 이 의미는 한두 작품을 잘 써서 베스트셀러 작가가 되었다고 해서 받을 수 있는 상이 아니라는 뜻이다. 작품을 통해 자신의 세계관을 보편화시키면서 그 영향력을 꾸준히 확대한 작가의 공로를 치하하는 의미로도 이해할 수 있다. 이런 연유로 수상을 거부한 작가들도 있었다. 대표적인 작가가 장 폴 사르트르Jean-Paul Sartre인데, 그는 노벨문학상의 이데올로기적 성격에 얽매이기 싫다는 이유로 수상을 거부했다.

분명히 노벨문학상을 둘러싼 평가나 공정성에 대해 다소 논란은 있다. 하지만 아무리 노벨문학상을 폄하하더라도 하룻밤 사이에 신데렐라가 된 작가에게 수여하는 상이 아닌 것은 분명하다. 적어도 오랫동안 자신만의 작품 세계를 구축해 작가가 독자와 평단 모두에게 검증받았다는 의미는 충분히 부여받았다고 할 수 있다. 이러한 이유로 문학의 세계로 안내하는 길에 감히 노벨문학상 수상 작가의 작품을 선택한 것이다. 한마디로 믿고 읽을 수 있다는 뜻이다.

다양하고 풍성한 인류의 삶 속으로

문학은 크게 시간, 공간, 인간을 다룬다. 동양식으로 말하자면 '대동(大同)'을 다룬다고 할 수 있다. 그런데 우리는 각자 다른 시공간에서 살아가고, 그 안에서 저마다의 이야기가 다르게 펼쳐진다. 그러니 이 세상은 얼마나 다양한 사람의 이야기로 넘쳐날까? 마치 맑은 하늘에서 쏟아지는 햇볕만큼이나 빽빽하지 않을까? 아울러 한 사람의 삶도 유아기, 유년기, 청소년기, 청년기, 중년기, 말년을 거치면서 달라진다. 이러한 사람들의 삶을 '이야기' 형태로 전하는 작가의 방법 또한 얼마나 다양하고 많을까? 그에 대한 독자의 감상과 반응 역시 천차만별일 것이다. 그러니 이러한 이야기를 읽고 감상하거나 반응할 기회를 얻지 못한다는 것은 실로 아쉬운 일이 아닐까?

　우리는 고작해야 100년을 살 수 있을 뿐이다. 그런데 장구한 역사의 자취와 비교할 때 사람의 인생은 짧으며, 그 기간에 경험할 수 있는 것은 더더욱 한정돼 있다. 우리가 책을 읽는 이유 중 하나는 당연히 이러한 인간의 제한적인 시공간(경험)을 극복하기 위함이다. 문학 작품 역시 마찬가지다. 시대, 출신, 연령이 제각기 다른 작가들의 작품을 통해 우리는 500년 전 삶도 경험해볼 수 있고, 동시대의 다른 누군가의 삶도 경험해볼 수 있다. 미국의 노벨문학상 수상 작가 어니스트 헤밍웨이Ernest Hemingway는 작가의 자질 중 '경험'이라는 부분을 중요하게 생각했고, 2022년 수상자 아니 에르노Annie Ernaux는 아예 자전적 소설을 쓰는 걸로 유명하다. 결국 이러한 작가들의 경험이 바탕이 된 깊이 있는 사유가 스며든 작품은 독자들의 현재 삶은 물론, 남아 있는 삶도 풍성하게 꾸려갈 수 있도록 하는 힘이 되지 않을까?

　물론 이런 효용성을 느끼지 못해도 괜찮다. 제목을 들어보기는 했어도 읽어보지 않은 책을 잠깐이나마 소개해서 여러분의 인생을 조금이나마 풍성하게 해줄 수 있다면, 이 책은 충분히 그 역할을 잘 수행한 것이다. 그래서 이 책의 목적은 우선 읽고는 싶었지만, 여러 가지 이유로 그러지 못했던 작품을 짧게나마 경험할 수 있는 시간을 마련해주는 것이다. 다음으로 노벨문학상 작가의 작품으로 문학의 세계를 맛보고 이를 계기로 더 넓은 문학의 세계로 나아갈 수 있도록 문을 열어주는 것이다. 그러니 어려울 것이라는 편견도, 재미없을 것이라는 색안경도 내려놓고 그저 시간을 내서 이 책과 함께 노벨문학상 수상 작품의 세계로 떠나보는 것은 어떨까?

이 책은 한 꼭지당 10분이면 충분히 읽을 수 있도록 구성했다. 바쁜 시간 휴식이 필요할 때 차 한 잔 음미하면서 순서와 상관 없이 한 꼭지씩만 읽을 수도 있다. 그리고 작품 설명뿐만 아니라 노벨문학상을 수상하게 된 배경과 심사평 등을 통해 작가와 작품이 주는 의의까지 함께 이해할 수 있도록 정리했다.

아무쪼록 이 작은 책 한 권이 하나의 계기가 되어 여러분이 더 많은 문학 작품을 읽고, 더 많은 경험을 하면서 열린 세계관을 세우고 확장해나가기를 소원한다.

2024년 조연호

contents

prologue 문학이 삶에 주는 풍성함 5

1901~1950년대

001 노벨문학상 최초의 여성 수상 작가 셀마 라겔뢰프 17
《닐스의 이상한 모험》

002 행복은 가까이에 있음을 가르쳐준 모리스 마테를링크 25
《파랑새》

003 독설에 담긴 이상주의 조지 버나드 쇼 33
《무기와 인간》

004 중국인보다 중국을 사랑한 작가 펄 벅 41
《대지》

005 이상을 위해 투쟁했던 작가 헤르만 헤세 49
《데미안》

006 꺾이지 않는 인간 정신을 그린 어니스트 헤밍웨이 57
《노인과 바다》

007 언제나 '이방인'이었던 알베르 카뮈 65
《이방인》

1960~2000년대

008 동아시아 최초의 노벨문학상 수상자 가와바타 야스나리 75
《설국》

009 끝까지 공산주의를 비판했던 알렉산드르 솔제니친   83
《이반 데니소비치의 하루》

010 자신만의 전차를 몰아야 했던 패트릭 화이트   91
《전차를 모는 기수들》

011 공감할 수 있는 우화로 현실을 비판한   99
가브리엘 가르시아 마르케스
《백년의 고독》

012 아프리카를 대표하는 작가 월레 소잉카   107
《해설자들》

013 아랍 문화권의 첫 수상자 나지브 마흐푸즈   117
《우리 동네 아이들》

014 인간 존재의 본질을 묻는 작가 오에 겐자부로   125
《개인적인 체험》

015 책임 없는 정치적 현실에 일침을 가한 주제 사라마구   133
《눈뜬 자들의 도시》

2000년대 이후

016 중국어권 최초의 수상 작가 가오싱젠   143
《버스 정류장》

017 간결함 속에 담긴 날카로운 메시지 J.M. 쿳시   151
《추락》

018 논쟁을 두려워하지 않는 작가 엘프리데 옐리네크   159
《피아노 치는 여자》

019 동과 서를 연결하는 작가 오르한 파묵   167
《내 이름은 빨강》

020 현대 여성의 삶을 깊숙이 응시한 작가 도리스 레싱   175
《19호실로 가다》

021 문명 너머의 인간을 탐구하는 J.M.G. 르 클레지오　　183
《조서》

022 소외된 사람들을 위해 펜을 든 헤르타 뮐러　　191
《숨그네》

023 권력자가 되고 싶었던 작가 마리오 바르가스 요사　　201
《판탈레온과 특별봉사대》

024 근현대 민중의 삶에 주목한 모옌　　209
《붉은 수수밭》

025 현대 단편소설의 대가 앨리스 먼로　　217
《디어 라이프》

026 잊힌 여성들의 목소리를 기록한 스베틀라나 알렉시예비치　　225
《전쟁은 여자의 얼굴을 하지 않았다》

027 위대한 정서적 힘을 보여주는 가즈오 이시구로　　233
《나를 보내지 마》

028 경계를 무너뜨린 작가 올가 토카르추크　　243
《방랑자들》

029 난민의 정체성을 탐구하는 작가 압둘라자크 구르나　　253
《낙원》

030 '나'를 통해 사회를 고발하는 작가 아니 에르노　　263
《단순한 열정》

031 한국 최초 노벨문학상 수상자 '한강': 시적 언어로 달래는 삶의 고단함　271
《채식주의자》,《소년이 온다》

epilogue 열린 마음으로 더 넓은 세계로　　281

1901~1950년대

Maurice Maeterlinck

Selma Lagerlof

George Bernard Shaw

Pearl S. Buck

Hermann Hesse

Ernest Miller Hemingway

Albert Camus

001

노벨문학상 최초의 여성 수상 작가
셀마 라겔뢰프
《닐스의 이상한 모험》

셀마 라겔뢰프 Selma Ottilia Lovisa Lagelöf

스웨덴 출신의 소설가(1858~1940). 1891년 《예스타 베를링 이야기》로 데뷔하며 스웨덴 문단에서 많은 주목을 받았다. 따뜻한 인간애, 자연에 대한 사랑, 종교적 신비주의에 바탕을 둔 작품을 썼으며, 《쿤가헬라의 여왕》(1899), 《지주 이야기》(1899), 《아르네의 보배》(1904), 《마부》(1912) 등의 작품이 있다. 1909년 여성 작가로는 최초로 노벨문학상을 받았으며, 1914년 여성 최초로 스웨덴 한림원 회원이 되었다.

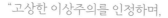

"고상한 이상주의를 인정하며,

그녀의 글쓰기에서 나타나는 생생한 상상력과 영감이 넘치는

인식을 고려하여 이 상을 드립니다." (1909년)

셀마 라겔뢰프는 스웨덴 베름란드주 모르바카의 한 농장에서 태어났다. 군부대 장교였던 아버지와 공장장의 딸이었던 어머니 사이에 여섯 명의 자녀가 있었는데, 셀마 라겔뢰프는 그중 다섯째였다. 형제가 많았던 탓에 어린 시절에는 주로 할머니의 보살핌을 받았다. 조부모들이 손주들에게 옛날이야기를 들려주는 것은 어느 나라나 마찬가지였던 듯, 그녀의 할머니도 많은 이야기를 들려주었다. 이런 할머니의 영향은 훗날《닐스의 이상한 모험Nils Holgerssons underbara resa genom Sverige》과 같은 판타지 동화 작품을 쓸 수 있는 토대가 됐다.

한편으로는 부유한 가정 형편 덕분에 수준 높은 교육을 받을 수 있었다. 당시 상류층에서 어린 자녀들에게 영어와 프랑스어를 가르쳤는데, 이때 라겔뢰프도 가정교사에게 두 언어를 배웠다. 이런 교육 과정이 있었기에 라겔뢰프는 이후 다양한 사상을 접할 수 있었고, 그녀의 문학적 성취를 이룰 수 있었다.

독실한 기독교 집안에서 성장한 라겔뢰프는 평생을 기독교인으로 살았다. 열 살이 되던 1868년에 성경책을 완독했는데, 아버지의 병세가 좋지 않은 상황에서 성경을 꾸준히 읽으면 아버지가 나을 것이라고 믿었기 때문이었다. 이후 아버지는 17년을 더 살았고, 이런 경험 덕분에 라겔뢰프는 어린 시절부터 성경의 언어에 익숙해질 수 있었다.

당시 여성으로서는 드물게 엘리트 교육을 받았던 라겔뢰프는 스웨덴 근교에 있는 여자고등학교에서 교사로 일하면서 글을 쓰기 시작했다. 이후 첫 소설《예스타 베를링 이야기Gösta Berlings saga》가 주목받기 시작하면서 작가로서의 면모를 드러내게 되었고, 1900년 예루살렘 지역을 방문한 경험을 바탕으로 저술한 《예루살렘Jerusalem》이 큰 주목을 받으면서 세계적인 작가로 이름을 알리기 시작했다.

집안의 기독교적인 분위기와는 다르게, 당시 지식인들은 기독교에 대해 회의감을 가지고 있던 시대였다. 마르크스 사상이 부상했고, 니체의 사상이 유행하고 있었다. 아울러 여성의 지위 향상을 위한 여권 신장 운동도 벌어지고 있었다. 라겔뢰프도 자연히 여성 운동에 관심을 가졌다. 라겔뢰프는 당시의 철학과 사상에 큰 관심을 가지고 있었고, 열린 마음으로 이러한 새로운 사상을 받아들였다. 그리고 자신의 종교적 사상 안에서 이를 융합하여 이해하고자 노력했다. 노벨문학상 수상 이유로 제시된 "고상한 이상주의"라는 말은 바로 이러한 여러 사상을 융합시킨 작가의 노력에 대한 찬사라고 할 수 있다.

어린이와 어른
모두를 위한 동화

1902년 스웨덴 전국교사협회에서 이미 소설가로 인정받고 있던 라겔뢰프에게 아이들을 위한 지리 도서 집필을 의뢰했다. 그렇게 해서 씌여진 소설이 30여 개 언어로 번역되고 전 세계 어린이 독자들을 사로잡은《닐스의 이상한 모험》이다.

주인공 닐스 홀게르손은 스웨덴 남부의 한 농장에서 살고 있는, 장난꾸러기로 악명 높은 소년이다. 부모님 말씀도 잘 안 듣고, 친구들을 골탕 먹이거나 농장의 약한 동물을 괴롭히기도 한다. 그러던 어느 날, 닐스는 괴롭히던 요정에게 저주를 받아 엄지손가락만 한 인간으로 변한다. 그가 괴롭혔던 동물들에게 위협을 당하고 쫓기게 되자, 집에서 키우던 거위의 도움을 받아 스웨덴 전 지역을 여행하게 된다. 여행 도중에 기러기 대장의 리더십을 배우고, 힘으로 모든 걸 지배하려고 했던 여우와 대치하기도 하는 등 여러 장애물을 극복하고 최종 목적지에 도달한다. 여행 중 닐스는 '사랑', '평등', '공동체' 등에 대해서 깊이 생각하며 과거에 저질렀던 잘못을 뉘우친다. 그리고 개과천선한 닐스가 다시 정상으로 돌아오면서 그동안 괴롭혔던 동물들에게 사과하고 앞으로 착한 아이가 될 것을 다짐하면서 해피엔딩으로 마무리된다.

이야기의 전체적 느낌은 안데르센 동화와 큰 차이가 없어 보인다. 특히 교훈을 주려고 노력한 흔적이 있고, 권선징악적이면서 해피엔딩으로 끝나는 이야기는 어린이들이 읽고 교훈을 얻기에 충분하다. 나쁜 여우와 멋진 기러기 대장, 그리고 거위를 타고 하늘을 날면서 신기한 모험을 하는 닐스의 이야기만으로도 충분히 재미있는 이야기이지만, 어른의 시각에서는 또 다른 통찰을 얻을 수 있다. 악하거나 선한 등장인물들은 현실 세상에서 얼마든지 볼 수 있는 인간 군상들이고, 닐스는 그들과 부대끼며 살아가는 인물이다. 동시에 작은 인간으로 변하여 다른 작은 동식물들과 크기가 같아진 닐스는 대자연 앞에서는 작디작을 수밖에 없는 인간을 형상화한 것으로 이해할 수도 있다.

그녀가 바랐던 인간형은 이상적인 리더십을 지닌 기러기 대장이었다. 기러기 대장은 열린 마음으로 상대를 존중한다. '인간은 위험하다'는 편견과 선입견으로 닐스를 받아주지 않으려던 다른 기러기들과 달리, 그는 직접 닐스를 겪어보면서 판단했다. 그리고 스스로의 판단으로 닐스를 신뢰하며 동행을 수락했다. 아울러 어려운 상황 속에서도 기러기 무리를 이끌고 나갈 수 있는 위기 극복 능력을 가진 리더였다.

공존과 평화를 꿈꾼
작가에게 주어진 노벨문학상

라겔뢰프는 어떤 세상을 꿈꿨을까?

첫째, 사랑이 넘치는 세상이다. 그녀는 어린 시절 성경을 완독하고 성서의 언어에 익숙해졌다. 성경이 강조하는 것은 궁극적으로 사랑이다. 과거에는 사람에게만 한정된 사랑이었다면, 지금은 세상의 모든 생명체를 대상으로 한다.《닐스의 이상한 모험》에서 닐스에게 내려진 저주의 원인도 나와 다른 존재에 대한 인정과 사랑이 없었기 때문이다. 만약 닐스가 주변의 살아 있는 존재들에 사랑을 베풀었다면 저주를 받지 않았을 것이다.

둘째, 모든 생명이 평등한 대우를 받는 세상이다. 기러기 떼를 이끄는 기러기 대장은 인간 닐스를 공동체의 일원으로 받아들임으로써 모든 생명이 동등함을 보여준다. 그리고 이러한 기러기 대장의 모습을 본 닐스도 다시 인간이 됐을 때, 자신이 괴롭혔던 동물들을 존중하는 모습을 보여준다. 인간 닐스와 동물과의 관계를 통해서 생명이 있는 존재는 모두 똑같이 소중하다는 메시지를 전하고 있다. 이런 점은 시기적으로 볼 때, 굉장히 앞선 사상이다. 21세기가 한참 지난 지금도 이와 같은 생명 존중 사상은 보편화되지 않았으니 말이다.

셋째, 공동체주의 세상이다. 라겔뢰프는 기러기 떼에 잘 적응하는 닐스의 모습으로 공동체주의를 보여주는데, 현대적으로 재해석하면 생태주의가 포함된 공동체주의라고 할 수 있다. 생태주의는 인간과 자연을 구분하는 게 아니라 인간을 자연의 일부로 생각한다. 다시 인간으로 돌아온 닐스는 개과천선한 자신의 모습을 기쁘게 받아들이는 한편, 더는 동물의 이야기를 들을 수 없음을 아쉬워한다. 그럼에도 그는 주변에 있는 동물들을 애정으로 살피기 시작한다. 말이 통하지 않아도 똑같은 생명체임을 이해하게 된 것이다.

《닐스의 이상한 모험》은 다양한 사상이 이상적으로 어우러지고 있다. 그러나 현실은 그 반대였다. 여러 사상이 대립하고 계급 간의 투쟁이 치열했던 시대였다. 이런 시대에 작가는 대립보다는 공존과 통합을 주장하면서 각 사상이 추구하는 이상을 종합적으로 작품에 담으려고 했다. 그리고 작품에 담긴 작가의 이상과 신념이 노벨상 취지에 적합했고 많은 이들의 공감을 얻어낸 것이 분명하다. 때문에 당시 남성 작가에게만 수여했던 노벨문학상을 처음으로 여성 작가에게 수여했던 것은 아닐까.

라겔뢰프의 고상한 이상주의가
지금 우리에게 던지는 메시지

이상주의라는 말은 현실보다 좋은 세상, 혹은 지금보다 더 나은 상황을 추구한다는 의미를 가지고 있다. 다만, 이상(理想)만 있는 현실은 무책임하고 이상이 없는 현실은 암울할 것이다. 라겔뢰프가 살았던 시대는 기독교, 사회주의, 니힐리즘이 서로 엉겨붙어 다투던 시대였고, 세계 인구의 절반 가까운 여성들이 시민으로서의 권리를 찾기 위해 분투하던 시대였다. 이런 혼란스러운 세상에 작가는 배타적인 태도를 접고 각 사상의 좋은 점만 추려서 작품에 담음으로써 좋은 세상을 만드는 데 조금이나마 도움을 주려고 했다.

누구를 위한 종교이고 누구를 위한 사상인가를 따져보면, 결국 우리는 모두 '인간'이라는 두 글자를 떠올리게 된다. 작가가 바란 세상은 사랑이 넘치고 모든 사람이 평등한 세계였다. 그렇다고 무조건적인 이상향만 추구할 정도로 순진하지는 않았다. 《닐스의 이상한 모험》에서 그녀는 힘없는 착한 리더십의 한계를 언급하기도 한다. 까마귀 무리의 대장이 보여주는 착한 리더십이 폭력적인 독재자에게 힘없이 무너지는 모습을 보여준다. 그럼에도 불구하고 이런 현실적인 상황을 공동체주의로 극복할 수 있다고 생각한 듯하다.

라겔뢰프의 작품에서 보여준 공존과 통합의 정신은 전쟁이 벌어지고 있는 현재 세계(러시아 우크라이나 전쟁뿐만 아니라 평화를 위협하는 소모전은 계속되고 있다), 경제 위기와 코로나를 거치며 더욱 심화된 불평등한 사회, 여전히 이념과 이데올로기로 다툼을 포기하지 못한 정치권에 시사하는 바가 크다. 라겔뢰프의 작가 정신은 사랑, 평등, 공동체, 더 나아가 생태주의를 지향하기에 분명 이상적이다. 하지만 전쟁을 극복하고, 경제적 불평등을 해소하며, 정치적 협의와 통합의 길로 가기 위해서는 그러한 이상주의가 필요한 시점이다.

002

행복은 가까이 있음을 가르쳐준
모리스 마테를링크
《파랑새》

모리스 마테를링크 **Maurice Polydore Marie Bernard Maeterlinck**

벨기에의 시인이자 극작가, 수필가(1862~1949). 대학에서 법률을 전공했으나 글쓰기를 계속했다. 1886년 첫 산문 작품인 〈무고한 자들의 학살〉을 발표했고, 1889년에는 첫 희곡 《말렌 왕녀》로 큰 반향을 얻고 명성을 얻었다. 이후 《펠레아스와 멜리장드》(1892), 《몬나 반나》(1902), 《파랑새》(1908) 등 여러 희곡과 산문을 발표했으며, 1911년 노벨상을 수상하며 세계적으로 이름을 알렸다.

"그의 희곡 작품은 풍부한 상상력과 시적 공상으로 뛰어나고, 때로는 동화의 모습으로 깊은 영감을 드러내며, 동시에 신비로운 방식으로 독자 자신의 감정에 호소하고 상상력을 자극한다." (1911년)

모리스 마테를링크는 1862년 벨기에 플랑드르 지방의 헨트에서 태어났다. 작가는 헨트의 자연 속에서 행복한 어린 시절을 보냈는데, 부유한 부르주아 출신이어서 가능했다. 아마도 이런 행복한 시절의 경험이 이후 《파랑새 L'oiseau Bleu》를 저술할 수 있는 토대가 되지 않았을까?

마테를링크는 프랑스어를 모국어로 사용하면서 영어와 독일어를 익혔고, 어려운 셰익스피어를 여덟 살에 접할 정도로 문학에 관심이 많았다. 그리고 생트바르브 기숙학교에서 7년간 생활하게 됐는데, 작가는 이 시기를 매우 고통스러운 시간이었다고 고백하고 있다. 그래서일까? 어려운 시절에 깨달은 '신'에 대한 이미지는 사랑과 자비로운 존재가 아니라 매우 무서운 독재자로 기억 속에 남는다. 이때부터 마테를링크는 기독교에 대한 거부감을 느끼고, 이후 작품에도 주로 침묵과 죽음을 다루면서 '불안의 극작가'로 불리게 된다.

힘들었던 생트바르브를 졸업하고 난 후에는 아버지의 권유로 대학에서 법률을 전공했으나, 글쓰기를 포기하지 않고 계속 이어갔다. 당시 유명 시인들의 작품을 실었던 《젊은 벨기에 La Jeune Belgique》에 시를 기고하기도 했다. 그러다가 본격적으로 작가의 길로 나서게 된 계기가 있었는데, 파리에서 몇 달 머물면서 만난 작가 빌리에 드 릴라당 Villiers de l'Isle-Adam의 영향 때문이라고 한다. 이후 본격적으로 작가로 활동하면서 1886년

3월 파리에서 만난 시인들과 잡지《라 플레이아드*La Pléiade*》를 창간하고 여기에 자신의 첫 산문 작품인 〈무고한 자들의 학살*Le Massacre des Innocents*〉을 발표했다. 이어서 3년 후 파리에 체류하며 쓴 시를 모아《온실*Serres Chaudes*》을 발표하기도 했다.

《파랑새》는 1908년에 발표된 작품으로, 마테를링크의 명성을 드높인 작품이다. 그리고《파랑새》출간 3년 후 노벨문학상을 수상하며 그는 세계적인 작가의 반열에 올랐다. 마테를링크는 상징주의를 바탕으로 한 희곡을 주로 썼으며, 초현실적인 주제를 다루고 있다. 자연히 그의 작품은 초현실주의자들에게 영향을 끼쳤는데, 대표적으로 1969년 노벨문학상 수상 작가인 사무엘 베케트*Samuel Beckett*가 있다.

《파랑새》의 작가가 노벨문학상 수상자라니?

어린 시절 텔레비전에서 애니메이션 〈치르치르와 미치르의 모험 여행〉을 본 적이 있다. 바로 이 희곡《파랑새》를 원작으로 만들어진 작품이다. '치르치르'와 '미치르'는 일본식 발음으로, 주인공의 원래 이름은 '틸틸'과 '미틸'이다. 각색된 애니메이션의 기억 때문인지 많은 사람들이 어린이들을 위한 작품이라고 여기며, 이야기의 주제나 메시지가 이해하기 쉽다고 생각한다.

크리스마스 전날 밤, 틸틸과 미틸 남매는 부잣집의 파티 장면을 창문 너머로 구경한다. 이때 요술 할머니가 나타나서 남매에게 파랑새를 찾아오라고 명령한다. 느닷없는 명령에 남매는 당황하지만, 곧 파랑새를 찾으러 출발한다. 파랑새를 찾는 과정은 모험에 가까운데, 방해하는 무리도 있고 돕는 무리도 있다. 그리고 사물에 불과했던 무생물들이 생명체가 되어 이들과 함께 길을 떠난다.

파랑새를 찾아 떠나는 모험의 여정은 '기억의 나라', '밤의 궁전', '숲', '행복의 궁전', '미래의 나라'를 거친다. 그러나 그들은 파랑새는 찾지 못하고 딱 1년 만에 다시 집으로 돌아온다. 그런데 현실로 돌아온 남매가 겪은 1년이라는 시간은 오직 하룻밤에 불과했다. 파랑새를 찾지 못했다고 생각한 남매는 우연히 찾아온 옆집 할머니의 부탁으로 자신들이 맡아두었던 새장의 새를 꺼내게 되는데, 그 순간 그렇게 찾고 있었던 파랑새가 바로 그 새장 속에 있었음을 알게 된다. 그리고 새장 속에서 나온 파랑새가 멀리 날아가는 장면으로 끝을 맺는다.

책을 읽는 시기에 따라서 작품에 대한 관점이 달라지고, 독서 후 감상도 달라진다. 어린 시절 파랑새를 읽거나 만화로 볼 때는 어른들을 위한 동화라고 생각한 적이 한 번도 없었다. 아이들을 위한 유익한 명작으로 이해했을 뿐이다. 그러나 다시 성인이 돼 작품을 읽으니, 메타포로 가득한 동화였음을 알 수 있었다.

파랑새를 찾아가는 여정 중에 경험하는 여러 나라들은 남매에게 우호적이지 않았는데, 각 나라는 모두 상징적인 의미를 지니고 있다. 전쟁, 허영, 추억, 시간 등의 추상적인 개념들이 어린이의 눈높이에서 누구나 이해할 수 있게 그려진다. 또한 맹목적으로 파랑새를 잡으려고 하는 남매의 모습은 난폭한 사냥꾼으로 변한 듯한 느낌마저 들지만, 그마저도 인간 본성의 일면을 상징적으로 묘사한 측면이 있다. 남매를 돕는 개와 고양이가 등장하는데, 개는 철저히 인간의 편에서 서 있고 고양이는 인간을 완전히 배척한다. 이분법적으로 선과 악을 나눈다면, 당연히 인간의 편을 든 개가 선이고, 인간을 배척하고 훼방을 놓는 고양이를 악이라고 할 수 있다. 그러나 현대적인 관점에서 작품을 읽으면, 인간을 거부하는 고양이는 인간이 세상의 주인으로 행세하며 훼손시키고 있는 자연으로도 볼 수 있다.

어린 시절의 추억을 떠올리며 다시 읽어본다면《파랑새》속에 숨겨진 메타포를 찾는 재미가 꽤 있지 않을까? 그 순간 독자는 '기억의 나라'에서 행복을 만끽한 남매처럼 행복해할지도 모른다.

상징과 비유로
독자에게 영감을 주다

마테를링크는 많은 희곡을 썼다. 희곡은 산문이지만, 소설만큼 사실적이지는 않으며, 시만큼 압축적이도 않다. 그래서 세세한 설명과 묘사도 없지만, 시처럼 은유적이지도 않다. 그러나 작가가 상징주의를 지향했던 만큼 은유적인 요소가 잔뜩 들어 있다. 물론 작가가 원치 않는 방향으로 해석될 경우 논쟁을 낳을 수 있지만, 이런 것 또한 작품을 읽는 맛이라고 할 수 있을 것이다.

작가는 《파랑새》를 쓰기 전에도 이미 여러 희곡 작품과 수필로 잘 알려진 작가였다. 그러나 노벨문학상 수상 이유인 "동화의 모습으로 깊은 영감을 드러내며, 동시에 신비로운 방식으로 독자 자신의 감정에 호소하고 상상력을 자극한다"라는 말은 《파랑새》를 지칭한 것이다. 작품은 동화가 가진 마법적인 요소를 가지고 있으면서도 시적 공상, 즉 메타포가 넘쳐나기 때문이다.

마테를링크가 살았던 시대는 19세기 후반으로 한창 유럽이 세계를 지배했던 시대였다. 그러나 경제적으로 호황을 이루고 문화를 꽃피우던 유럽의 겉모습과는 달리, 사상적으로는 굉장히 복잡한 시대이기도 했다. 기독교에 대한 비판, 공산주의 사상의 득세, 그리고 허무주의 등 기존 질서에 도전하는 많은 사상적 흐름이 유럽 곳곳에 퍼져 있었다. 《파랑새》는 가까이에 있는 행복에 관련한 이야기다. 행복하기 위해서는 남의 집을 기웃거릴 필요도 없고, 큰 것을 바랄 필요도 없다고 말한다.

어려운 주제를 쉽게 상징적으로 풀어낼 수 있었던 작가의 능력에 한림원은 수상을 결정했던 것 같다. 어린이를 위한 이야기는 성인들을 위한 소설, 시와는 다르게 언제나 해피엔딩으로 마무리할 수 있다. 작가야말로 이 동화극을 통해 당시의 혼란스러운 사회 속에 희망의 이야기를 전하고 싶었던 것은 아닐까.

어려운 시기를
버틸 수 있는 작은 힘

《파랑새》는 모르는 사람이 거의 없을 정도로 유명한 작품이다. 그러나 이 작품의 주제를 제대로 알고 실천하는 사람은 별로 없는 것 같다. 우리는 '행복'이라는 단어를 자주 사용한다. 그래서 하루에도 몇 번씩 나의 행복을 점검해본다. 행복이 가까이에 있음을 이해하고 작은 일에서 행복을 발견하는 것은 쉬워 보이지만, 결코 실천하기 쉽지 않은 일이다. 또한 행복은 항상 머물러 있지 않다는 특성이 있다. 잠깐 경험한 행복이라는 감정은 순식간에 사라진다.

작가는 이러한 행복의 본질을 꿰뚫어보며 작품 속에 행복의 본질을 반영하고 있다. 틸틸과 미틸의 파랑새를 떠올려보자. 파랑새는 남매가 충분히 행복을 경험했다고 생각했을 때, 남매의 손을 떠나 훨훨 날아가버린다. 결국 작품에서 말하는 행복은 작은 일에서도 찾아낼 수 있는 것이지만, 그것을 발견했을 때는 어느새 손을 떠나버리고 만다. 그래서 행복이 사라지기 전에 충분히 느껴야 한다. 로또 당첨과 같은 큰 행운만이 행복이 아니며, 작은 일에서도 행복을 느끼는 것이 중요하다.

나폴레옹의 목숨을 구한 것으로 알려진 네 잎 클로버의 의미는 '행운'이다. 그래서 우리는 수많은 클로버 속에서 네 잎 클로버 하나를 찾기 위해서 세 잎 클로버를 밟고, 뽑고, 망가뜨린다. 그런데 그 많은 세 잎 클로버의 의미가 '행복'이라는 사실을 얼마나 많은 사람이 알고 있을까? 곁에 있는, 아주 쉽게 찾을 수 있는 사사로운 행복을 포기하고 종일 찾아도 찾기 힘든 행운에 매몰돼 있는 현대인. 작품이 등장한 지 115년이 다 돼가는 지금, 파랑새의 의미를 새롭게 이해하는 개인적 시간과 사회적 시간이 필요하지 않을까?

현재와 같이 힘든 시기에 정말로 필요한 것은, 모든 것을 해결해줄 영웅이나 원하는 것을 모두 이루어주는 도깨비 방망이 같은 행운이 아니다. 오히려 가까운 곳에서 찾을 수 있는 행복이 어려운 시기를 버틸 수 있게 해주는 진정한 힘이 된다.

003

독설에 담긴 이상주의
조지 버나드 쇼
《무기와 인간》

조지 버나드 쇼 George Bernard Shaw

아일랜드 출신의 극작가이자 소설가, 비평가(1856~1950). 더블린에서 가난한 어린 시절을 보낸 후, 런던으로 이주했다. 소설가를 꿈꿨으나 비평가로 먼저 인정받았다. 이후 희곡에도 도전했고, 《무기와 인간》(1894)으로 인정받기 시작했다. 《시저와 클레오파트라》(1898), 《인간과 초인》(1903), 《하트브레이크 하우스》(1919), 《성녀 조앤》(1923) 등 많은 작품을 발표했고, 대중적인 인기를 바탕으로 1925년 노벨문학상을 수상했다.

> "이상주의와 인도주의가 특징인 그의 작품에서,
>
> 자극적인 풍자는 독특한
>
> 시적인 아름다움으로 가득 차 있다." (1925년)

조지 버나드 쇼는 아일랜드 더블린의 프로테스탄트 집안에서 태어났다. 정부 인사로 근무하던 아버지는 사업에 투자했다가 실패했고, 그 결과 가세가 급격히 기울었다. 버나드 쇼는 어머니의 영향으로 음악을 좋아했고, 성악 레슨을 받기도 했다. 많은 작품을 쓰고 연설도 굉장히 잘했던 작가의 경력을 생각하면 학업 성적이 좋을 듯하지만, 거의 최하위권이었다고 한다. 다만, 작문 실력은 좋았고 문학과 음악 등 예술 분야에 관심을 가졌다고 한다.

가난 때문에 정규 교육을 받을 수 없어서 어려서부터 사환 등으로 일했다. 그러면서도 자신의 작가 재능을 꾸준히 계발하려고 노력했다. 하지만 작가로서 처음부터 인정받았던 것은 아니었다. 그렇다 보니 생활하는 데 어려움을 겪을 수밖에 없었다. 런던으로 이주해서 다른 직업을 갖지 않고 작가 생활을 지속했으나 수입이 거의 없었고, 소설을 써서 출판을 의뢰했지만 모든 출판사로부터 거절당했다. 그럼에도 불구하고 작가가 되겠다는 의지는 꺾이지 않았다. 그의 이러한 열정이 없었다면, 우리가 아는 조지 버나드 쇼는 존재하지 않았을 것이다.

비평가로 먼저 성공한 작가
가난한 삶, 잘 풀리지 않는 인생 등을 고려할 때 버나드 쇼는 당시 유행했던 공산주의에 매료될 조건을 두루 갖췄다고 할 수 있다. 1882년 미국의 경제학자 헨리 조지Henry George의 연설을 듣고 사회주의를 지향하기 시작했으며, 칼 마르크스Karl Marx의 《자본론Das Kapital》을 읽고 감동해서 1884년에는 좌파 단체 페이비언 협회Fabian Society에 가담하기도 한다.

작가 초기에는 작품으로는 인정받지 못했지만 비평가로서는 그 탁월함을 인정받았는데, 1885년부터 1898년까지 13년 동안 신문에 비평글을 연재하며 명성을 얻기 시작했다. 그러면서도 희곡 작품을 꾸준히 썼는데, 1894년에 상영된 《무기와 인간 Arms and the Man》이 마침내 성공하면서 극작가로서 지위를 굳힐 수 있었다. 그의 작품은 대체로 시대와 인물을 풍자하고 있으며, 작가의 사상을 작품에 노골적으로 드러내는 경향이 있다. 그래서 그의 작품은 작가의 사상을 표현하는 것 외에는 아무것도 아니라는 비난을 받기도 했다. 그럼에도 불구하고 작가의 경력, 작품의 대중적 관심과 인기를 바탕으로 1925년에 노벨문학상 수상자로 선정됐다.

떠들석한 웃음 속에 숨긴
날카로운 풍자

《무기와 인간》은 당시 세르비아와 불가리아의 전쟁을 배경으로 하고 있다. 역사적으로 존재했던 전쟁으로 당시 세르비아의 승리가 예상됐지만, 결과적으로 불가리아가 승리했다. 작품은 당시 전쟁을 낭만적으로 생각하던 사회 분위기를 비판하는 동시에 전쟁의 무익함, 귀족들의 위선과 전쟁 영웅의 허상 등을 날카롭게 풍자하며, 곳곳에 유머 요소를 배치에 당대의 관객들에게 큰 인기를 얻었다.

영웅적이면서도 무모한 군인 세르지우스의 진격으로 불가리아가 전쟁에서 승리한다. 패전하면서 후퇴하던 세르비아의 장교 블룬칠리는 불가리아의 한 고위층 인사의 집에 숨어들게 되고, 이곳에서 만난 외동딸 라이나의 도움으로 간신히 목숨을 구하고 본국으로 돌아간다. 전쟁이 끝나고 라이나의 아버지 페트코프 소령과 전쟁 영웅이자 약혼자인 세르지우스가 돌아온다. 라이나는 적군 장교를 구해준 사실을 숨기려고 하지만, 그럴수록 일은 점점 더 꼬여만 간다.

세르지우스는 하녀 루카를 통해 라이나가 적군 장교를 숨겨준 것도 모자라 사랑의 감정을 가지게 됐음을 알게 되고, 동시에 미모가 뛰어났던 루카에게 추근댄다. 이후 무사히 본국으로 돌아갔던 블룬칠리가 다시 방문하면서, 등장인물들은 서로 비밀을 감추려고 애쓰는 모습을 보여준다. 결국 이 작품은 유쾌한 희극답게 라이나와 적군 장교 블룬칠리가 미래를 약속하고, 세르지우스도 하녀 루카에게 사랑을 고백하면서 모든 갈등이 해소되고 해피엔딩으로 막을 내린다.

《무기와 인간》은 작가에게 명성을 가져다준 작품인 만큼 극

구성이 탄탄하고 등장인물들의 갈등이나 화해 구조가 자연스럽게 전개된다. 아슬아슬한 절정 부분에서도 독자나 관객들은 스릴을 느끼기보다 등장인물들의 말과 행동을 통해 웃을 수밖에 없는데, 극작가로서 버나드 쇼의 탁월함이 드러나는 지점이라고 할 수 있다.

작품에는 계급사회에 대한 작가의 비판의식이 그대로 드러나 있다. 전쟁 영웅은 무모한 돈키호테의 다른 말일 뿐이고, 얌전하고 조신한 귀족 여인은 내숭덩어리이다. 오히려 위트가 넘치고 현명하게 그려지는 등장인물은 하녀와 하인인데, 이들은 신분 상승을 위해서 현실적인 노력을 계속하고 실제로 성공한다. 분명 작품은 지배 계급을 주인공으로 설정했지만, 실제로 극의 전개는 하층 계급의 언행에 이끌려간다. 극적인 장면에서 하녀 루카는 자신의 주인이었던 라이나에게 존칭어를 사용하지 않음으로써 상징적으로 계급 차이를 소멸시켜버린다. 이 부분은 작가가 생각한 평등의 가치가 반영된 것으로 이해할 수 있다.

공산주의 사상에 깊이 빠졌던 작가의 경력을 생각할 때, 작품 속에서 기존 지배 계급의 위선을 고발하고 희화화하면서 오히려 하층 계급의 현실적 생존 능력을 높게 평가한 것은 당연한 일이다. 아울러 이런 사상적 배경을 모두 제거하고 순수하게 작품을 읽는 독자라도, 당연히 우스꽝스럽게 묘사된 주인과 하인의 관계를 통해 작가가 지배 계급을 풍자하고 있음을 쉽게 이해할 수 있을 것이다.

자신의 묘비명도
독설로 채웠던 작가

버나드 쇼는 숱한 독설을 남긴 작가로 유명하다. 그는 자기의 묘비명에도 평범하지 않은 문장을 남겼다. 다음은 그의 묘비명이다.

> 내가 오래 살면, 이런 일이 생길 줄 알았지.
>
> I knew if I stayed around long enough, something like this would happen.

스스로에게도 유머 섞인 독설을 날리는 그였지만, 그의 모든 냉소와 풍자의 밑바탕에는 이상주의가 깔려 있었다. 정규 교육을 제대로 못 받았던 그가 작가로 인정받기까지 멈추지 않고 글을 쓰고 정치적으로도 사회주의를 선택한 것은 결국, 인간은 모두 평등하다는 확고한 신념이 있었기 때문이다.

1920년대를 생각해보자. 제1차 세계대전이 끝난 지 얼마 되지 않은 시점이었다. 러시아는 1917년에 혁명이 완수돼 차르 정권이 무너졌고 볼셰비키 정권이 들어섰다. 모든 노동자, 다시 말해서 당시 약자를 대변하고 그들이 주인인(겉으로 표명하는 바는 그렇다) 국가가 수립된 것이다. 그리고 당시 많은 지성인은 마르크스의 이상을 실현할 수 있는 국가의 탄생을 경건하게 축하했다.

버나드 쇼도 그중 한 명이었다. 한림원에서 노벨문학상 수상자로 버나드 쇼를 선정한 이유 중 일부분을 보면, "이상주의와 인도주의가 특징인 그의 작품"이라는 표현이 나온다. 작가가 몸담았던 페이비언 협회는 사회주의 성향을 띄고 있었으며, 보호무역주의와 토지국유화 등을 주장하는 파격적인 단체였다. 지금 평가해도 페이비언의 주장은 이상주의적 성격이 크다.

이렇게 이상주의를 추구했던 작가는 전 생애에 걸쳐 상류층을 비판했는데, 이유는 현실의 부조리함이 상류층에서 비롯된다고 생각했기 때문이다. 그는 '모든 사람은 평등하다'를 넘어 '모든 사람이 평등한 세상을 만들어야 한다'라는 이상주의를 추구했다. 그래서 작가는 작품 활동뿐만 아니라 사회 운동에도 적극적으로 참여했다. 이러한 작가의 이상주의적 열정을 담은 작품과 그의 활동을 격려하기 위해서 노벨문학상을 수여한 것이다.

이상주의가 필요한 우리 사회

최근 우리 사회를 보자면, '그들만의 보수'와 '그들만의 진보'로 나누어져 정쟁의 소용돌이에 휩쓸려 들어가는 모습이다. 더 답답하게 느껴지는 것은 국민조차 이런 정쟁의 소용돌이에 같이 빠져들어 더 큰 소용돌이를 만들고 있다는 점이다. 마치 "여기서 지면 끝이다!"라고 생각하면서 모든 힘을 편 가르기에 쏟아 넣고 있는 듯하다. 한국 정치의 퇴락을 바라보고 경제 위기의 상황 속에서 이상주의를 떠올려본다.

우리 사회는 현실만 바라보고 이상을 버렸기에 퇴보하고 있는지도 모른다. 예를 들어, 통일 한국을 생각하지 않으면 분단을 인정하게 되고, 조금 더 시간이 흐르면 남과 북은 적대 감정을 표출할 수밖에 없다. 북한의 미사일 실험과 군사 도발은 모두 통일 한국에 대한 이상 부재로 인한 것일 수도 있다.

국내 정치도 마찬가지다. 정치인들은 21세기 대한민국을 꿈꾸지 않았다. 그러다 보니, 여전히 제왕적 대통령제가 유지되고, 정권이 교체되면 권력을 승자 독식 하게 된다. 말로는 권력분립과 견제를 말하지만, 현실은 쉽지 않다. 새로운 시대에 어울리는 민주주의 이후를 꿈꾸지 않았기 때문에 벌어진 일들이다.

사회는 어떤가? 배고픔에서 벗어난 후, 우리는 어떤 사회를 꿈꿨는가? 이상이 없었다. 그저 주어진 여건대로 살아가면 잘될 줄 알았다. 그러나 그런 막연함만으로는 사회가 성숙할 수 없다. 이상의 부재는 결국 발전보다는 유지를 택하게 했다. 그러다 보니 발전하는 세계 속에서 상대적 퇴보를 경험할 수밖에 없었다.

버나드 쇼의 이상주의는 많은 비판을 받았고, 현실보다 이상에 현혹됐던 그는 스탈린 체제의 소련을 보고 감화될 만큼 분별력을 잃기도 했다. 그러나 그와 같은 이상주의자들이 있었기에 영국은 정치적으로 발전할 수 있었고, 지금까지도 강대국의 지위를 내려놓지 않고 있는지도 모른다.

004

중국인보다 중국을 사랑한 작가
펄 벅
《대지》

펄 벅 Pearl S. Buck

미국의 소설가(1892~1973). 선교사 아버지를 따라 어린 시절을 중국에서 보냈고, 미국에서 대학을 마치고 다시 중국으로 돌아가 생활했다. 첫 소설 《동풍 서풍》으로 데뷔한 이후 평생 동안 소설, 수필, 아동서, 평론 등 80여 권에 달하는 작품을 집필했고, 사회사업에도 활발히 참여했다. 한국의 근대부터 해방까지의 이야기를 담은 《살아있는 갈대》(1963)와 한국전쟁의 상처를 그린 《새해》(1968)를 출간하기도 했다.

"중국 농민의 삶에 대한 풍부하고 충실한

서사시적인 묘사와 전기체의 걸작." (1938년)

작가 펄 벅을 아는 사람들일지라도 그녀에게 한국 이름이 있는지 아는 사람은 많지 않을 것이다. 영어 'pearl'이 진주이고 'Buck'이 '박'에 가까우니 '박진주'라는 한국 이름을 지었다. 펄 벅을 잘 모르는 사람은 그녀가 《대지The Good Earth》라는 작품으로 노벨문학상을 수상했다는 사실조차 모를 것이다. 간혹 노벨문학상 수상자라는 사실은 알아도 그녀가 미국 사람임을 모르는 사람도 있다. 최초의 여성 수상자 셀마 라겔뢰프(1909) 이후 1928년에 노르웨이의 여성 작가 시그리드 운세트Sigrid Undset가 노벨문학상을 받았고, 10년이 지난 후에야 유럽이 아닌 지역에서 최초로 여성 작가 펄 벅이 노벨문학상을 수상했다.

펄 벅은 미국의 웨스트버지니아에서 태어난 후 얼마 지나지 않아서 장로교 선교사인 부모를 따라 중국으로 가게 되었다. 대체로 남성 선교사들이 그렇듯 아버지는 가정 일을 돌보기보다는 현지 선교에 열중해서 집안일은 어머니가 도맡아 했다고 한다.

어린 시절부터 중국에서 살았기 때문에 중국을 고향이라고 여길 정도로 애착을 가졌다. 이후 1910년 학업을 위해서 잠시 미국으로 돌아갔지만, 대학을 마치자마자 다시 중국으로 돌아왔다.

이렇게나 중국을 사랑하던 작가였기에, 미국인으로서 중국인의 전통적 삶과 사상에 관한 소설을 썼음에도 전 세계 많은 독자들이 몰입할 수 있는 문장을 쓸 수 있었다. 그녀는 1917년 중국

농업 연구의 세계적 권위자가 된 존 로싱 벅John Lossing Buck과 결혼해 두 딸을 두었는데, 큰딸은 안타깝게도 지적 장애인이었다고 한다. 작가가 된 이유 중 하나가 큰딸과 관련이 있다고 할 정도로 큰딸을 매우 아꼈고, 이런 딸의 모습은《대지》의 주인공 왕룽이 아끼는 지적 장애인 딸에 반영됐다.

펄 벅은 중국에서 주로 영문학을 가르치며 살았는데, 국민당의 북벌이 한창이었을 때 국민 혁명군의 난징 공격으로 온 가족이 몰살당할 뻔하기도 했다. 그런데도 중국을 떠나지 않고 작품 활동을 이어갔으며, 오히려 이러한 경험들이 그녀가 생동감 있는 작품을 쓸 수 있는 동력으로 작용했다.

딸의 치료 문제로 미국과 중국을 오가던 펄 벅은 결국 미국에 정착하게 되었다. 미국에서 꾸준히 작품 활동을 하면서도 사회 문제에 관심을 가졌고, 특히 소수 민족을 위한 인권 개선 운동에 적극적으로 참여했다. 1938년 노벨문학상을 수상하고 전 세계적으로 널리 알려진 작가가 되었음에도, 사회사업을 멈추지 않고 계속 이어갔다. 제2차 세계대전이 끝난 후에는 전쟁고아와 다문화 아동을 위한 다양한 복지 활동에도 관심을 가졌다. 아울러 한국과도 인연을 맺어 한국 이름을 지었고, 한국과 관련한 여러 작품을 선보였다.

박경리 작가의 《토지》를 읽는 듯한 소설, 《대지》

미국에 펄 벅의 《대지》가 있다면, 한국에는 박경리의 《토지》가 있다고 할 수 있다. 제목의 의미도 같고, 땅에 대한 소중함을 강조하고 땅의 생명력을 이야기한다는 점에서 두 작품은 결이 같다. 시기적으로 봤을 때, 펄 벅이 박경리 작가보다 한 세대 정도 먼저 태어났고, 박경리 작가가 십 대에 접어들었을 때쯤 펄 벅이 노벨문학상을 받았으니 대한민국의 여류 작가에게 큰 영향을 미쳤을 것으로 생각된다.

《대지》는 중국의 가난한 농부 삼대의 삶을 그린 대하소설이다. 주인공 왕룽은 할아버지 세대부터 아버지 세대를 이어 땅에서 농사를 짓고 살아간다. 그는 땅은 진실하고, 땅만이 절대로 배신하지 않는다고 생각한다. 마을의 최고 부잣집의 하녀 오란을 아내로 맞이한 후 두 내외는 합심해서 땅을 조금씩 늘려간다. 그러다가 큰 흉년이 들어서 어쩔 수 없이 고향을 떠나게 되는데, 그런 상황 속에서도 큰 애착을 갖고 있던 땅만큼은 결코 팔지 않는다.

당시 중국은 혁명 사상이 전파되고 있었고 서구의 침략이 본격적으로 시작되던 시기여서 한순간에 멸문지화를 당하기도 하고, 반대로 위기를 기회로 삼아 신분이 상승했던 경우도 있을 정도로 매우 불안정한 사회였다. 왕룽 일가는 후자의 경우가 돼 불의한 재산을 챙겨 고향으로 돌아온다. 왕룽은 가진 재물로 땅을 조금씩 사 모으고 열심히 일해서 그의 생전에 고향에서 가장 큰 지주가 된다. 그러나 그의 세대가 저물고 그의 아들 세대가 왕룽의 땅을 이어받기 시작하면서 땅에 대한 관념이 달라진다. 왕룽이 목숨보다 아꼈던 땅은 아들들에게는 단순히 부를 위한 도구로 전락하게 되었다.

땅은 곧 삶의 본질이다

《대지》속에 나타난 땅의 의미는 크게 네 가지이다.

첫째, 땅은 바로 애정이다. 동양에서 땅은 한 일가의 역사를 담아낸다. 대대손손 살았던 곳이기에 당연히 애정이 담긴 곳일 수밖에 없다. 이 말은 곧 땅에 인격을 부여한다는 의미이다.

둘째, 죽음을 극복한다. 씨를 뿌리고 추수를 하는 등 생명을 품었던 땅이지만 겨울이 오면 땅의 모든 식물이 죽음을 맞이한다. 그러나 다시 봄이 오면 겨울 동안의 죽음을 바탕으로 다시 싹을 틔운다.

셋째, 진실하다. 땅은 열심히 일한 만큼 결과를 얻을 수 있다. 그렇기 때문에 배신하지 않는다. 그러나 땅을 훼손하고 땅의 쓰임을 바꾸면 땅의 본질도 바뀐다.

넷째, 값을 매길 수 없는 가치이다. 왕룽은 자녀들에게 절대로 땅을 팔지 말라고 유언한다. 평생 땅을 일구며 살았던 농부이자 지주였던 그에게 땅은 값으로 따질 수 없었던 가치였다.

그러나 이러한 땅의 의미는 아들 세대에서 상실되거나 소멸한다. 그리고 결국 몰락한다. 작가는 삶의 본질을 땅으로 생각했다. 땅에서 나는 것을 먹고 살고, 땅 위에 지어진 집에서 살고, 땅을 발로 디디면서 살아간다. 그렇기 때문에 땅은 인간에게 재산 이상의 가치인 것이다. 그러나 이런 가치가 물질적 가치로 전환되면, 땅에서 얻을 수 있었던 생명력은 상실될 수밖에 없다고 이야기한다.

미국에서 논란이 됐던 펄 벅의 수상

펄 벅의 노벨문학상 수상은 이례적일 수밖에 없었다. 1938년까지 총 38명의 수상자가 탄생했는데, 미국은 펄 벅을 포함해서 고작 세 명밖에 수상하지 못한 상황이었다. 세계 최고 강대국으로 부상하고 있는 미국에서 수상자가 더 나와야 하는 것은 당연한 일이었다. 그러나 앞서 두 명을 제외하고는 여성에게 수여한 적 없었던 노벨문학상을, 심지어 잘 알려지지 않은 여성 작가에게 수여한다는 소식이 전해졌을 때 미국 문학계는 탐탁지 않은 반응을 보였다. 대표작이라고 할 수 있는 《대지》도 내로라하는 문학가들이 봤을 때는 그 문학적 구성이 단조롭게 보였으니, 펄 벅의 수상에 대해서 비판이 있을 수밖에 없었다. 작품 배경도 미국 작가가 쓴 미국의 이야기도 아니고, 당시에는 종이 호랑이로 전락한 중국에 관한 이야기였으니 여기저기서 불만의 소리가 튀어나왔던 것이다.

이러한 비판에도 불구하고 펄 벅이 수상한 이유가 있는데, "인종을 분리하고 있는 큰 장벽을 넘어 인류 상호 간 공감을 나누는 데 선구적인 역할을 한 주목할 만한 작품들과 위대하고 생동감 있는 언어 예술을 창조하려는 인간의 이상을 향한 노력 때문"이다. 다시 말하면, 미국인 펄 벅이 쓴 중국 농촌의 이야기가 서로 다른 인종, 다른 지역, 다른 문명 사이의 다리 역할을 했고 그 점을 높이 평가했다는 의미이다. 중국인보다 더 중국인 같았던 펄 벅이었기에 동양은 미개하다는 서구 중심적인 편견 없이 중국 이야기를 쓸 수 있었고, 이런 작가의 노력은 곧 지역과 성별에 상관없이 상을 수여하겠다는 노벨상 정신에 부합했던 것이다.

돈보다 가치 있는 것이 있다는 믿음

《대지》라는 작품 자체가 워낙에 장편이기에 독자가 느낀 감정은 다양할 수밖에 없다. 그러나 작품 전체를 통해서 보여주려고 했던 작가의 주제 의식은 '본질'에 대한 소중함이라고 이해할 수 있다. 현대를 비판하는 말 중에 '물질만능주의 시대'라는 표현이 있다. 이 표현을 초등학생 때부터 듣고 자랐는데도 그 위세가 누그러질 낌새조차 보이지 않는다. 특히 우리 사회는 땅과 관련한 문제가 심각하다. 부동산 정책 이슈가 정권이 바뀌는 원인 중 하나로 작용하기도 하고, 부동산이 오르면 오르는 대로, 떨어지면 떨어지는 대로 희비가 교차된다.

어쩌면 땅만큼은 원래 주인이 없었던 것이니 모두의 것이 돼야 하고, 그래서 땅만큼은 개인의 사유화를 막아야 하는지도 모른다. 그러나 이미 가장 큰 불로소득의 원천이 된 땅을 다시 모든 사람의 것으로 돌리기는 어려운 듯하다.

물신(物神)은 모든 가치를 수치화해서 매매가 가능하도록 한다. 그 결과 세상은 숫자놀음이 중요한 판이 되었다. 사람의 생명까지도 돈으로 매겨지는 세상에서 돈보다 중요한 것은 도대체 무엇인지? 그럼에도 불구하고 여전히 돈보다 가치 있고 돈으로 사고팔 수 없는 게 있다고 믿고 싶다. 이런 의미에서 펄 벅의 《대지》는 물신 시대를 비판적으로 생각해볼 수 있도록 해주는 성찰의 거울이 아닐까?

005

이상을 위해 투쟁했던 작가
헤르만 헤세
《데미안》

헤르만 헤세 Hermann Karl Hesse

독일계 스위스인 소설가(1877~1962). 낭만주의 문학에 심취했으나, 후에는 융심리학의 영향을 받으며 신비주의적이고 내면을 탐구하는 작품을 썼다. 주요 작품으로 《수레바퀴 밑에서》(1906), 《데미안》(1919), 《싯다르타》(1922) 등이 있다. 《유리알 유희》로 1946년 노벨문학상을 수상하였다.

"영감을 불러일으키는 그의 작품들은

대담함과 통찰력을 바탕으로 고전적인 인본주의적 이상과

수준 높은 스타일을 보여준다." (1946년)

헤르만 헤세는 1877년 독일 남부의 소도시 칼프에서 태어났다. 개신교 목사였던 아버지의 영향으로 어린 시절 기독교 문화 속에서 성장했다. 아버지는 에스토니아 출신으로 인도에서 선교 활동을 한 적이 있으며, 외삼촌도 일본에서 활동한 교육가로 불교 연구의 권위자였다. 이런 아버지와 외삼촌의 영향으로 헤세는 동양 문화에 관심을 가지게 됐고, 이후《싯다르타 Siddhartha》와 같은 작품을 쓸 수 있는 토대를 마련할 수 있었다.

헤세의 부모는 그를 신학자로 키우려고 했기 때문에, 어린 시절 그는 기독교 문화를 누구보다 깊이 경험했을 것이다. 1891년 14세 때 명문 개신교 신학교에 입학했으나 적응하지 못하고 1892년 신학교를 무단 이탈했다. 이후에도 학교에 적응하지 못하고 신경쇠약으로 괴로워했다. 게다가 이루어지지 못한 짝사랑의 괴로움으로 자살을 시도해서 요양원에 보내지는 등 그야말로 질풍노도의 청소년기를 보냈다. 이후 칸슈타트 김나지움에 입학하면서 신학자로서 삶과는 완전히 멀어지게 되었다.

신학자의 길을 포기하고 학업에도 손을 놓았던 헤세는 시계 부품 공장에서 견습공으로 일하기도 했고, 청년기에 들어서도 방황의 시기를 보낸다. 이후 튀빙겐의 한 서점에서 일하며 글쓰기를 시작하면서 안정을 찾기 시작했다. 1899년 첫 시집《낭만의 노래 Romantische Lieder》를 출간했고, 1904년《페터 카멘친트 Peter Camenzind》를 출간하면서 유명세를 얻게 되었다.

제1차 세계대전 당시 헤세는 반전주의 태도를 고수하면서 극우파들의 애국주의를 비판했는데, 그로 인해 독일 내에서 많은 지탄을 받았다. 당시 그는 지식인들이 전쟁에 반대하기보다 오히려 전쟁을 지지하며 다른 민족을 적대시하고 열등하게 여기는 데에 큰 실망감을 느꼈다. 그즈음 헤세는 아시아를 여행했는데, 대부분 식민지로 전락한 아시아의 모습을 보면서 당시 서구의 폭력성에 비판의식을 갖게 되었다. 이런 헤세의 심정은 이후 《데미안Demian》에 고스란히 반영된다.

이런 반전 의식은 이후 국적을 스위스로 바꾸는 데 결정적인 역할을 했으며, 아울러 히틀러가 집권한 나치 시절에는 탄압을 받기도 한다. 나치는 헤세의 책이 출간되는 데 필요한 종이를 공급하지 않았다. 국가와 민족을 뛰어넘는 그의 정신, 곧 세계시민주의는 당시로서는 이해하기 힘든 사상이었다. 그의 대다수 작품에 짙게 밴 애수(哀愁)는 누군가가 자신을 알아주기 바라는 간절함으로, 시대를 앞서 나간 선지자적 감성의 표출이 아니었을까?

세계의 변화에 대한
작가의 바람이 담긴 소설,《데미안》

한국에서는 청소년 필독서이기도 한 《데미안》은 헤세의 대표작으로 잘 알려진 작품이다. 싱클레어라는 청소년의 성장 과정을 다룬 작품이다 보니 성장소설로 알려져 있는데, 읽어본 사람들이 "《데미안》이 청소년 필독서라는 게 말이 되나?"라고 의문을 품을 정도로 이해하기 어려운 작품이다.

엄숙한 기독교 가정에서 태어난 싱클레어는 큰 탈선 없이 어린 시절을 보낸다. 그러다가 마을의 한 불량소년에게 약점을 잡혀 어려움을 겪던 중 마을로 이사 온 막스 데미안의 도움을 받는다. 이후 싱클레어와 데미안은 가까운 사이가 되고 나이가 조금 위였던 데미안은 싱클레어에게 많은 영향을 준다. 이후 데미안이 이사를 가면서 그들의 교류는 한동안 끊긴다.

싱클레어는 상급학교에 진학하면서 자신의 어린 시절에 영향을 줬던 기독교로부터 멀어지고, 당시 유행하는 다양한 사상들을 접한다. 전운이 감도는 유럽의 암울한 분위기 속에서 싱클레어는 데미안과 재회하고, 그의 어머니 에바를 만나면서 정신적으로 더 성장하게 된다. 유럽의 힘으로 세계를 계몽할 수 있다는 자신감에 의문을 품게 되며, 당시의 유럽 세계를 비판적으로 보게 되었다. 새로운 세상, 운명을 개척하기 위해서는 자신을 가두고 있는 알을 깨야 한다는 "새는 알에서 나오려고 투쟁한다. 알은 세계이다. 태어나려는 자는 하나의 세계를 깨뜨려야 한다. 새는 신에게로 날아간다. 신의 이름은 아브락사스다"라는 문장을 이해하고 이를 실천하기 위해서 노력한다.

헤세 철학의 정수를 보여주는 작품이 《데미안》 아닐까? 작가는 기독교 세계관을 비판하고 세계의 계몽 군주로 자처하는 유럽의 허황된 망상도 비판한다. 그러면서 예언적으로 세계주의를 선전한다. 민족, 인종 우열, 계몽 등의 언어를 철저히 거부한다. 작품 속에서도 이러한 언어는 과거의 것이며, 거부해야 할 것들로 표현된다.

《데미안》은 제1차 세계대전이 종료된 직후 1919년에 출간됐다. 작품을 구상하고 집필한 시점은 전쟁 중이었다. 유럽에서 발생한 잔혹한 전쟁을 보면서, 전쟁의 유해함을 느꼈을 것이고 계몽이라는 언어에 대해 회의감을 가졌을 것이다. 그래서 이러한 모든 아픔, 상처, 좌절을 이겨내고 새로운 세상으로 나가기 위해서는 기존 관념의 틀에서 벗어나야 한다고 선언하는 작품으로 이해할 수 있다.

전후 새롭게 변화해야 할
세계에 대한 혜안

헤세는 기존 체제와 새로운 변화의 대립을 묘사하는 작품을 주로 썼는데, 두 차례의 전쟁으로 폐허가 되어버린 유럽의 모습을 떠올리게 한다. 기존 체제의 문제로 인해 벌어진 전쟁이었기에 전쟁이 모든 것을 부수어버린 후에는 결국 기존 체제를 대신할 수 있는 새로운 체제를 만들어야만 했다. 헤세는 유럽을 무너지게 한 자만심을 비판하면서, 동시에 무너진 유럽에 대한 슬픔과 이러한 절망을 막지 못한 유럽의 지성에 대해 분노를 느꼈다.

　진보와 발전을 무조건적으로 확신하며 정신적으로 가장 완성됐다고 자부한 유럽은 역사상 가장 참혹한 전쟁을 치르면서 새로운 국면을 맞이하게 된다. 세계 최강대국의 지위도 내려놓게 됐고, 전후 복구에 매달려야만 했다. 이런 시기에 헤세의 작품은 과거 유럽을 향한 경고의 메시지였으며, 앞으로 나아가야 할 방향을 선지자적 통찰력으로 제시하고 있었다. 즉, 과거의 영광을 믿고 자만하다가 무너진 유럽에 새로운 희망을 던진 것이다. 공교롭게도 헤세의 노벨문학상 수상은 양차 대전이 모두 종료된 이듬해인 1946년이다. 반전주의자였고, 나치의 억압 속에서도 자신의 소신을 굽히지 않았던 그에게 마땅히 주어져야 할 상이었다.

세계화 시대, 헤세를 떠올리며

기독교는 유럽을 이끌었던 전통적 종교이자 사상이었지만, 점점 더 배타적인 경계를 만들고, 세계를 계몽시켜야 한다는 절박함에 목을 매고 있었다. 아울러 세계 어떤 지역보다 앞서 나갔던 유럽은 다른 민족을 계몽시켜야 할 의무가 있다고 착각했다. 계몽이라는 이름 아래 그들은 다른 국가를 침략해서 식민지를 넓혔고, 그러면서 '다름'을 '악(惡)'으로 규정해버렸다. 그러나 헤세는 이러한 유럽의 폭력적 행위에 반기를 들었고, 사해동포주의를 강조하면서 세계시민주의를 주장한다. 민족, 인종, 문화에 따라 구분된 인류가 아니라 하나의 인류로 이해한 것이다.

현재 국제 사회는 이미 문화적으로 세계화된 현실을 애써 부인하면서 다시 고립주의로 돌아서고 있다. 그 결과 러시아 우크라이나 전쟁이 시작됐고, 동북아시아에서는 핵 확산을 비롯한 안보 위협이 증가됐다. 국내에서도 통합의 길을 택하기보다는 서로 조금 다른 생각을 타협하지 못하고 다른 점만을 침소봉대하는 상황이다. 나와 너를 나누고 아군과 적군으로 애써 찢어서 다투는 모습이다.

경제적으로는 부익부 빈익빈이 더 심해지면서 가진 자와 그렇지 못한 자의 갈등도 커지고 있으며, 세대 갈등이 어느 시대보다 심해진 현재를 보면, 이상적이긴 하지만 헤세의 사해동포주의를 다시 한번 진지하게 생각해볼 필요가 있다고 여겨진다. 그리고 우리가 지향해야 할 미래의 모습도 도달하고자 하는 구체적 목적지로서의 미래가 아니라 헤세가 작품 속에서 언급했던 '하나의 먼 미래'로 추상적으로 설정해놓으면, 온 인류가 함께 머리를 맞대고 더 나은 미래를 찾아낼 수 있을 것이다. '우리가 향해 가는 도중에 있으며 아무도 모르는 내일'이라는 안개에 덮여 있는 미래를 생각한다면, 지금처럼 옳고 그름을 가리기 위한 대립이 아니라 보이지 않는 미래를 조심스럽게 헤쳐 나가기 위한 협력이 더 중요해지지 않을까?

세계화 시대는 분열이 아니라 통합의 시대이고, 갈등이 아니라 협력과 이해를 바탕으로 조성되는 시대이다. 아무리 정치·경제적으로 선을 긋는다 해도, 문화적으로 인류는 하나가 되려고 한다. 한 나라에서 일어난 끔찍한 사고나 전쟁의 고통은 이제 국경을 넘어서서 전 세계의 모든 사람이 나눠야 할 고통이 됐고, 이를 해결하기 위해서 전 세계의 많은 사람들이 조금씩 힘을 모아야 할 상황이 된 것을 보면, 헤세가 바란 사해동포주의는 실현 가능한 이상이 아닐까?

꺾이지 않는 인간 정신을 그린
어니스트 헤밍웨이
《노인과 바다》

어니스트 헤밍웨이 Ernest Miller Hemingway

미국의 소설가(1899~1961). 미국 문학의 대표적인 작가로 퓰리처상과 노벨문
학상을 수상했다. 주요 작품으로는 《해는 또다시 떠오른다》(1926), 《무기여 잘
있거라》(1929), 《누구를 위하여 종을 울리나》(1940), 《노인과 바다》(1952) 등
이 있다.

"가장 최근작인 《노인과 바다》에서

내러티브 기술의 대가로서의 면모를 보여주며,

현대적인 문체에 큰 영향을 끼쳤다." (1954년)

미국인들이 가장 좋아하는 작가 중의 한 명을 꼽으면, 어니스트 헤밍웨이는 꼭 포함되지 않을까? 또한 한국 독자들이 노벨문학상을 수상한 미국 작가 하면 가장 먼저 떠올리는 작가이기도 할 것이다. 자신의 소설 속에 등장하는 거칠고 강인한 남성적 인물을 그대로 재현한 듯한 헤밍웨이는 대중들에게 큰 사랑을 받았으며, 몇몇 작품들은 헐리우드 영화로도 제작되어 전 세계적으로 유명해졌다.

헤밍웨이는 1899년 미국 일리노이주 오크 파크, 현재 시카고에서 태어났다. 아버지는 의사, 어머니는 성악가였다. 아버지는 매우 활동적인 인물로 낚시와 사냥과 권투 등을 즐겼고, 그런 아버지의 영향으로 헤밍웨이가 낚시를 좋아했다고 한다.

고등학교를 졸업한 후 지방 신문 인턴 기자로 일하다가 제1차 세계대전이 발발하자 자원입대하지만, 신체검사에서 탈락하는 바람에 참전할 수는 없었다. 대신 적십자 멤버로 이탈리아 북부 전선에 운전기사로 자원, 참전하게 되었고 다리에 중상을 입어 밀라노 육군병원에 입원했다. 종전 후 미국으로 돌아온 뒤로는 캐나다 토론토로 이주해서 자유기고가로 지내다가, 파리로 건너가 소설을 쓰기 시작했다. 프랑코 독재정권에 반대하며 발발했던 스페인 내전에 참전해서 자유와 평등이라는 인류 보편적 가치를 위해 직접 싸우기도 했다. 그의 역작이라고 할 수 있는《노인과 바다The Old Man and the Sea》는 1952년에 출간됐다. 이후 아프리카 여행을 떠났는데 그곳에서 두 차례의 비행기 사고를 당한 후 남은 세월 투병 생활을 하다가 미국 아이다호에서 1959년에 자살로 생을 마감한다.

직접 경험한 일이기에
더욱 생생한 그의 소설들

헤밍웨이는 작가에게 필요한 가장 중요한 요소로 '경험'을 꼽는다. 어린 시절부터 기자로 활동한 그는 늘 현장 취재를 바탕으로 기사를 작성했을 테니 경험이 중요할 수밖에 없었을 것이다. 그는 제1차 세계대전에 직접 참전한 후에《무기여 잘 있거라 A Farewell to Arms》를 집필했으며, 스페인 내전에 참전 후에는《누구를 위하여 종은 울리나 For Whom The Bell Tolls》를 출간했다. 전쟁 소설을 집필하기 위해서 참전한 것은 아니었겠으나, 실제로 참전한 경험을 토대로 작품이 완성됐기에 전쟁의 생생함을 독자들에게 잘 전달할 수 있었다. 아울러 그의 대표작《노인과 바다》역시 낚시 경험을 토대로 집필된 것이니, 어떤 작가보다 생생하게 노인과 물고기의 사투를 묘사할 수 있었다.

또한 그는 레오 톨스토이를 동경했는데, 특히 톨스토이의 작품 생산 능력을 항상 부러워했다. 그는 생전에 7권의 소설, 6권의 단편소설집, 2권의 논픽션 작품들을 출판했으며, 사후에 3권의 소설, 4권의 단편소설 모음집, 그리고 3권의 논픽션 작품이 출간됐다.

작디작은 존재들의
숭고한 싸움

《노인과 바다》를 읽다 보면, 허먼 멜빌Herman Melville의 《모비딕 Moby-Dick》이 떠오른다. 광활한 바다에서 물고기 한 마리와 사투를 벌이는 인간을 보면 대자연 앞에 인간은 작디작은 존재일 뿐이다. 그럼에도 자연을 정복했다고 생각했던 인간은 얼마나 우매한가? 반대로 생각하면 치열한 삶의 전쟁터 속에서 끊임없이 살기 위해 버둥대는 인간의 애처로운 열정을 읽을 수 있다.

이 소설에는 한 노인이 등장한다. 나이가 들고 기력이 쇠하다 보니 어부 노릇도 힘에 부친다. 마을에서도 무시당하기 일쑤다. 그러나 모든 인간에게는 자존심이 있는 법. 노인은 자신도 월척을 낚을 수 있다는 것을 보여주기로 마음먹는다. 그래서 아무도 모르게 먼 바다로 떠난다. 그리고 그곳에서 만난 거대한 물고기와 일생일대의 사투를 벌인다.

죽음의 위기를 넘길 정도로 힘겨운 싸움이었지만 노인은 자기와 힘 겨루기를 하는 물고기에게 동지애를 느낀다. 결국 물고기를 잡아 승리한 노인은 이제 다시 집으로 돌아가야 할 일이 남았다. 그러나 이미 육지에서 멀리 나온 참이기에 돌아가는 길이 녹록지 않다. 죽은 물고기를 배에 매달아놓은 탓에 사체에서 흘러나오는 피 냄새를 맡은 상어 떼의 공격을 받는다. 상어들의 공격으로 살코기는 모두 떨어져 나가고 오직 뼈만 앙상하게 남는다. 결국 노인은 물고기 뼈만을 가지고 마을로 돌아온다. 그리고 마을 사람들이 그의 안전을 걱정했다는 이야기도 듣고, 남은 물고기의 뼈만으로도 그가 얼마나 큰 물고기를 잡았는지 알아주는 마을 사람들의 관심에 흡족해한다. 그리고 넓은 바다를 바라보며 심호흡하듯 휴식의 시간을 가진다.

거대한 물고기와의 사투를 벌여 승리한 노인을 통해서 우리는 악착스러운 인간의 의지를 볼 수 있다. 인생의 황혼에 다다른 노인. 그는 노인으로 불리기를 원하지 않는다. 그는 여전히 물고기를 잡을 수 있는 힘이 있다고 생각한다. 헤밍웨이는 이러한 노인의 끈질긴 모습을, 한림원의 노벨문학상 선정 이유를 빌려 말하자면 "폭력과 죽음의 그림자가 짙게 드리운 현실 세계에서 선한 싸움을 벌이는 모든 개인"으로 이해하고 있는지도 모른다.

다른 각도로 보면 또 다른 메시지를 읽어낼 수 있다. 고작 한 마리의 물고기와 사투를 벌이는 인간의 모습은 거대한 대양 속 파도에 출렁거리면서 언제 전복되어도 이상하지 않은 위태로운 돛단배에 불과하다. 인간의 시점에서 거대한 물고기와의 사투는 굉장한 업적이 될 수 있다. 그러나 거대한 대자연 속에서 그 굉장한 업적은 아주 작고 연약한 인간과 그보다 더 연약한 물고기 한 마리와의 대결일 뿐이다. 그리고 애처로운 최선의 끝에서 노인은 마침내 평화와 휴식을 얻는다.

　두 차례의 참혹한 전쟁을 치렀던 세계에 이제 필요한 것은 휴식이었다. 그리고 모든 싸움에는 승자는 없고 패자만 있다고 하더라도, 누군가의 위로가 필요하지 않았을까?《노인과 바다》는 허무함밖에 남지 않은 전쟁이었더라도 자신의 생존과 명예를 위해 싸웠던 모든 개인들에게 주는 위로와 존경의 메시지를 담았다고 볼 수도 있을 것이다.

패자만 남은 현실 속에서도
희망은 허락된다

양차 대전 이후 세계는 거의 폐허가 됐다. 그리고 곧이어 아시아에서는 미·소의 최초 대리전이라고 할 수 있는 한국전쟁이 벌어졌다. 승패가 없는 전쟁이었다. 1953년 한국전쟁이 정전(停戰)된 이듬해 헤밍웨이는 노벨문학상을 수상한다.

　그는 이미 두 차례 전쟁에 참전한 용사이고, 참전 경험을 바탕으로 작품을 썼다. 1952년《노인과 바다》가 출간됐던 시기는 헤밍웨이가 50대에 접어들었을 때쯤이다. 이전에는 실제 전쟁과 관련된 이야기를 썼다면, 이제는 삶의 분투와 관련된 이야기를 쓴 것이다. 어떤 전쟁이든 전쟁 자체는 폭력과 죽음을 부른다. 이미 양차 대전을 통해 1억 명 이상이 죽었고, 한국전쟁만 하더라도 250만 명 이상이 애꿎은 목숨을 잃었다. 누구를 위한 전쟁이었을까?

　실제로 전쟁을 배경으로 한 작품에서 작가는 선악(善惡)과 관련한 이야기는 하지 않았다. 물론《노인과 바다》에서도 시련에 굴복하지 않는 인간의 굳은 의지를 드러내긴 했으나, 시비(是非)를 나타내지는 않았다. 오히려 아무것도 얻은 게 없었던 노인의 허무함만을 안타깝게 표현하고 있을 뿐이다. 그러나 이런 인간의 의지마저 없다고 한다면, 폐허가 된 세상에 어떤 희망의 씨앗을 던질 수 있었을까? 이런 측면에서 헤밍웨이의 작품은 인류 재건의 싹을 틔울 수 있도록 격려해준 희망의 찬가였을 수도 있다. 만신창이가 된 세계에서 살아가기 위해 애쓰는 인간에게 용기를 불어넣어주고 격려해준 것일지도 모른다.

이제 대자연 앞에서
겸허한 인간이 필요하다

앞에서《노인과 바다》는 두 가지 측면으로 해석할 수 있다고 말했다. 헤밍웨이가 수상할 시점에는 억척스러운 삶의 의지와 열정을 가진 인간에게 전하는 격려로, 다른 하나는 대자연 앞에 작디작은 무력한 인간을 형상화한 것으로 말이다. 문학의 해석은 시대에 따라 달라질 수 있고, 새롭게 적용될 수 있다는 측면에서 효용적인 기능이 있는 듯하다. 이제 두 번째 해석을 꺼내어 들 시점이다.

역사적으로 볼 때 인간은 자연을 정복의 대상으로 이해했지, 공존해야 할 대상으로 이해하지 않았다. 무분별한 개발과 훼손, 그리고 무턱대고 발전소에 넣어대는 화석 연료의 사용이 지속되자, 지구는 인간을 뱉어내기로 한 듯이 기후 위기로 대응했다. 인간이 거주할 공간이 점점 줄어들고, 이대로 가다가는 온 인류가 절망의 늪에 빠져들 수밖에 없는 상황이다.

　작품은 이런 상황에서 대자연 앞에 겸허한 인간이 되라고 설득한다. 노인은 사투 끝에 물고기를 손에 넣을 수 있었지만, 바다는 노인에게 한 점의 살코기도 허락하지 않았다. 노인이 가지고 갈 수 있었던 것은 물고기의 뼈뿐이었다. 현재까지 세계의 발전이 거대한 물고기를 독차지하기 위한 인간의 욕심과 분투였다면, 이제 자연이 그 노력을 모두 무너뜨릴 수 있는 상황에 놓인 것이다. 이런 상황을 피하기 위해서 인간은 자연과 공존할 수 있는 해법을 찾아야 한다. 물론, 그 해법은 국가와 사회마다 다르고 개인마다 다를 것이다. 그러나 분명 해법을 찾아야 할 시점이 된 것은 맞다.

　문학은 해법을 제시하지 않는다. 다만, 문제의식을 던져준다. 그리고 그 문제의식을 이해하고 앞으로 어떻게 노력할지는 순전히 독자의 몫이다. 자연을 우리의 적으로 돌릴 것인지, 아니면 친구로 삼을 것인지는 현재를 살아가는 모든 현대인의 생각과 실천에 달린 문제다.

007

언제나 '이방인'이었던
알베르 카뮈
《이방인》

알베르 카뮈 Albert Camus

프랑스의 소설가이자 극작가(1913~1960). 1942년 《이방인》을 발표하며 문단에 혜성처럼 등장해서 당시의 청년층에게 큰 지지를 받았다. 이후 에세이 《시지프의 신화》(1942), 희곡 《칼리굴라》(1945), 소설 《페스트》(1947) 등의 작품을 남기고 47세의 젊은 나이에 자동차 사고로 세상을 떠났다.

"그의 중요한 문학적 작품은

우리 시대 인간의 양심 문제를 통찰력 있고

진지하게 조명하고 있다." (1957년)

알베르 카뮈는 1913년 알제리의 몽도비(지금의 '드레앙')에서 프랑스계 알제리 이민자의 아들로 태어났다. 당시 알제리에 거주하는 백인들을 가리켜 '피에누아르Pied-Noir'라고 했는데, 프랑스어로 '검은 발'이라는 의미이다. 카뮈도 피에누아르였다. 알제리에서 태어난 그는 프랑스인도 아니고, 그렇다고 알제리인도 아닌 존재로 태어난 것이다. 어디에도 속하지 못한 출신 자체가 후에《이방인L'étranger》을 저술하는 배경이 됐다고 할 수 있다.

그의 아버지는 카뮈가 태어난 지 1년 만인 1914년에 제1차 세계대전에서 전사했고, 따라서 카뮈는 아버지의 얼굴조차 모른 채 어머니 슬하에서 가난하게 자랐다. 아버지에 대한 추억이나 기억의 부재는《이방인》에서 아버지가 등장하지 않는 원인이 됐을 것이다. 어머니는 스페인 출신으로 문맹이었고 청각장애를 가지고 있었다. 어린 시절을 어렵게 보내며 남들과는 다른 생활을 했던 카뮈는 어쩌면 시작부터 이방인이었던 셈이다.

원하는 대로 살 수 없었던 이방인

카뮈는 청년 시절 알제리대학에 입학했지만, 병마가 그를 꾸준히 괴롭혔다. 폐결핵으로 학업을 마칠 수도 없었고, 제2차 세계대전에 참전하고자 하는 바람도 접어야만 했다. 그는 당시 유럽에 퍼져 있던 마르크스 사상에 관심을 가졌다. 그러나 모든 사람의 평등을 부르짖으며 세계 혁명을 이끌었던 공산당조차도 그를 영원히 받아주지는 않았다.

카뮈는 프랑스 공산당에 가입해 활동하다가 알제리 공산당이 수립되면서 알제리 공산당에 가입했다. 공산당 가입은 평등에 대한 열망이었고, 알제리 공산당으로 옮겨간 것은 식민지 현실에 대한 저항이라고 이해할 수 있을 듯하다. 그러나 이러한 카뮈를 진심으로 이해해준 동료는 없었다. 결국, 동료들과의 관계가 악화되어 당에서 제명당하고 말았다. 세계 모든 사람의 평등을 바라며 조직된 공산당에서조차 카뮈는 이방인이었던 것이다. 이런 수모를 당한 카뮈는 이후 공산당을 비판했고, 그들의 교조적인 성격을 굉장히 혐오한 것으로 알려져 있다. 그리고 이러한 정치적 성향은 후에 노벨문학상을 받는 데 어느 정도 영향을 줬을 것이다.

공산당에서 배척당한 후에는 사회주의자로 전향해서 관련한 짧은 글을 썼고, 1938년부터는 좌익 성향의 신문《알제뤼페블리껭Alger-Republicain》에서 기자로 활동하기도 했다. 그러다가 잡지《파리스와Paris-Soir》에서 일하다가 1941년 기자 생활을 정리하고 1942년 그의 첫 작품《이방인》을 집필했다.

카뮈의 자전적 소설이자
예언적 소설에 가까운 《이방인》

카뮈를 접하는 대부분의 독자가 처음 읽는 작품이 《이방인》아
닐까? 카뮈를 검색하면 가장 먼저 눈에 띄는 작품이고, 실제로
분량도 많지 않아서 한 번 읽어봄 직하다. 글을 조금 빨리 읽는
사람이라면 두 시간 이내에 충분히 일독할 수 있는 책이다. 줄거
리는 다음과 같다.

뫼르소라는 남자가 있다. 그는 평범한 사람으로 주변의 평판
도 나쁘지 않다. 연인에게는 결혼하고 싶을 만큼의 매력도 있는
사람이다. 그러던 어느 날 어머니의 죽음을 알게 되고, 당연히
그는 어머니의 장례식장에 찾아간다. 어떻게 된 이유인지, 주인
공은 어머니의 죽음 앞에서 눈물을 흘리지 않는다. 그리고 얼마
후 그는 친구들과 함께 해변으로 놀러 가서 우발적으로 한 아랍
인 남성에게 총을 쏜다. 나중에 살인 이유를 추궁하자 그는 "햇
빛이 너무 강렬해서"라는 이유를 댄다.

이후 법정에 선 주인공은 자신의 사건에서 오직 자신만 제외
됐음을 깨닫는다. 그의 진술은 진실로 받아들여지지 않고, 타인
의 생각과 시선으로 모든 것이 결정된다. 그는 그러한 법정 현실
을 지켜본다. 결국 그에게 사형이 선고되는데, 어머니의 장례식
장에서 울지도 않는 극악무도한 자로 판단되어 형이 선고된 것
이다. 그는 종교에 귀의하라는 신부의 제안도 거절한다. 뫼르소

는 그가 알고 있는 진실은 세상 모두에게 거부당했고, 자신의 삶이 타인에 의해 평가되는 상황 속에서 '이방인'이 됐음을 깨닫는다.

작품을 읽고 나서 마음에 남는 부분이 있었다. "자기 어머니의 장례식에서 울지 않는 사람은 누구나 사형 선고를 받을 위험이 있다." 전혀 개연성 없어 보이는 단 한 문장에서 우리는 '이방인'을 떠올릴 수 있다.

먼저, '자기 어머니'라는 말에 주목해보자. 다른 사람의 어머니가 아니라 바로 나의 어머니라는 의미에서 다른 누구보다 '나'와 연관 있는 사람임을 알 수 있다. 세상에서 나와 엄마의 관계를 나보다 더 잘 아는 사람이 있을까? 그러나 현실은 타인의 눈으로 관계가 결정된다. 울지 않은 나는 천인공노할 불효막심한 자식이 된다. 그리고 장례식에서 울지 않았다는 이유가 계속 발목을 잡아 그 대가로 사형이 선고된다. 작가는 이런 말도 안 되는 상황 속에서 살아가는 인간을 '이방인'이라고 지칭한다.

카뮈는 어머니를 창피해한 적도 있었지만, 어머니를 존중하고 사랑했다. 현실적으로 그의 어머니조차 세상에서 이방인이 될 수밖에 없었다. 장애인이었고, 가난했으며, 이민자였다. 마찬가지로 세상의 이방인으로 살아온 카뮈는 결국 작품 속 주인공 뫼르소를 통해서 이방인이 된 자신의 삶을 고발하고 싶었던 것이다. 그는 작품에서 네 가지 부분에 걸쳐 이방인으로 취급받는 인간상을 제시한다.

첫째, 관습에 얽매이는 삶을 거부한다. 어머니의 장례식에서 실제로 슬프든 슬프지 않든 남들에게 보여주기 위해 눈물을 흘리는 관습을 뫼르소는 따르지 않기로 한다. 그는 그렇게 하더라도 어머니는 충분히 자신을 이해해줄 것으로 기대했기 때문이다. 그러나 세상은 그렇지 않았다. 울지 않은 뫼르소는 세상의 모든 비난을 받아야만 했다.

둘째, 결혼과 연애에 대해서도 통상적인 관습을 거부한다. 결혼은 진지한 것이라는 여자친구 마리의 말에 뫼르소는 "아니!"라고 단호하게 말한다. 그는 마리와 함께하지만 마리를 사랑하는지 그 자신도 알지 못하고, 독자들도 알 수 없다. 관습에 의해 사랑하고 결혼하는 것 자체가 불필요한 일로 여겨졌을 뿐이다.

셋째, 부조리한 상황과 소외에 놓여 있다. 뫼르소는 피고인인데도 불구하고 정작 재판에 아무런 영향을 미치지 못한다. 실제 사건을 가장 잘 알고 있는, 혹은 진실을 알고 있는 사람은 피고인뿐이다. 그런데 피고인이 제외된 상황에서 그에 대한 잘못을 따지고 형벌이 내려지는 상황은 부당하다.

마지막으로 신을 믿지 않는다. 당시 실존주의 철학을 신봉했던 많은 사람이 그랬듯이 카뮈도 무신론자였다. 그는 삶을 종교에 귀속하거나 보이지 않는 신에게 의지하는 것을 거부한다. 그리고 시스템이 만들어놓은 세상에 순응하는 인간에 대해서 비판하고 있다. 이런 점에서 카뮈는 세상에 사는 모든 사람을 이방인으로 규정하는 듯하다. 어느 누구도 로보트처럼 규정된 삶을 살 수는 없는 노릇이니 말이다.

부조리한 세상이지만
문제의 해결도 인간에게 달려 있다

1942년 첫 소설《이방인》으로 시작해서 1960년 교통사고로 사망할 때까지 카뮈는 많은 작품을 저술했다. 작품 활동을 겨우 15년밖에 하지 않았지만, 1957년 내로라하는 선배 작가들을 제치고 노벨문학상을 수상했다. 당시 유럽의 분위기는 좌절감으로 가득했다. 계몽의 양심으로는 절대로 이해할 수 없었던 두 차례의 세계대전으로 1억 명 이상이 사망했고, 그 이상의 사람들이 다쳤다. 세계에서 가장 부유하고 발전한 지역이었던 유럽은 이후 세계 1위 타이틀을 미국에 내주고 되찾아오지 못했다. 오만했던 유럽은 이제 종교, 과학, 교육 등 모든 분야에서 낡은 체제가 되고 만 것이다.

이때 카뮈의 작품은 새로운 방향을 제시하는 나침반 역할을 해줬다. 사르트르와 같은 실존주의 철학자가 봤을 때 카뮈는 어설픈 실존주의자였지만, 대중들이 봤을 때는 탁월한 작가이자 사상가였다. 대중들이 조금 더 쉽게 접근할 수 있었던 측면이 분명히 있었다. 특히《이방인》은 작가의 자전적 성격을 넘어서 모든 사람이 이방인으로 살 수밖에 없는 세상의 부조리함을 비판함으로써 대중의 공감을 얻었다.

코로나19라는 감염병이 전 세계에 퍼지면서 카뮈의 또 다른 역작 《페스트 La Peste》가 다시 조명을 받고 있다. 《이방인》이 세상에 속하지 못한 개인을 통해 부조리한 세상을 고발하고 있다면, 《페스트》는 공동체를 통해 전염병을 극복하는 모습을 그리고 있다. 작가는 탐욕으로 얼룩진 사람에게 철퇴를 가하고 정의를 외치면서 서로 다른 사람들의 협력으로 위기를 극복할 수 있음을 보여준다. 역시 전작과 유사하게 종교에 대해서는 부정적인데, 실존주의자였던 카뮈에게 신은 망상이었고, 모든 문제의 시작도 해결도 모두 인간에게 달려 있음을 강조한다.

코로나 시대에도 보이지 않는 곳에서 열심히 일하는 사람들이 있었기에 우리는 팬데믹 상황을 극복할 수 있었다. 이런 측면에서 인간의 노력과 의지에 방점을 맞춘 그의 작품은 현재에도 충분히 읽을 만한 가치가 있다.

1960~2000년대

Patrick White

Wole Soyinka

Gabriel Garcia Marquez

Oe Kenzaburo

Jose Saramago

Naguib Mahfouz

Aleksandr Solzhenitsyn

Kawabata Yasnari

008

동아시아 최초의 노벨문학상 수상자
가와바타 야스나리
《설국》

가와바타 야스나리 川端康成

일본의 소설가(1899~1972). 1924년 〈이즈의 무희〉를 발표하며 등단했다. 일본 문단에서 신감각파에 속하며, 인간의 내면세계를 감각적으로 묘사해 독자적인 미의 세계를 구축했다. 《서정가》(1932), 《금수》(1933) 등의 작품을 썼고, 1937년 발표한 《설국》은 12년간 여러 번의 수정을 반복하다가, 1948년 마침내 완결판을 출간했다.

"자연과 인간의 운명이 지닌 유한한 아름다움을

우수 어린 회화적 언어로 묘사했다.

동양과 서양의 정신적 가교를 만드는 데 기여했다." (1968년)

가와바타 야스나리는 1899년 일본 오사카에서 태어났다. 아버지는 의사였으나 가와바타가 두 살 되던 1901년에 사망했다. 이후 어머니와 함께 외가에서 살았으나 어머니마저 이듬해에 사망하면서 조부모의 손에 성장했다. 그러나 불행한 가족사는 계속 이어져서 할머니와 누나를 잃게 됐다. 이 모든 일이 열 살도 채 되지 않은 시점에 경험한 일들이다. 어려운 환경 속에서도 학업 성적은 우수해서 중학교에 수석으로 입학했다. 그러나 열다섯 살이 되던 해 할아버지마저 세상을 떠나자 다시 외가의 먼 친척에게 맡겨졌고, 중학교 시절부터 기숙사 생활을 할 수밖에 없었다.

가와바타는 중학교 2학년 때 작가가 되겠다는 생각을 품고 1916년에 《게이한신보(京阪新報)》에 단편을 투고한다. 우리나라로 치면 고등학교 1학년 정도의 나이였다. 1917년 중학교를 졸업하고 도쿄로 상경해 사촌 집에서 얹혀살면서 고등학교에 다녔다. 이듬해에 여행하면서 유가시마 온천 여관을 알게 되고 이후 10년 동안 드나들었다. 이 온천 여행의 경험이 그의 대표작이라고 할 수 있는 《설국(雪國)》의 집필 배경이 되었다.

성적이 우수했던 가와바타는 1920년 고등학교를 졸업하고 동경제국대학 문학부 영문과에 들어갔다. 하지만 이듬해 국문과로 전과하여 《신시쵸(新思潮)》 등을 동료들과 함께 발행하고 여기에 〈초혼제일경(招魂祭一景)〉을 발표하며 문인의 길에 들어서

게 되었다. 1924년 대학을 졸업하고 동료 14명과 함께 동인지 《분게이지다이(文芸時代)》를 창간했다. 이어서 〈이즈의 무희(伊豆の踊子)〉를 지면에 발표하면서 본격적으로 활동을 시작했다.

초기에는 왕조 문학이나 불교 경전의 영향을 받아 허무한 슬픔과 서정성이 넘치는 작품을 주로 썼다. 아마도 그의 불우했던 가족사가 영향을 끼쳤을 것이다. 이후 비현실적인 미의 세계를 구축하는 방향으로 나아갔고, 12년간의 노력 끝에 《설국》을 발표했다. 그리고 마침내 1968년 10월, 일본인이자 동아시아인으로서는 처음으로 노벨문학상을 수상했다.

극강의 아름다움이란 이런 것이다

소설의 유명한 첫 문장을 보자.

"국경의 긴 터널을 빠져나오자, 눈의 고장이었다. 밤의 밑바닥이 하얘졌다. 신호소에 기차가 멈춰 섰다."

왠지 동화 속 나라에 입장하는 듯한 느낌이 들지 않는가? 짧은 문장이지만, 짙은 서정성에 우아하게 덧입혀진 신비함마저 느낄 수 있는 아름다운 문장이다.

주인공 시마무라는 한곳에 정착하지 못한 채 여행을 하며 살고 있다. 우연히 마주쳤던 매혹적인 게이샤 고마코를 만나러 그는 아름다운 설국의 온천마을에 도착한다. 그리고 그곳에서 순수하고 아름다운 여인 요코를 만난다. 시마무라는 사랑에 열정적인 이 두 여인에게 호감을 느끼지만, 두 사람 모두에게 깊이 빠져들지는 못하고 사랑에 방관적인 모습을 보인다. 소설에서는 이 세 사람이 만나게 된 마을 자체도 주인공이다. 작가는 마을의 아름다움, 그리고 자연으로부터 느끼는 감정을 그대로 뿜어낸다. 일정한 플롯을 기대하고 작품을 읽는다면, '도대체 뭘 읽고 있는 거지?'라고 생각할 수도 있다. 오히려 인간은 주인공이 되지 못하고 자연을 위한 배경이 되는 것처럼 느껴질 정도다.

수려한 자연풍경만이 독자의 머릿속에 서정적으로 아름답게 남는다. 일 년 중에 일정 기간 동안만 하얗게 쌓여 '설국'을 만드는 눈은, 봄이 되면 곧 사라진다. 이 아름다운 자연 앞에서 인간은 그저 유한한 존재일 뿐이다. 시마무라가 이 여인들을 떠나 다시 도쿄로 돌아가려고 할 때쯤 화재가 난 건물에서 요코가 사고를 당하고, 고마코가 요코를 안고 울부짖으며 갑작스럽게 소설은 끝이 난다. 그러나 그 죽음마저도 아름답게 묘사된다는 게 조금 충격적이다.

작품을 읽고 나면, 한 작품이 아니라는 생각이 들 정도로 연결고리가 약하다. '이런 작품이 노벨문학상 수상자의 대표작이라고?' 하는 의문이 생길 수도 있다. 왜냐하면 우리가 생각하는 전형적인 소설은 기승전결을 갖추고 줄거리가 명확한 작품이기 때문이다. 이 소설은 전개는 되지만 개연성이 떨어지고, 절정은 앞에서 소개한 첫 문장이다. 그러니 일반적인 소설이라고 하기에는 꽤나 미숙해 보인다고 오해할 수도 있다.

그러나 이 소설은 인물의 등장 그리고 사건보다는, 풍경의 아름다움에 심취할 수 있도록 전개된다. 작품을 읽다 보면 마치 눈으로 덮인 산마을에서 머무는 느낌이다. 그러면서 하늘에 촘촘히 박힌 별을 보기도 하고, 산자락을 따라 걷기도 하고, 그러고 나면 답답한 도시에서의 삶을 조금 덜어낸 것 같은 기분이 든다. 작가가 묘사하는 이 이미지들을 따라가다 보면 어느새 작가가 꿈꾸었던 이상적인 아름다움에 동화되어 있는 자신을 발견하게 될지도 모른다.

첫 일본인,
첫 동아시아 수상자라는 영예

1960년대는 미·소의 대립도 소강상태에 이르고, 제3세계가 부상하는 시기였다. 전범 국가였던 일본도 국력을 회복해서 세계 무대에서 조금씩 얼굴을 보이고 있을 때이기도 했다. '혹시 일본이 전범 국가가 아니었다면 노벨문학상 수상자가 더 일찍 나오지 않았을까?'라는 생각도 해본다. 실제로 가와바타의 수상과 관련해서는 1961년부터 결정돼 있었다는 이야기도 있었으니 말이다.

아시아 작가의 노벨문학상 수상은 1913년 인도의 시인 라빈

드라나드 타고르Rabindranath Tagore 이후 한 명도 없었다. 가와바타는 타고르 이후 55년 만에 수상한 아시아 작가였다. 노벨문학상이 세계적인 상이라고는 하지만 그만큼 동양인 작가와는 거리가 멀었다. 그렇다면 여기서 수상 이유를 살펴보자.

"자연과 인간의 운명이 지닌 유한한 아름다움을 우수 어린 회화적 언어로 묘사했다. (……) 동양과 서양의 정신적 가교를 만드는 데 기여했다."

위의 문장 중 첫 번째 문장은 작품의 문학적 요소에 대한 이유이다. 그리고 두 번째 문장은 동서를 이어주는 다리 역할을 했다는 시대적 분위기를 반영하고 있다. 어쨌든 가와바타가 수상함으로써 한림원 입장에서는 노벨문학상의 원래의 취지인 지역, 성별, 인종적 차별을 두지 않는다는 원칙이 잘 지켜졌다고 증명할 수 있었다. 그러한 원칙이 지켜지기까지 무려 55년이나 걸렸지만 말이다. 아울러 작가의 대표작은 철저히 문학적 아름다움을 표현한 작품으로 시대 비판, 시대정신 등을 반영하지 않았다는 점에서 오히려 순수한 문학상이라는 이름에 어울리는 선정이기도 했다.

인류의 삶에 새로운
기쁨과 즐거움을 주는 소설

사실 노벨문학상은 정치적 상이며, 시대정신이 반영된 상이다. 심사하는 사람이 인간이고, 노벨상 자체가 인류의 발전과 행복에 공헌한 사람에게 수여하는 상이니, 정치적일 수밖에 없고 시대정신을 따를 수밖에 없다.

1960년대에 이르면 세계정세가 바뀐다. 끊임없이 대립하던 미국과 소련이 쿠바 사태로 충돌 직전까지 갔으나, 같이 망할 수도 있다는 두려움이 생기자, 강경 대치보다는 공존을 모색하려고 하던 시점이다. 세계 최강 국가들의 군사적 충돌이 사실상 없을 거라는 확신 속에서 인간의 새로운 욕망이 드러나게 된다. 이제 생존을 위해 사는 게 아니라 유희적 인간으로 변신할 여건이 마련된 것이다. 그리고 이즈음에 등장한《설국》과 같은 작품은 인류의 삶에 새로운 즐거움과 기쁨을 줬다고 할 수 있다. 뭔가 딱딱하고 교훈적이거나 깊이 숙고해야만 하는 책이 아니라 한 폭의 동양화를 보는 듯한, 그러면서도 애수에 젖은 인간의 이야기가 담긴 작품은 새로운 시대에 어울리는 시도가 아니었을까?

아울러 현재 차갑고 건조한 도시적 삶을 살아가는 현대인이 읽는다면 따뜻하게 느낄 설국의 묘한 설정은, 잠시나마 도시를 벗어나 자연 속에 파묻히고 싶은 현대인의 마음을 십분 대변해준다. 결국 자연 속에 거하는 인간의 삶이야말로 진정한 삶이라는 이야기를 해주는 듯하다. 작가의 자연에 대한 예찬, 그리고 마치 인간보다 더 인간적으로 묘사된 자연의 모습을 보면서 인간의 탐욕과 욕심으로 무너진 현재 생태계의 안녕에 대한 근심과 우려를 다시 떠올리고, 이런 문제점을 해결해보고자 하는 마음가짐을 다시 추슬러볼 수 있지 않을까?

009

끝까지 공산주의를 비판했던
알렉산드르 솔제니친
《이반 데니소비치의 하루》

알렉산드르 솔제니친 Алекса́ндр Иса́евич Солжени́цын

러시아의 소설가(1918~2008). 스탈린을 비판했다는 이유로 강제노동수용소
에서 10년 가까이 수감되었으며, 그 경험을 바탕으로 1962년 《이반 데니소비
치의 하루》를 썼다. 이후 《암병동》(1966~1967), 《연옥 속에서》(1968), 《1914
년 8월》(1971) 등은 정부의 탄압으로 국외에서 출판되었고, 《수용소 군도》
(1973)의 국외 출판을 계기로 1974년 강제 추방된다. 이후 미국에서 20여 년을
살다가 소련연방 붕괴 후 1994년 러시아 시민권을 회복했다.

"러시아 문학의 전통을

도덕적인 힘으로 추구한 점이 돋보인다." (1970년)

알렉산드르 솔제니친은 1918년 소비에트연방 키슬로보드스크에서 태어났다. 그가 태어난 해는 공교롭게도 제1차 세계대전이 종료되는 해였다. 그는 로스토프대학에서 물리·수학을 전공했고, 모스크바에 있는 역사·철학·문학 전문학교의 통신 과정을 이수하기도 했다. 이후 소련군에서 복무하던 중 대위 시절에 제2차 세계대전에 참전했으며, 독일이 패망한 직후 1945년 6월에 육군 소령으로 진급했다. 종전 후에도 군에 남았던 그는 1945년 스탈린에 대한 의심을 담은 편지를 친구에게 보냈다가 사상 불순으로 같은 해 11월에 투옥되어 10년 동안 수용소 생활을 했다. 이 기간의 경험을 그대로 흘려보내지 않고 소설을 집필했는데, 그 작품이 바로 솔제니친의 대표작인《이반 데니소비치의 하루Один день Ивана Денисовича》이다.

이 소설은 스탈린 사후 1962년 소련 문학잡지인《노비미르 Новый мир》편집장이었던 알렉산드르 트바르도프스키의 적극적인 후원을 받아 연재할 수 있었고, 이 작품으로 솔제니친은 세계적인 명성을 얻었다. 당시 소련은 스탈린 지우기에 혈안이 돼 있었던 분위기였기에 연재가 가능했던 것으로 보인다.

추방당해도
비판을 멈추지 않은 작가

솔제니친은 스탈린 시대만을 비판한 게 아니었다. 당시의 폐쇄적인 관료주의 등 인간의 자유를 억압하는 모든 체제를 비판하면서 정부와 정부를 지지하는 많은 사람들에게 강한 비판을 받았다. 이런 그의 사상을 의심한 소련 정부는 그의 작품 전체에 대해 국내 출간을 금지했다. 당시 냉전 시대에 소련 체제를 비판한 작품은 당연히 서방의 환영을 받았고, 따라서 그의 작품은 국외에서는 출간될 수 있었다. 이런 체제 비판적 자세로 인해서 결국 1969년 11월 작가동맹에서 제명되기까지 했다.

그러나 이러한 솔제니친의 초지일관한 자세는 1970년에 노벨문학상을 받는 결정적 이유로 작용했다. 당시 세계의 분위기를 본다면 솔제니친의 수상 이유는 작품의 우수성에도 있겠지만, 정치적 이유도 적지 않았을 것이다. 흐루쇼프 정권에서는 솔제니친을 복권시켜주기도 했으나, 그는 체제 비판을 멈추지 않았다. 결국 1974년 서독으로 추방됐고, 이후 소련이 붕괴한 지 3년 후 1994년에 러시아로 돌아갈 수 있었다.

당연한 이야기지만, 솔제니친은 망명 중에도 공산주의를 비판했다. "공산주의는 치료할 수 없는 최악의 미치광이 병"이라고까지 하면서 강하게 비판했다. 러시아로 돌아간 후에도 계속 체제를 비판했고, 1998년 옐친 정부가 그에게 '성 안드레이페르보잔노보 훈장'을 수여하기로 했음에도 불구하고 그는 당시 러시아 체제에 대해 문제를 제기하며 수상을 거부했다.

수용소 경험이 있었기에
더욱 사실적일 수밖에 없는 작품

노벨문학상 수상자들의 작품을 읽다 보면, 작가 자신의 경험을 바탕으로 집필된 경우가 자주 있다. 아니 에르노처럼 아예 경험한 내용만을 작품화한 작가도 있고, 헤밍웨이처럼 직접 경험 없이 쓴 작품은 좋은 작품이 아니라고 주장한 작가도 있다. 엘프리데 엘리네크처럼 자전적 소설을 쓴 작가도 있다. 《이반 데니소비치의 하루》도 솔제니친이 억울하게 갇혔던 10년간의 수용소 경험 덕분에 수감자들의 삶이 더 사실적으로 묘사되고 더욱 큰 울림을 줄 수 있었다.

주인공 이반 데니소비치는 수용소에 수감되어 있다. 이들은 철저하게 감시당하며 자유를 누릴 수 없다. 자유를 잃은 정도가 아니라, 정상적인 인간으로 대접받지도 못한다. 그리고 이들은 점차 빵 조각 하나에도 무섭게 달려드는 짐승 떼와 크게 다를 바 없이 변한다. 수용소는 바깥세상의 축소판과 같아서 조금이라도 힘이 있는 자에게는 권력이 있고, 그런 권력을 가진 자에게 아첨하는 자도 있다. 그리고 다른 죄수들이 방심한 틈에 식량과 물건을 훔치는 기회주의자가 판친다.

이런 아비규환 같은 수용소에서 단 하나의 낙은 먹는 시간뿐이다. 그리고 해방에 대한 희망만이 그들이 삶을 연명하는 소중한 끈이다. 그러나 절망적인 사실은, 복역해야 할 날짜는 다들

정해져 있지만 아무도 나간 사람은 없다는 것이다. 죽었기 때문에 나가지 못한 경우도 있고, 복역 기간을 다 채웠는데도 새로운 죄목이 붙어서 수용소 생활이 연장되기도 했기 때문이다. 이해할 수 없는 이유로 끌려온 죄수들의 모습 속에서 솔제니친은 당시 소련 사회의 폐쇄적이고 비인간적인 측면을 비판하고 있다. 그리고 "죄수들의 가장 큰 적은 바로 옆에 있는 죄수"라는 대목에서 그는 소비에트연방공화국이라는 공동체라는 이름 아래서 자행되는 고발을 은유적으로 비난하기도 한다.

또한 그는 작품 속에서 자유에 대한 갈망조차도 신기루에 불과하다고 이야기한다. 그리고 이런 수용소의 모습을 거대한 소련 사회에 빗대어 이해할 수 있도록 하면서, 신랄한 체제 비판을 가한다. 작품 속에서 노역하는 죄수들은 큰 수익을 가져가는 소수의 지배층을 위해 일할 뿐임을 인지하고 있는데, 이 부분은 공산당 체제하에서 소수 기득권층에 몰리는 부와 권력의 쏠림 현상을 비판하는 부분이라고 할 수 있다.

아울러 매시, 매분, 매초 단위로 돌아가는 현대에서 《이반 데니소비치의 하루》는 '곧 현실이 수용소 아닐까?'라는 질문을 던지게 한다. 이익을 위해서라면 양심, 도덕, 윤리 따위는 내팽개칠 수 있는 현대인에게 던지는 자성의 목소리로 들린다.

공산주의 체제에 대한
비판적 메시지

소비에트연방공화국 출신의 노벨문학상 수상자는 모두 세 명이다. 이 중 1933년에 가장 먼저 수상했던 이반 알렉세예비치 부닌 Ива́н Алексе́евич Бу́нин은 러시아 혁명에 반대하면서 프랑스로 망명했다. 이후 그는 고국에 돌아가지 못했다. 다음으로는《닥터 지바고 Доктор Живаго》로 유명한 보리스 파스테르나크 Бори́с Пастерна́к인데, 작품 속에서 러시아를 비판했다는 이유로 1958년 노벨문학상 수상 직후 본국의 여러 단체로부터 비판을 받았다. 결국, 국내 여론 상황을 견디지 못한 그는 노벨문학상을 반납했다.

그리고 시간이 흘러 12년 후 솔제니친이 수상한다. 그는 체제 비판으로 수용소 생활도 했고, 이후 계속해서 소련을 비판해서 탄압받는 작가였다. 1969년에 작가동맹에서도 제명됐는데 이듬해 1970년 노벨문학상 수상자로 결정됐으니, 그의 작품 세계에 대한 격려이자 공산주의 체제 비판에 대한 서방의 감사 표시 성격도 있었다고 이해할 수 있을 듯하다.

이후 솔제니친은 공산주의 체제를 끝까지 비판하고, 고국으로 돌아가서도 체제 비판을 멈추지 않았다. 인간성을 무시하고 절대적 권력을 추구하는 지배 계급, 그리고 소비에트연방의 본래 의미가 훼손되는 현실에 대한 비판이자 자각을 촉구한 메시지로 이해할 수 있다.

수용소를 벗어난 현대는
갈등의 천국 아닌가?

솔제니친의 수상이 1970년도였으니, 이제 50년이 조금 더 지났다. 그동안 공산주의를 대표하는 소련은 해체됐으며, 그다음 순위였던 중국도 공산주의 시스템을 스스로 포기했다. 적절히 자본주의를 받아들여 먹고 살길을 마련한 것이다. 이제 이념을 앞세워 경쟁하는 세계가 아니다. 솔제니친의 인식 속에 거대한 수용소로 보였던 공산주의 체제는 사라졌다. 그러나 50년이 지난 지금, 우리는 완전히 해방된 세계 속에서 살고 있다고 자부할 수 있을까? 작가가 작품을 썼던 당시의 수용소는 바깥세상과 격리된 곳으로 자유의 부재에 대한 은유적 비판이라고 할 수 있을 것이다. 이런 비판을 현대로 옮겨오면 더욱 복잡하다.

우리는 이념의 갈등 대신, '부(富)의 갈등'을 겪고 있다. 부자와 가난한 자의 대립이 끊임없이 발생하고 있다. 그리고 '젠더 갈등'을 겪고 있다. 과거라면 상상조차 하기 어려웠을 것이다. '세대 갈등'도 이전보다 훨씬 더 커졌다. 갈등을 겪는 집단끼리 서로 폄하하는 지칭 욕설도 파생되면서, 갈등 봉합은 점점 더 어려워지고 있다. 이런 문화적 갈등 외에도 강대국 간의 '군사·경제적 갈등'이 심화되고 있으며, 똑같은 민주주의·자본주의 체제를 지향하는 국가들 사이에서도 '무역 갈등'이 본격화되면서 세계는 갈등 천국이 되어가고 있는 형국이다. 수용소를 나와 해방된 자들이 오히려 수용소로 돌아가고 싶어 할 만큼 세상은 첨예한 갈등으로 가득하다.

작가가 묘사한 수용소는 인간의 존엄성과 자유를 빼앗았던 전체주의 시대의 오류를 지적하고 있다. 즉, 특별 계층을 제외한 모든 사람의 존엄성과 자유를 강탈하여 수용소에 감금시켜 하향 평등을 조장했던 것이다. 결국 일부를 위해 다수가 희생당한 체제였다. 그렇다면 현재는 어떨까? 수많은 갈등의 원인도 결국은 일부의 특권을 위해 대다수 사람이 희생당하기 때문에 벌어지는 일이다. 어쩌면 새로운 언어(예를 들어 세계화, 신자유주의 등)가 더 넓은 의미의 수용소를 상징하고 있었는지도 모른다. 이런 의미에서 세상은 여전히 수용소라고 할 수 있다.

공산주의를 "미치광이 병"이라고 불렀던 솔제니친이 현재 세계를 봤다면 어떤 말을 했을까? 아마도 인간의 탐욕으로 인한 갈등에 대해서도 도저히 고칠 수 없는 미치광이 병이라고 하지 않았을까?

노벨문학상 수상 작품에 대한 아쉬움이 있다면, 대개 문제는 제기하나 해결책은 제시하지 않는다는 점이다. 하지만《이반 데니소비치의 하루》에서 읽을 수 있는 소련 체제에 대한 비판을 현대 세계로 가져와 또 하나의 비판의 틀로 이해할 수 있다면, 문학은 그것으로 임무를 다한 것이다. 그리고 독자는 정확한 문제의식을 바탕으로 적절한 해결책을 생각하면 된다.

010

자신만의 전차를 몰아야 했던
패트릭 화이트
《전차를 모는 기수들》

패트릭 화이트 Patrick White

오스트레일리아의 소설가(1912~1990). 가장 오스트레일리아적인 소설가로 꼽히며, 사회문제와 인권문제에도 목소리를 높였다. 1939년 첫 번째 장편소설 《행복의 계곡》을 출간한 이후 《죽은 자와 산 자》(1941), 《숙모님 이야기》(1946), 《보스》(1957), 《전차를 모는 기수들》(1961), 《폭풍의 눈》(1973) 등 13편의 장편소설과 여러 편의 단편소설, 희곡 및 시나리오 등을 썼다.

"문학계에 새로운 대륙을 소개한

웅장하고 심리적이며 서사적인 예술작품." (1973년)

패트릭 화이트는 1912년 런던에서 태어났다. 그가 태어난 지 6개월이 됐을 때 그의 가족들은 오스트레일리아 시드니로 이주했다. 화이트는 어린 시절부터 천식으로 몸이 좋지 않아 다른 아이들과 함께 어울리는 게 쉽지 않았고, 혼자만의 시간을 보낼 수밖에 없었다. 그러나 또래보다 조숙했던 화이트는 자신에게 주어진 혼자만의 시간에 글을 쓰기 시작했는데, 이때 이미 성인 수준의 글을 쓸 수 있었다고 한다.

화이트는 십 대가 되어 다시 영국으로 들어와 학교에 다녔는데, 이때의 경험이 좋지 않았는지 이 기간을 "4년 징역형"이라고 말했다고 한다. 더욱이 런던에서 학교에 다니던 시절에 한 친구를 만나 우정을 나눴는데, 이후 이 친구가 학교를 떠나자 화이트는 자퇴를 선택했다. 부모는 화이트를 다시 오스트레일리아로 불러들였고, 대학에 가기 전까지 그는 오스트레일리아에서 지냈다.

화이트는 1930년대 영국에 머물면서 프랑스와 독일 문학을 공부했다. 케임브리지에 다니는 동안 성공회 사제가 되기 위해 노력하기도 했는데, 그는 이때 자신의 동성애 성향을 발견했다. 현재도 성소수자들에 대한 편견이 상당한데 당시에는 동성애를 인정하고 외부에 알린다는 것은 상상도 못 할 일이었다. 당연히 화이트도 자신의 이런 성향을 숨길 수밖에 없었다.

허약했던 어린 시절, 그리고 남과 잘 어울리지 못했던 소심한 성격, 아울러 남과 다른 성정체성은 이후 약자를 위한, 혹은 소외된 자들을 위한 메시지를 작품 속에 담는 데 밑거름이 된다. 화이트는 제2차 세계대전이 발발하자 영국 정보국의 일원으로 참전해 북아프리카와 중동, 그리스 등에서 복무했으며, 전쟁이 끝난 후 마침내 유년기를 보냈던 오스트레일리아에 정착한다.

그가 작가로서 성장할 수 있었던 배경에는 남과 다른 특징도 있었지만, 재정적으로 안정됐기에 가능했다. 1937년 아버지가 사망하면서 유산을 남겼고, 덕분에 화이트는 재정적 어려움 없이 작품 활동에 매진할 수 있었다. 그는 다양한 사회문제에 대해 직설적인 발언을 했고, 인권문제에도 평생 큰 관심을 보였다. 아울러 문화적인 후원을 통해 소수자들의 예술을 오스트레일리아에 소개하려 했다.

그러나 화이트 본인은 대중에게 노출되기를 꺼렸으며, 수상자로 결정된 1973년 노벨문학상 시상식에도 참석하지 않았다. 다만, 상금으로 자신의 이름을 내건 상을 만들어 대중적인 관심을 받지 못한 작가를 찾아 지원했다. 그는 1990년 사망할 때까지 활발하게 창작 활동을 계속했고, 평생 머물렀던 센테니얼파크 내의 자택은 문화유산으로 등재되어 현재까지 많은 예술가와 소수자들에게 영감을 주고 있다.

달리는 전차는
방향이 중요하다

1961년에 출간된 화이트의 대표작 《전차를 모는 기수들Riders in the Chariot》에 등장하는 주인공들의 삶은 모두 비극적이다. 작가는 기독교의 불의함을 다루고, 보통 사람의 범죄성을 다루고, 계급을 다루며, 마지막으로 인종을 다룬다. 그리고 이러한 부분을 약자 편에서 서술하여 사회의 부조리함을 고발한다.

메리 헤어, 모르데카이 히멜파르프, 앨프 더보, 루스 조이너는 모두 평범한 사람들에게 사람 취급도 받지 못한다. 메리 헤어는 외모와 성격 등으로 인해서 많은 사람의 관심 밖으로 밀려난다. 누구에게도 사랑받지 못하는 헤어는 늘 사람을 그리워한다. 부모가 죽고 가정부를 고용하는데, 가정부조차 그녀를 무시하기 일쑤다. 남한테 단 한 번도 피해를 입히지 않았지만, 존재 자체만으로 부담스러운 존재가 되어 살아간다. 모르데카이 히멜파르프는 유대인으로 독일에서 교수까지 지냈지만, 전쟁 중 아우슈비츠에 끌려간 경험이 있다. 전쟁 후 유럽으로 돌아가기를 포기하고 오스트레일리아에 정착하기로 마음먹는다. 오스트레일리아에서 그는 지성에 대한 환멸로 공장 근로자를 택한다. 부활절 기간 중 개신교 무리에게 붙잡혀 고초를 당한 그는 이때 생긴 부상으로 사망한다. 앨프 더보는 원주민으로 어린 시절 백인 목사에게 입양된다. 목사와 여동생은 그에게 훌륭한 교육을 제공하지만, 목사에게 성추행당했다는 사실을 여동생이 알게 되어 떠나게 된다. 이후 히멜파르프와 같은 공장에서 일하면서 비인간적인 대우를 받는다. 루스 조이너는 가난한 집안에서 많은 자녀를 낳고 키우는 여성이다. 그녀는 가난하다는 이유로 무시당하지만, 독실한 기독교 신자로 선(善)을 베풀며 살려고 노력한다. 그녀는 헤어와 히멜파르프 등과 교류하고, 히멜파르프의 마지막 순간에 함께한다.

소설은 사회적 약자와 소수자들에 대해 편견을 지닌 사회의 무자비하고 비인간적인 대우를 고발하며, 우리가 채찍을 가하며 달리고 있는 전차, 즉 이 세상이 나아가고 있는 방향에 대한 질문을 던진다.

이 작품은 하나의 큰 축을 중심으로 네 가지의 작은 주제로 이루어져 있다. 큰 축은 인간에 대한 차별로 사회 안에서 결코 평등하지 않은 소외된 인물들의 현실을 고발한다. 그리고 이 큰 주제를 다음의 네 가지 주제로 변주하여 보여준다. 첫째, 외모지상주의다. 못생긴 등장인물에 대한 차별과 무시를 통해 한 여인의 삶을 일상적이지 못하게 한다. 둘째, 종교적 핍박이다. 유대교를 믿는다는 이유로 고난을 겪고 죽음을 맞이한다. 그리고 그 죽음과 관련해서 어떤 법적 조치도 이뤄지지 않는다. 셋째, 인종 차별이다. 이름이 있어도 이름이 아니라 '검둥이'로 불린다. 피부색이 다르다는 이유로, 원주민이라는 이유로 그의 예술성도 인정받지 못한다. 마지막으로 가난한 자에 대한 차별이다. 어떤 사람도 가난을 원하지 않는다. 그렇게 태어난 것일 뿐이다. 그러나 사회는 가난한 자를 무시하고 핍박한다.

작품은 결론조차 비극적이다. 기대할 만한 게 아무것도 없다. 그래서 더 절망적이다. 다소 파격적인 주제를 다뤘음에도 작가에게 수많은 상이 주어졌고, 마침내 노벨문학상까지 수여됐다는 점을 보면, 이러한 문제의식이 사회가 조금씩 진보하는 데 도움이 된다는 뜻으로 이해해도 되는 것일까?

사회적 약자와 소수자들의 현실을 문학으로 고발한 작가

1973년 드디어 새로운 대륙에서 노벨문학상 수상자가 등장했다. 오스트레일리아는 큰 대륙임에도 불구하고 그동안 유럽 중심의 역사와 문화에서 변방으로 취급되었다. 그런 상황 속에서 패트릭 화이트는 오스트레일리아를 주류 문학계로 불러들이면서 경계 밖의 삶을 조명했다. 작가는 다양한 처지에 있는 소수자들의 모습을 통해 오스트레일리아의 상황을 철저히 고발했고, 더불어 이들의 이야기는 전 세계의 소수자들에게도 공감을 불러일으켰다.

노벨문학상 작품은 문학적 탁월성과 더불어 사회 비판적 메시지를 담고 있어야 한다. 다시 말해서 문학적 아름다움과 인기만을 가지고 수상할 수 있는 상이 아니다. 그렇기 때문에 노벨문학상 수상자들 대부분 특이한 삶을 살았고, 굳이 이중 국적까지는 아니더라도 여러 국가에 살았던 이력이 존재한다. 화이트 역시 이런 조건을 충분히 갖춘 작가였다.

그는 영국에서 태어났고, 전쟁에 참전하기도 했으며, 미국에서 작품 활동도 했다. 마침내 오스트레일리아에 정착해서 작품 활동을 하면서 인권문제에 관심 가졌고, 사회적 약자와 소수자를 위한 지원도 했다. 이런 작가의 이력을 고려했을 때, 한림원은 화이트에게 수상의 영예를 안겨줄 만했다. 특히, 그의 작품을 관통하는 기독교 정신에 대한 비판과 여전히 세계 각국에서 행해지는 인종 차별 문제는 비단 작가가 정착한 오스트레일리아만의 문제가 아니었다. 이런 보편적 문제에 대한 인식을 작품으로 드러냈기에 노벨문학상을 수상할 수 있었던 것이다.

66년이 지난 지금도
여전히 존재하는 문제들

작가의 작품이 출판된 지 60년이 지났다. 과거와 비교하면 좀 더 평등이 이뤄진 세상이 된 듯하다. 우리나라만 하더라도 1960년대라면, 지금과 같은 글을 쓰는 것조차 어려웠을 것이다. 자유와 평등이라는 단어만 들어가도 사상 불순 등의 죄목으로 어디론가 끌려갔을 테니까. 그러나 여전히 '진보(進步)'라는 단어는 존재한다. 지금보다 앞으로 나아가야 한다는 의미다. 앞으로 나아가기 위해서는 반성이라는 과정이 필수 요소이다. 그렇기 때문에 달리는 전차를 잠시 멈추고 지금껏 달려온 방향을 점검해야 한다. 우리 사회는 정말 미친 듯이 앞만 보고 달렸다. 우리나라의 1인당 GDP가 3만 5천 달러를 돌파할 정도로 성장했다. 하지만 기본적인 생계 조건이 해결됐다고 해서 만족할 수는 없다. 이제 권리를 따질 때가 됐다.

자유와 평등, 민주주의, 인권, 여성 인권, 성소수자에 대한 생각 등 정말 다양하고 복잡한 문제들을 해결해야 할 시점이다. 작품 속에 등장하는 외모지상주의는 여전히 우리 사회의 큰 문제이기도 하다. 많은 청소년이 아이돌의 외모를 따라 하려고 혈안이 돼 있다. 보수적 기독교인들은 빨갱이 논쟁을 계속 이어가면서 극보수층을 끌어들여 편을 가르려 한다. 다문화 사회로 나아가는 과정에서 우리는 다문화 가족과 이주노동자들에 대한 편견이 심각한 수준이다. 빈부 격차가 극심해지면서 우리 사회에 빈곤층도 더 많아졌다. 사회적 취약계층에 대한 보호가 더 절실해졌음에도 가난을 개인의 능력으로 취급하면서 방치하거나 혐오를 드러내기도 한다.

패트릭 화이트의 《전차를 모는 기수들》은 이런 우리 사회에 "잠시 멈춰서 뒤를 바라봐! 그리고 달려가야 할 방향을 살펴봐!"라고 조언한다.

011

공감할 수 있는 우화로 현실을 비판한
가브리엘 가르시아 마르케스
《백년의 고독》

가브리엘 가르시아 마르케스 Gabriel García Márquez

콜롬비아의 작가이자 저널리스트(1927~2014). 마술적 리얼리즘을 바탕으로 라틴 아메리카의 역사와 민중의 삶을 신화적으로 구성한 소설로 평단과 대중의 사랑을 모두 받았다. 1955년 《낙엽》을 발표하며 데뷔했다. 주요 작품으로는 《아무도 대령에게 편지하지 않다》(1961), 《암흑의 시대》(1962), 《백년의 고독》(1967), 《푸른 개의 눈》(1972), 《예고된 죽음의 연대기》(1981) 등이 있다.

"그는 사실적으로 보도할 수 있는 문제들을

전통 이야기와 문학적 묘사 등을 통해 생생하게 묘사해

화려한 환상의 세계를 만들었다." (1982년)

가브리엘 가르시아 마르케스는 1927년 콜롬비아의 카리브해 연안에 있는 아라카타카라는 작은 도시에서 태어났다. 12남매 중 장남이었고, 집안 사정 때문에 태어나서 8년 동안 외조부모 집에서 살았다. 그래서 그의 문학 세계는 어린 시절 조부모의 영향을 많이 받은 것으로 알려져 있다. 마르케스는 기괴한 것을 사실주의와 결합하는 서술 방식과 지역 신화와 전설에 대해 특별히 관심이 많았던 점을 모두 외할머니 영향으로 돌린다. 외할아버지는 1890년대 콜롬비아에서 벌어진 내전에 참전했던 군인이었고 마르케스가 등장인물을 창조하는 데 영감을 주었다고 한다.

그 후 마르케스는 바랑키야에서 부모와 함께 살면서 초등학교에 다녔고, 12세에 중·고등학교에 장학금을 받고 입학하여 18세까지 공부했다. 고등학교 졸업 후 수도 보고타의 카르타헤나대학에서 법률과 언론학을 공부했다. 졸업 후에는 1950년부터 1965년까지 콜롬비아, 프랑스, 베네수엘라, 미국, 멕시코 등지에서 언론인으로 일했으며, 보고타대학에서 법학을 공부하고 기자로 활동하면서 유럽에 체류하기도 했다. 언론인으로 여러 국가를 여행한 경험들이 그의 문학에 큰 영향을 주었다. 마르케스가 작가가 되기로 결심한 계기는 프란츠 카프카Franz Kafka의 《변신Die Verwandlung》을 읽은 후라고 알려졌는데, 이후 마술적 사실주의의 대가가 된 이유도 카프카의 영향이라고 할 수 있을 듯하다.

쿠바의 독재자 피델 카스트로Fidel Castro와도 친분이 있었는데, 덕분에 마르케스는 카스트로의 '궁전작가'라는 비판을 듣기도 했다. 그러나 실제로는 정치적 조언도 하고 문학적 조언도 받았던 관계였다. 그 증거로 중남미의 여러 독재자를 비판하는 우화 소설인《족장의 가을El otoño del patriarca》을 썼을 때는 카스트로와의 사이가 잠시 서먹해지기도 했다.

마르케스는 공산주의에 관심을 가졌고, 1954년 특파원으로 로마에 파견됐을 때는 본국의 정치적 부패와 혼란을 비판하는 칼럼을 쓰기도 했다. 이 일로 인해서 본국으로 돌아갈 수 없게 돼 파리, 뉴욕 등을 떠도는 처지가 되었다. 이 시기에 공산당에 입당해서 적극적인 정치활동을 하기도 했으며, 1950년대 남미가 혁명으로 혼란을 겪을 때는 좌익단체를 지원하기도 했다. 이런 정치적 활동과 작가로서의 명성으로 콜롬비아 자유당을 비롯한 여러 좌파 정당으로부터 정계 진출을 제의받았으나, 이를 거절하고 평생 작가이자 비평가로 남았다.

부정한 세상이 소멸되기를 바라는 작가의 예언서

《백년의 고독Cien años de soledad》을 한 번 읽어서 이해한다는 것은 정말 어려운 일이다. 등장인물들의 이름도 어렵고, 복잡한 족보는 작품 서두에 그림으로 자세하게 설명해놓았어도 좀처럼 눈에 들어오지 않는다. 그러나 작품이 이해되는 순간부터 작가의 다른 작품들도 읽게 되는 마술이 펼쳐진다.

부엔디아 일족의 시초인 부부는 사촌 남매이다. 근친으로 두 사람의 사랑이 받아들여질 수 없자, 그들은 거주지를 떠나 '마콘도'라는 마을에 정착한다. 그리고 이 마을은 일족 중심으로 번성하게 된다. 마을이 번성함에 따라 많은 사람이 이곳에 정착하거나 방문한다. 관공서도 세워지고, 성당도 세워져 미사도 드린다. 아울러 바나나 농장이 들어서면서 많은 노동자들이 일거리를 찾아오고 상업적으로도 마을은 활발해진다. 그뿐만 아니라 부엔디아 일족에서 '아우렐리아노 부엔디아'라는 혁명 군인도 배출된다. 혁명을 완수하지는 못하지만.

번성이 있으면 몰락도 있는 법. 세월이 지나 마을은 점차 사람이 떠나고 황량해지기 시작한다. 부엔디아 가문은 일찍부터 "가문 최초의 인간은 나무에 묶여 있고, 최후의 인간은 개미에게 먹히고 있다"라는 예언을 믿고 있었는데, 일족의 조상이었던 부엔디아는 나무에 묶여 있다가 고독하게 죽었고, 아우렐리아노 부엔디아 대령도 고독하게 혼자서 죽음을 맞이한다. 근친상간으로 태어난 마지막 아이는 예언대로 돼지 꼬리를 달고 태어났고, 태어나자마자 개미에게 먹히면서 죽음을 맞이한다. 그리고 더는 이런 마을이 탄생하지 않을 것이라는 예언과 함께 마을은 사라진다.

　당시 콜롬비아의 상황을 모르고 작품을 읽으면 쉽게 이해할 수 없다. 작품은 정치, 경제, 종교 등과 관련해서 한결같이 비판적 태도를 견지한다. 관공서가 들어설 때부터 반발하는 부엔디아 가문에 의해 겁먹은 시장, 그리고 성당의 공사를 위해서 주민들에게 헌금을 강요하는 교회의 수탈, 혁명의 실패와 허무함, 그리고 노동자의 파업 실패 등 작품은 당시 남미의 혼란스러운 모든 상황을 비판적으로 담고 있다.

　작가는 결말 부분에서 예언서대로 사라지는 마을의 모습을 통해 혼란을 겪는 국가, 사회, 공동체가 더는 존재하지 않기를 바라는 마음을 표현하고 있는 듯하다. 그러나 작가의 간절한 예언은 아직 실현되지 않았다. 여전히 세상은 혼란스럽고, 국가·사회·공동체 모두 비판의 여지가 가득하니 말이다.

직설적으로 비판하기보다
우화로 공감대를 넓혔던 작가

문학의 흥미로운 점은 허구를 통해 현실을 지적하거나 비판할 수 있다는 것이다. 마르케스의 이력을 보면, 작가 이전에 저널리스트로 활동했고 공산당에도 적을 두었다. 저널리즘에 입각해서 현실을 제대로 통찰할 수 있었으며, 공산당 활동으로 당시 체제를 사회적 약자의 입장에 서서 비판적으로 이해했을 것이다.

그의 노벨문학상 수상에서 흥미로운 부분은, 시대적 배경을 고려했을 때 카스트로와 가까운 작가가 노벨문학상을 받았다는 점이다. 마르케스의 활동 시대를 고려하면, 냉전이 절정을 이뤘던 시대이고 쿠바 혁명 이후 미국의 공산주의에 대한 경계가 한층 더 심해졌던 시기였다. 다시 말해서 그와 카스트로의 관계를 생각한다면 노벨문학상을 수상한다는 것은 망상에 불과했을 것이다. 그래서 작가의 수상이 더 의미가 있는지도 모른다. "사실적으로 보도할 수 있는 문제들을 전통 이야기와 문학적 묘사 등을 통해 생생하게 묘사해 화려한 환상의 세계를 만들었다"라는 수상 이유를 보면, 결국 문학적 탁월함이 이데올로기를 눌렀다고 이해할 수도 있기 때문이다.

마르케스의 표현기법인 마술적 사실주의는 하나의 문학 기법으로, 현실 세계에 적용하기에는 원인과 결과가 일치할 수 없는 서사 방식이다. 이런 기법은 현실에서 일어날 수 없는 일들을 묘사하여 문학적 상상력을 극대화할 수 있지만, 독재자 등을 표현할 때는 다소 순화될 수 있다는 문제점이 있다. 그러나 작가는 당시 콜롬비아 사회는 물론, 카스트로를 포함한 세상의 독재자들을 비판하는 데 마술적 사실주의를 적극 활용하고 있다. 독재자와의 친구라는 점이 분명 노벨문학상 심사위원들이 봤을 때 고민거리가 됐을 테지만, 탁월한 작품과 사회 부조리함에 대해 끊임없이 비판하는 작가 정신을 높이 사서 수상자로 선정한 것으로 이해할 수 있다.

　또한 그의 작품은 저널리스트로서의 통찰력을 바탕으로 누구나 알기 쉬운 우화로 풀어놓는다. 직설적으로 세상을 비판하기보다, 오히려 대중들에게 친숙한 언어로 접근함으로써 비판의 공감대를 넓혔다고 할 수 있다. 그리고 이런 비판적 의식이 있는 작품이었기에 노벨문학상 선정 조건을 충족시켰을 것이다. 지역에 따라 공산주의가 득세한 곳에서는 민주주의자가 체제 비판자가 돼 정의를 부르짖는 용사 역할을 하는 반면, 천민자본주의가 판치는 지역에서는 오히려 좌익 운동을 하는 사람이 정의를 구현하기 위한 투사가 될 수도 있는 법이다.

현대는 많은 사람이 공감할 수 있는 우화가 필요하다

마르케스의 마술적 사실주의를 바탕으로 한 우화는 그를 콜롬비아는 물론, 남미 최고의 작가로 설 수 있도록 해주었다. 하지만 아무리 좋은 작품이더라도 독자가 읽지 않으면 소용없다. 다시 말해서 좋은 작품일 수는 있어도 독자의 흥미를 끌지 못하는 작품은 널리 읽히지 않는다. 작가는 많은 사람이 쉽게 이해할 수 있는 언어로 작품을 쓰려고 했다. 물론, 쉬운 언어라고 해서 주제 의식마저 가벼운 것은 아니었다. 현재 우리 사회는 대중의 공감을 얻을 수 있는 언어꾼이 보이지 않는다. 과거에는 그런 역할을 했더라도 세월이 흘러 50대를 넘어서면 대중적 공감보다는 한쪽 정파를 위한 언어를 주로 사용한다. 그러다 보니 대중은 그런 언어를 외면하게 되고, 사회를 통합할 수 있는 언어가 점점 사라져 간다.

다음으로 우화는 설명해주는 언어이다. 등장인물이 등장하고 서사가 있고, 그런 서사를 따라 가면서 독자는 작가가 전하려 하는 주제를 이해한다. 다른 말로 친절한 언어라고 할 수 있다. 현대 언어의 특징은 '줄임', '간결'이다. 단어의 줄임이 심해서 세대 차이를 몇 개의 단어만으로도 알아낼 수 있을 정도다. 아울러 본인만 이해할 수 있는 문장을 배열해서 정리하다 보니, 정보 전달도 되지 않고 심지어 오해를 불러일으키기도 한다.

마르케스는 어려운 이야기를 쉽게 풀어서 대중들과 나눴다. 그의 작품이 난해하다고 여겨졌다면, 그의 작품이 수백만 권씩 인쇄될 수 있었을까? 대중이 공감할 수 있는 내용을 쉽게 이해할 수 있도록 썼기 때문에 작가로서 성공할 수 있었다. 작가의 우화적 표현은 때로는 직설법보다 강하게 파고들고, 더 큰 공감대를 형성한다.

012

아프리카를 대표하는 작가
월레 소잉카
《해설자들》

월레 소잉카 Akinwande Oluwole Soyinka

나이지리아의 극작가이자 시인, 소설가, 비평가(1934~). 아프리카인 최초로 노
벨문학상을 수상하며 아프리카를 대표하는 상징적 작가가 되었다. 주로 희곡을
썼으며 시, 소설, 자서전, 에세이 등 다양한 장르의 작품을 발표했다. 주요 희곡
작품으로 《숲의 춤》(1960), 《사자와 보석》(1963), 《제로 형제의 시련》(1960),
《제로의 변신》(1972) 등이 있으며, 소설 작품으로는 《해설자들》(1965), 《혼돈
의 계절》(1973) 등이 있다.

"문화에 대한 넓은 시야와 풍부하고

아름다운 이상으로 당대 극작품에 영향을 미쳤다." (1986년)

월레 소잉카는 1934년 나이지리아 오군주의 아베오쿠타에서 태어났다. 그의 아버지는 기독교 목사이자 초등학교 교장이었다. 그래서 소잉카는 어린 시절 기독교 문화를 접하면서 성장했다. 그가 속한 요루바족 또한 토착 종교를 바탕으로 한 신화와 전설 등의 구비문학의 전통을 잘 보유하고 있어서 소잉카는 어린 시절 여러 문화를 다양하게 체험하면서 성장할 수 있었다. 이런 문화의 교류, 혹은 복합성 속에서 작가의 문학적 뿌리가 형성됐다고 이해할 수 있을 듯하다. 실제로 그의 작품에도 기독교와 토속 종교가 혼합되어 표현되어 있다. 아울러 그가 자랐던 나이지리아는 당시 영국의 식민지여서, 식민지 국가의 아픔 속에서 성장하면서 감수성을 키웠고, 교육적으로는 서구식 교육을 받아 영문학을 배울 수 있었다. 이와 같은 문화적 복합성이 소잉카를 작가로 성장시키는 밑거름이 됐다고 할 수 있다.

나이지리아 현지에 설립된 이바단대학을 졸업한 소잉카는 1954년에 영국의 리즈대학교로 유학을 떠나 영문학을 전공했다. 이후 런던의 로열코트극장에서 본격적으로 작품을 쓰고 연출 활동을 시작한다. 어린 시절부터 희곡을 썼던 소잉카는 덕분에 소설가 이전에 극작가로 유명세를 떨칠 수 있었다. 소잉카의 초기 희곡 작품《숲의 춤A Dance of the Forests》등이 그가 영국에서 체류하던 시기에 창작한 작품이다.

나이지리아는 1960년에 영국으로부터 독립한다. 소잉카는 곧 나이지리아로 돌아와 극단을 조직하고 본격적으로 연극 활동을 하면서 대학에서 강의를 했고, 이 시기에 기독교를 비판한 《제로 형제의 시련The Trials of Brother Jero》 등과 같은 작품을 발표하기도 했다. 독립국이 되었으나 여전히 국내외적으로 혼란함을 겪고 있던 나이지리아 정치 상황에 대해 비판적인 의견을 표출하면서 반정부 활동에 가담하기도 했다. 1960년대 후반 나이지리아 내전 기간 중에는 정전을 촉구하는 기사를 기고해서 반군에 동조한다는 죄목으로 22개월간 수감되는 고초를 겪기도 했다. 그러나 소잉카는 그의 결심을 꺾지 않고 군사정부에 계속 저항한다. 이러한 시기에 그는 대표작 《해설자들The Interpreters》을 출간했고, 1986년에 아프리카인 최초로 노벨문학상을 받는다. 그러나 이런 문학적 성과에도 불구하고 정치적으로는 순탄하지 않은 길을 택해서 결국, 1994년부터 1998년까지 정치적 망명자로 살아야 했다. 이후 나이지리아에 민정(民政)이 회복되자 망명 생활을 마치고 나이지리아에 정착한 소잉카는 현재 대학에서 강의하면서 저술 활동도 계속 이어가고 있다.

독립한 조국에 대한 해설

《해설자들》을 처음 읽으면, 작품의 시간 배열에 줄거리를 놓치게 된다. 원래 극작품을 주로 쓴 소잉카의 소설에는 극(劇)적인 요소가 많이 반영돼 일반 소설을 읽듯이 접근한다면 당황스러울 수밖에 없다. 그럼에도 불구하고 조국의 현실을 분석하고 이를 문학으로 비판한 작가의 능력을 나이지리아의 플라톤(플라톤은 모든 철학서를 대화체로 썼다)이라고 이해한다면, 너무 과한 것일까?

이 소설에 등장하는 주인공 다섯 명은 모두 외국에서 공부를 한 엘리트들이다. 저널리스트, 엔지니어, 예술가 등으로 사회에 순응한다면 적당한 자리와 부를 거머쥘 수 있는 사람들이다. 그러나 그런 기회를 애써 취하려 하지 않고 오히려 나이지리아의 혼탁한 현실에 맞서기 위해서 지식인들의 모임을 조성해 당시 체제를 비판한다.

인물들의 대화를 통해서 작가는 나이지리아 전통을 새롭게 전달하려고 노력하고 있으며, 독립 후 수립된 정부의 행태를 비판하면서 새로운 식민주의로 변질하는 나이지리아의 상황을 지적한다. 그러나 부조리한 현실에 구체적인 대안을 제시하지 못하고 그들의 삶도 크게 저항적이지 않다. 이러한 모습 때문에 오히려 기득권자들에게 이런 질문을 받게 된다. "당신 같은 젊은 사람들은 언제나 비판적이지요. 그것도 파괴적으로만 비판을 해요. 왜 어떤 구체적인 제안을 하지 않습니까? 어떤 식으로든 이 나라를 개선시킬 방안을 말입니다. 그러면 우리 정치가들이 그것을 채택할지 말지를 보게 될 겁니다." 결국 입으로만 비판하고 실제로 행동으로 옮기지 않는 당시 엘리트들의 민낯을 소잉카가 재비판하고 있는 것이다.

문화적으로 낯선 아프리카 출신 작가의 작품이지만, 우리 역사와 닮은 부분이 많았기에 공감할 수 있는 부분이 많았다. 대한민국의 독립 초기, 혼란스러웠던 상황과 다를 바 없었다. 다만, 21세기에 두 국가의 모습을 보면 정치, 경제, 문화 등에 있어서 크게 벌어져 있다.

　작품은 여러 분야 엘리트의 시점에서 당시 나이지리아를 해설하는 구도로 구성돼 있다. 그렇다고 각 사람의 이야기가 각각의 파트로 나눠져 구성된 것은 아니다. 그들은 대화를 통해서 엮여 있고, 각기 다른 분야에서 일하고 있지만 현실 인식은 유사하다. 결국 등장인물들의 현실 인식은 작가의 것인데, 등장인물들이 너무나도 직설적으로 말해서 당황스럽기까지 하다.

　작가는 고국의 치부를 가리지 않고 작품 속에 그대로 녹여냈다. 고난 받는 인물이나 동정을 받을 만한 인물 등을 등장시켜서 독자들의 동정심을 유발하지도 않는다. 오히려 답답한 현실, 대안 없는 현실을 그대로 직시하며 서술한다. 이런 고국의 상황을 지켜봤던 소잉카는 해방 이후의 독립국 체제의 답답함을 비판만으로는 해결할 수 없었기에, 고아가 된 듯한 심정을 느끼지 않았을까? 그래서 작가는 자신의 심정을 표현하기 위해서 아래와 같이 유명한 음악의 제목을 빌려 작품 곳곳에 자취를 남긴 것은 아닐까?

　"Sometimes I feel like motherless child……"

아프리카 대륙 최초의
노벨문학상 수상자

소잉카가 아프리카인 최초로 노벨문학상을 수상하기 전까지 85명의 수상자 중에서 유럽인이나 미국인이 아닌 경우는 아시아인 2명, 남미인 2명, 이스라엘인 1명이 전부였다. 그러다가 느닷없이 아프리카 출신 작가가 선정된 것이다. 물론 노벨문학상 수상자 선정은 항상 후보군이 정해져 있고, 계속 후보군에 머물던 작가 중 선정되는 것이니 갑작스러운 일은 아니다. 그러나 아프리카 출신 작가의 수상은 당시 뜻밖의 일로 여겨졌을 것이다. 하지만 진정한 노벨상의 취지를 발현하며 노벨문학상의 저변을 넓히고 세계적인 상으로 발돋움하는 데 있어서 소잉카의 수상은 기념비적인 일이라고 할 수 있다.

수상 이유를 살펴보면, "문화에 대한 넓은 시야와 풍부하고 아름다운 이상으로 당대 극작품에 영향을 미쳤다"라고 말하고 있다. 소잉카는 서양의 핵심 문화라고 할 수 있는 기독교 문화를 어렸을 때부터 접했고, 그와 관련한 추억을 자서전《아케: 그 어린 시절Aké: The Years of Childhood》(1981)에 담고 있다. 아울러 풍부한 토속 문화를 경험하면서 성장했으니, 그러한 부분 또한 영향을 끼쳤을 것이다. 게다가 정치적으로 혼란스러운 국가 상황 속에서 많은 고뇌를 하면서 숙고의 시간을 다졌을 테니, 이 또한 문학에 '넓은 시야'로 반영됐을 수밖에 없었을 것이다.

그가 반체제 인사였다는 점도 수상에 고려 요인이 됐을 것이다. 수상 당시 국제 정세는 냉전의 끝자락이긴 했으나, 자본주의와 공산주의의 대결, 민주주의와 독재와의 대결이 계속되던 시점이었다. 당연히 민주주의에 대한 바람을 가지고 반정부 운동에 참여했던 소잉카는 문학 작품의 우수함은 물론이고 정치적 이유로도 수상자로 전혀 손색이 없었다.

다양한 듯 아닌 듯, 쏠림이 있는 해설들

현대 사회를 설명하는 여러 단어 중 하나가 '다양성'이다. 그래서 실제로 먹는 것, 입는 것, 보는 것 등에 있어서 우리는 너무나 많은 선택지 속에서 결정 장애를 일으키기도 한다. 그렇기에 정보의 홍수 속에서 어떤 게 좋은 정보인지 간파하는 능력을 높게 평가하기도 한다. 왜냐하면 좋은 정보의 취득은 바로 부와 권력으로 연결되기 때문이다. 그러나 이러한 일면 속에 감춰진 비밀이 있으니, 알고 보면 정작 중요한 부분에는 다양성이 없다는 것이다.

특히나 우리 삶에서 중요한 영역 중의 하나인 정치 분야는 이 다양성이 부족해서 더욱 문제가 되고 있기도 하다. '도긴개긴', '오십보백보', '그 나물에 그 밥' 등 정치 스펙트럼의 협소함을 지적하는 말들이 많다. 실제로 우리나라 정치는 북과 대치한 상황에서 다양성을 보장받을 수 없는 현실이기에 더 단순화될 수밖에 없었다.

그런데 더 큰 문제는 그 해설에 있어서도 다양성이 상실된 것이다. 매체는 많으나, 해설자로 등장하는 인물들을 보면 차별성이 없다. 여기서 본 해설자가 몇 시간 후 다른 채널에 그대로 등장해서 똑같은 말을 한다. 내일도 그 사람이 등장한 프로가 방영된다. 소잉카의 해설자들은 각기 다른 영역에서 활동하는 엘리트들이었다. 물론 작가는 한 명이니 등장인물들의 생각들이 하나로 모이는 것을 막을 수는 없지만, 적어도 여러 분야에서 나오는 다양한 비판적 이야기들을 들을 수는 있었다.

반면에 우리의 현실은 서로 다른 이야기를 하는 똑같은 해설자를 보고 있을 뿐이다. 해설자가 다르지 않다면 언제나 똑같은 해설을 들을 수밖에 없다. 그러다 보면 그 해설자의 생각이나 관점이 나의 것이라도 된 듯한 착각을 일으킬 수도 있다. 일종의 세뇌인 셈이다. 그러다 보면 그 해설자가 아닌 다른 해설자가 등장했을 때 어색함을 느낄 수밖에 없다. 지금껏 들었던 소리와 다른 소리에 당황하고 귀를 닫을 수도 있다. 다양한 소리의 부재는 결국 익숙한 것에만 귀 기울이는 대중만 양산한다. 그리고 이런 상황의 극단적 결과는 전체주의에 가까운 체제의 등장이다. 이런 의미에서 소잉카의 작품은 해결과 결단이 아니라 그저 문제 제기와 담론에 그치더라도 다양한 소리를 낼 수 있는 분위기를 조성해야 함을 강조하고 있다. 이런 분위기가 있어야 토론이 있을 수 있고, 이런 토론을 통해 발전의 여지가 생긴다.

다만, 다양한 소리를 듣고 취사선택해야 하는 독자, 청중, 대중의 고단함은 감수해야 한다. 이런 고단함조차 감수하려고 하지 않는다면, 우리가 사는 세상은 '해설자'라는 하나의 채널은 존재할 수 있어도 '해설자들'이라는 여러 채널을 얻지는 못할 것이다. 수많은 채널이 있어도 단 두 가지로 압축되는 우리가 사는 세상에서 이 작품이 주는 의미는 바로 진정한 다양한 채널, 여러 가지 목소리의 필요성을 제시하는 데 있는 것이 아닐까?

013

아랍 문화권의 첫 수상자
나지브 마흐푸즈
《우리 동네 아이들》

나지브 마흐푸즈 Nagib Mahfūz

이집트의 소설가(1911~2006). 아랍 문화를 대표하는 작가로, 1988년 노벨문학상을 수상했다. 1939년 첫 단편집 《정신 나간 속삭임》을 출간하며 작가의 길을 걸었다. 이후 《맛 술라시아》(1952) 3부작, 《우리 동네 아이들》(1959), 《도적과 개들》(1961) 등을 출간하며 왕성하게 활동했다. 1970년에는 아랍 작가 최고 명예인 '문인들을 위한 국가상'을 수상하기도 했다.

"현실을 통찰력 있게 꿰뚫는 동시에 지난 일을

어렴풋이 떠올리게 하는 뉘앙스가 풍부한 작품으로

인류 전체가 공감할 만한 아랍 고유의 서사 예술을 구현했다." (1988년)

나지브 마흐푸즈는 1911년 이집트 수도 카이로에서 태어났다. 7남매의 막내로 태어난 그는 어려서부터 이집트 역사와 문화에 관심이 많았으며, 푸아드1세대학(현재 카이로대학)에 입학해서 철학을 공부했다. 그리고 아버지의 뒤를 이어 공무원으로 일했는데 작가 활동과 병행하며 문화부에서 일했다. 그는 영화제작 지원 업무도 맡아 했는데 공직생활의 마지막은 문화부 자문 위원이었다.

마흐푸즈는 굉장한 다작 작가로 장편소설 34편과 단편소설 350편 이상을 발표했다. 또 작가 생활 70년 동안 영화 시나리오 수십 편과 희곡 다섯 편을 남기기도 했으며, 그의 작품 중 상당수가 아랍어 영화로도 만들어졌다.

많은 작품을 남긴 것만큼이나 마흐푸즈는 사회주의, 동성애 등 다양한 주제를 다뤘다. 그렇지만 그의 작품을 관통하는 주제는 바로 '신(神)'이라고 할 수 있다. 이집트는 물론이고 아랍 문화권 국가에서는 '신', 특히 '알라'를 다루고 논하는 것은 신성모독으로 여겨져 금기시된 일인데, 마흐푸즈는 예외적으로 인정받은 작가였다고 한다. 대표작《우리 동네 아이들Children of Gebelawi》이 그 예인데, 이 작품은 그가 노벨문학상을 수상하는 데 큰 역할을 했다.

금기시한 신을 다룰 수 있는 유일한 작가라는 타이틀이 있었기에 마흐푸즈가 아랍 문화권 최초 수상자가 될 수 있었을 것이다. 그러나 82세 때 이슬람 원리주의자의 암살 시도가 있었고, 가까스로 살아났으나 이후 한쪽 손을 사용하지 못하게 됐다.

중동은 이스라엘이 다시 건국된 이후 세계의 최대 화약고로 불린다. 각 나라들 사이에 현실적 이해관계와 역사적 앙금이 얽혀 있을뿐더러 이집트 내부에서도 혼란한 상황이 계속되고 있었다. 마흐푸즈는 이집트 독재정권이었던 사다트 정권에 비판적인 작품을 쓴 대가로 모든 작품의 출판이 금지되었고, 작품을 원작으로 제작된 영화도 상영되지 못했다. 이후 사다트 대통령이 노선을 바꿔 친서방 정책으로 돌아서고 이스라엘 메나힘 베긴 총리와 평화 국면을 조성하면서 1978년 노벨평화상을 받았는데, 마흐푸즈는 과거의 시련을 모두 잊고 이를 적극적으로 지지했다. 그러나 이러한 이집트의 전향은 다른 아랍 국가들로부터 외면받는 결과를 낳았고, 사다트 대통령도 이슬람 과격파 조직의 피격으로 사망하게 된다.

자유와 평등이 좀처럼 유지되지 않는
현실을 비판한 작품

《우리 동네 아이들》은 원래 '게발라위의 아이들'이라는 제목으로 번역되었다가 최근에 제목을 달리하여 출간되었다. 참고로 '게발라위'는 아랍어 발음으로는 '자발라위'가 더 정확하다. 상징과 알레고리로 가득 찬 이 소설의 줄거리를 살펴보자.

자발라위는 마을의 위대한 조상이다. 신과 같은 존재라고 할 수 있다. 그에게는 세 아들이 있었으나, 장자를 택하지 않고 막내아들에게 모든 권한을 물려주려고 한다. 그러나 막내아들은 큰 실수를 저질러 그의 큰형처럼 집에서 쫓겨나 온갖 고생을 한다. 하지만 결국 끝까지 아버지에 대한 충심을 지킨 막내아들은 다시 집으로 돌아간다.

이후 마을은 자발라위의 직접적 통치가 아니라 새로운 권력자들의 지배를 받게 된다. 권력자들은 자신들의 탐욕 추구를 위해 마을 사람들을 수탈한다. 그럴 때마다 마을에는 새로운 영웅이 등장해서 자발라위 자손에게 자유와 평등을 가져다준다. 그러나 다시 시간이 흘러 망각의 병이 들면, 다시 세상은 힘 있는 자들의 수탈로 민중이 힘겨워한다. 이런 상황이 몇 차례 되풀이된 후, 영웅이 아니라 폭약(과학)이 등장한다. 폭약을 사용해서 권력층으로부터 민중을 구원하리라고 생각됐던 개발자는 오히려 권력자 쪽으로 기울고, 결국 배신당해 죽음에 처한다. 다만, 폭약을 만들 수 있는 비법이 담긴 설계도가 사라짐으로써 미래에 대한 궁금증을 남기면서 이야기는 마무리된다.

작품은 성경과 코란에서 볼 수 있는 신과 인물들을 등장시킨다. 아랍 문화권에서 가장 신성시하는 신을 소설에 등장시키는 용기 있는 시도를 한 것이다. 아울러 메시지도 굉장히 도발적이어서 사회 혁명적인 요소를 가득 담고 있다. 성경적 배경을 아는 사람에게라면 작품은 어렵지 않게 읽힌다. 그러나 조금 깊이 생각하면 세상의 자유와 평등이라는 가치가 여전히 답보된 현실을 비판하는 작가 의식을 읽을 수 있다.

작품은 세상의 발전을 3단계로 설명한다. '신화의 시대'에서 '철학의 시대'로, 그리고 '과학의 시대'로 서술하면서, 그 사이에 '망각'이라는 단어를 끼워 넣고 있다. 새로운 시대로 넘어갈 때마다 민중을 억압하는 세력이 득세하지만, 그때마다 영웅이 등장해서 세상에 자유와 평등을 다시 전파한다. 하지만 또 시간이 흐르면 곧 망각의 병으로 인해서 민중은 어렵게 찾은 자유와 평등을 잃게 되는 반복적인 역사를 말하고 있다. 어쩌면 작가는 작품을 통해서 어렵게 얻은 자유와 평등은 한 번 얻는 데서 그치는 게 아니라 유지하기 위해서 더 큰 노력을 해야 한다고 말하고 싶었는지도 모른다.

독재에 저항하고, 평화를 추구한 작가

마흐푸즈는 그의 전 생애를 통해 볼 때 자신이 말한 가치를 일관적으로 행동으로 옮겼다. 그는 극빈층과 함께했고, 자유와 평등 그리고 평화를 추구했다. 자유와 평등의 가치를 표현하고 싶어서 감히 아랍 문화권에서는 금기시하는 '신'을 다뤘고, 결국 강경한 아랍 단체의 피격으로 인생 말년에는 불구로 살아야 했다.

또한 이스라엘과 평화를 수립하려는 정부를 지지하여 다른 아랍 국가와 권력자로부터 비판을 받아야만 했다. 자신의 안위를 걱정해야 하는 상황에서도 그는 자신의 작품 속 영웅처럼 대의를 위해서 소신을 굽히지 않았다.

마흐푸즈는 문학가와 사회 운동가의 삶을 동시에 살아가면서 아랍 문화를 세계에 소개했고, 중동의 평화를 염원해서 한때는 자신을 억압했던 독재자를 지지하기도 했다. 이런 작가의 노력에도 불구하고 중동은 평화를 유지하지 못했는데, 마흐푸즈가 1988년 노벨문학상을 수상한 이후 얼마 지나지 않아서 이라크는 쿠웨이트를 침공했고, 이라크는 이를 두고 보지 못한 다국적군과의 전쟁에서 패배했다. 이후에도 계속해서 크고 작은 전쟁이 발발했고, 여전히 전쟁은 언제든 일어날 수 있는 상황이다.

노벨문학상 수상의 이유를 보면 "인류 전체가 공감할 만한 아랍 고유의 서사 예술을 구현"했다라는 표현이 있다. 작가가 독재 체제에 저항하고 신성모독이라는 비판을 들으면서까지 종교적인 풍자와 해석을 멈추지 않았던 것은, 인간이라면 당연히 누려야 할 자유와 평등 그리고 평화가 아랍 세계에 도래하기를 염원했기 때문이다. 그의 깊은 사유와 구체적이고 타협 없는 행보들로 인해서 이집트뿐만 아니라 아랍권을 넘어 전 세계에서 존경받는 작가가 됐으며, 노벨문학상 수상은 그의 한결같은 신념에 대한 보상이라 할 수 있을 것이다.

여전히 세상은
망각의 병을 앓고 있다

《우리 동네 아이들》에 나오는 망각의 병은 현재에도 그대로 전염되고 있다. 러시아 우크라이나 전쟁을 보자. 과거 어떤 전쟁도 유익하지 않았음에도 불구하고 과거를 망각한 대가로 수많은 사람이 죽고 다치고, 엄청난 경제적 손실을 가져오고 있다. 굳이 국외로 눈을 돌리지 않아도 된다. 우리의 남북 상황도 마찬가지이다. 서로 간의 도발은 좋을 게 없음을 알면서도 극렬히 대치하는 상황 역시 망각으로 인한 것이다. 물론 현재를 살아가는 사람들은 망각한 게 아니라고 변명할 것이다. 새로운 국면에 대한 새로운 대치라고 할지 모른다.

마흐푸즈는 발전을 위해서는 새로운 발명도 중요하고 한 시대를 이끌어줄 영웅도 필요할 수 있지만, 궁극적으로는 좋은 것을 유지하려는 구심력이 커져야 함을 지적한다. 다시 말해서, 구심력이 약해져 원심력이 커지면 상궤(常軌)를 돌던 물체가 어디론가 알 수 없는 곳으로 사라져버릴 수도 있다. 그런 경우 사람들은 일정 시간이 지나면 원래의 상궤를 잊게 되고 잃어버린 물체도 찾지 않게 된다. 그리고 이런 순간이 오면 사회는 혼란해지고 새로운 규칙이 필요한데, 알다시피 규칙을 새롭게 만든다는 것은 쉬운 일이 아니다.

게다가 현대는 영웅을 기대하기도 어려운 시대다. 과거에는 독재자가 영웅으로 미화돼 한 국가의 성장을 주도하기도 했으나, 현재는 독재자가 출현하기도 힘들며 그래서도 안 되는 세상이다. 그래서 작품의 말미에도 영웅의 등장 대신 새로운 '무엇'인가를 기대하면서 마침표를 찍었는지도 모른다.

이제 중요한 것은 사회적 합의를 바탕으로 한 시스템 구축이다. 그러나 사회적 합의에 대한 경험이 많지 않고 다양한 주장만이 난무한 시점에서 새로운 시스템 구축은 쉬워 보이지 않는다. 지금은 우리가 궁극적으로 바랐던 목적이 무엇이었는가를 먼저 인식하고, 그에 대한 기억을 회복하는 게 우선이다. 어차피 망각을 치유하는 방법은 기억을 되살리는 것이니까.

인간 존재의 본질을 묻는 작가
오에 겐자부로
《개인적인 체험》

오에 겐자부로 大江健三郎

일본의 소설가(1935년~) 행동하는 지식인이자 존경받는 문인으로 1958년 아쿠타카와상, 1994년 노벨문학상을 수상했다. 1957년 《죽은 자의 사치》로 문단에 데뷔했다. 주요 작품으로는 아쿠타카와상을 받은 《사육》(1958)을 비롯해 《우리들의 시대》(1959), 《늦게 온 청년》(1962), 《성적 인간》(1963), 《절규》(1964), 《개인적인 체험》(1964), 《하마에 물리다》(1985), 《치료탑》(1990) 등이 있다.

"시적인 힘으로 생명과 신화가 밀접하게 응축된
상상의 세계를 창조하여 현대에서 인간이 살아가는
고통스러운 양상을 극명하게 그려냈다." (1994년)

오에 겐자부로는 1935년 시코쿠 에히메현에서 태어났다. 그는 7형제의 셋째로 태어났으며 할머니에게 예술을 배웠다고 한다. 하지만 할머니는 1944년에 사망하였고, 그의 아버지도 그다음 해 전쟁 중 사망했다. 어머니의 손에서 자란 오에는 어머니의 전폭적인 지원을 받으며 어릴 때부터 독서를 많이 했다. 18세 때 프랑스 문학을 공부하기 위해 도쿄로 이주했으며, 학생 시절이었던 1957년부터 글을 쓰기 시작했다. 동시대 프랑스와 미국 문학에서 많은 영향을 받았으며, 도쿄대학교 불문과 재학 당시 프랑스 작가 사르트르에 심취했다.

초기에는 전후 작가답게 전쟁 체험을 바탕으로 그 후유증을 소재로 한 작품을 많이 썼는데, 그가 심취했던 실존론의 영향을 받아 인간의 내면세계를 응시하는 사회 비판적인 작품이 주를 이루었다.

1963년 결혼 이후 처음 얻은 아들이 지적 장애를 안고 태어났다. 전후 사회에 대한 청년 세대의 절망적인 반항을 주로 서술해 온 작가의 글쓰기는 이때를 전환점으로 큰 변화가 생겼다. 1964년 자전적 소설 《개인적인 체험(個人的な體驗)》은 주인공 버드의 심리적 갈등과 성장을 다룬 작품으로, 제11회 신초샤문학상을 수상했다. 이런 개인적인 비극이 작가로서의 영역을 확장할 수 있는 기회가 된 것이다. 오에는 일본 전후 세대를 대표하는 작가가 되었고, 가와바타 야스나리 이후 두 번째로 일본에서 노벨문학상을 수상한 작가가 되었다.

오에는 대체로 전후 일본 사회체제와 관련해서 비판적인 발언을 하면서 작품 활동을 지속했다. 아울러 노벨문학상을 수상할 당시에는 일본뿐만 아니라 주변 국가에서 탄압받는 작가들을 대신해서 안타까운 현실을 토로하기도 했다. 창작 활동 외에는 2006년에 '오에 겐자부로상'을 설립해서 다음 세대의 젊은 작가들을 격려하는 등 후배 양성에도 힘을 쓰고 있다.

자신에게 주어진 삶의 무게를 견뎌내는 것이 어른이다

많은 사람이 신분 상승 혹은 삶의 안정과 발전을 생각하면서 결혼을 고민한다. 그리고 막상 결혼하고 나면, 자신이 생각했던 생활이 아니기에 후회하기도 한다. 그러다가 막상 2세가 세상에 태어날 때가 되면, 새로운 생명의 탄생에 대한 중압감마저 느낀다. 이런 중압감이 현실이 되면, 부모로서의 삶을 우선하게 되어 개인의 삶은 한동안 존재하지 않게 된다. 《개인적인 체험》의 줄거리를 살펴보자.

학업에 큰 재능이 없었던 버드는 학원 강사를 하고 있다. 그는 지도 교수의 딸과 결혼해서 가정을 꾸렸는데, 그가 다니고 있는 학원도 장인이 알아봐준 자리이다. 하지만 더 이상 신분 상승은 어렵다고 생각했는지 아프리카로 떠나고 싶어 한다. 그러던 중

아내가 임신을 했고, 출산일이 다가온다. 떠나고 싶은 마음이 커질수록 한 가정의 가장으로서의 부담과 더불어 태어날 아이에 대한 부담도 견디기 힘들어진다. 설상가상으로 아이는 머리가 이상한 상태로 태어난다. '뇌헤르니아'라는 병이라는 사실을 알고 나서 버드는 현실에서 더 벗어나기를 바란다. 그러다가 과거 애인을 다시 만나고 그녀가 미망인이 됐다는 사실을 알게 된다.

모든 것을 버리고 떠나고 싶은 마음, 태어난 아기의 희귀병, 그리고 함께 아프리카로 떠나자고 제안하는 옛 애인 사이에서 버드는 갈등한다. 현 상황에서 철저히 해방되고 싶었던 버드는 아이를 죽이고 현재 가정을 떠나기로 결심한다. 그러나 행동으로 옮기지 못한 그는 결국 아이를 키우기로 작정하고 가정을 지키기로 결심한다. 작품 말미에는 버드를 항상 못마땅하게 생각했던 장인이 "자네에겐 이제 버드라는 어린애 같은 별명은 어울리지 않아"라고 격려하는데, 이는 앞으로 스스로 성숙하기를 기대하는 작가가 본인에게 하는 말로도 이해할 수 있다.

전체적인 작품의 분위기는 어둡고, 차갑고, 냉담하다. 작가는 미래가 밝지 않은 젊은 주인공의 모습에 독자들이 감정 이입할 것으로 기대한 듯하다.

자신에게 주어진 삶의 무게를 버거워하는 버드에게 희귀병을 안고 태어난 아이는 그의 어깨에 더 큰 짐을 지운다. 버드의 장모는 아이를 어떻게든 처리할 수 없는지 압박을 넣고, 중환자실의 아이를 보러 가는 버드 역시 '아이가 혹시나 죽지 않았을까' 하는 잔혹한 생각을 하기도 한다. 그러나 마침내 버드는 모든 중압감을 견디고 떠나고픈 유혹을 극복한 후 다시 아이를 데리고 병원으로 돌아간다. 아마도 이때 많은 독자가 안도의 한숨을 쉬었을 것이다. '그래야지, 어떻게 자기 아기를 죽일 수 있어' 혹은 '그래, 아무리 힘들어도 가정을 지키는 게 우선이지!'라고 생각하면서 말이다.

작가의 개인적 체험을 바탕으로 쓰여진 작품이어서 그랬을까? 작품의 결말은 해피엔딩이다. 그리고 실제로 작가는 장애를 안고 태어난 아들을 포기하지 않고 잘 키워냈다. 결말과 관련해서 논쟁이 있었다고 하는데, 이 또한 작가의 개인적 체험을 이해하지 못한 비평가들의 잣대에서 불거진 논쟁이라고 생각한다. 독자들은 모든 것을 버리고 떠나는 버드를 기대하지는 않았을 듯하다. 그리고 자신의 어려운 체험을 작품으로 옮겼던 작가에게도 위로와 공감은 필요했을 것이다. 아울러 스스로에게도 아이를 잘 키울 수 있다는 희망을 제시해야 하지 않았을까?

세계 무대에서 떠오른 일본과 두 번째 노벨문학상

1968년 가와바타 야스나리의 수상 이후 26년 만에 일본 작가가 노벨문학상 수상자가 됐다. 오에는 가와바타의 심미주의를 별로 좋아하지 않았다고 한다. 실제로 오에는 사회 참여적이었고 체제 비판적이었다. 역사를 탐구했으며, 그 가운데서 일본 자체의 오류를 지적했다. 1950년대 이후 본격적인 작품 활동을 했던 만큼 오에는 당시 유행했던 실존주의의 영향을 받았고, 실제로도 무신론적 실존주의자였던 사르트르를 좋아했다. 그가 한창 활동하던 때는 일본의 재건, 그리고 새로운 도약이 이뤄지고 있던 시점이었다. 어쩌면 세계 속에서 다시 일본이 부상했기에 1994년에 그가 노벨문학상을 받을 수 있었는지도 모른다.

오에는 원자폭탄으로 철저히 망가진 일본의 재건과 다시 강대국의 반열에 오르던 절정기를 지켜봤다. 이런 시기를 보냈기에 그는 쉽게 애국주의에 빠졌을 수도 있었으나, 그의 사상은 조국의 성장을 무조건 반기지만은 않았다. 오에는 급격한 성장 속에서 조금 일찍 샴페인을 터트렸던 분위기에 취하지 않고 그 가운데서 힘겹게 살아가는 민중을 본 것이다.

그의 수상 이유 중 "현대에서 인간이 살아가는 고통스러운 양상을 극명하게 그려냈다"라는 부분은 이런 국가의 급격한 성장의 그늘에 가려 보이지 않는 곳에서 힘겨워하는 대다수 사람을 보여주었기에 얻을 수 있었던 평가였다. 그리고 그의 작품에 드러난 현실 인식과 이해, 그리고 그의 실제 저항 활동은 부상하고 있는 일본 사회를 비판적으로 인식하고 개혁하고자 하는 작가의 의지로 볼 수 있다. 일본의 부상, 그리고 이러한 모든 점을 고려할 때 노벨문학상 수상은 예정된 일이었다.

개인적 체험이 '스스로의 책임'으로
승화되는 삶

일본과 가장 가까이에 있는 나라가 바로 우리나라이다. 여전히 가깝지만 먼 나라 일본. 양국은 어쩔 수 없이 서로 영향을 주고 받으면서 성장하고 발전했다. 일본의 문화가 세계를 휩쓸고 다녔을 때, 일본 애니메이션과 영화, 음악, 드라마 등은 국내 유통이 어려웠음에도 국내 많은 청소년이 보고 듣고 즐겼다. 이후 한류가 세계를 강타하니, 반대로 우리 영화, 드라마, 음악 등이 일본에 물밀듯이 들어가 영향을 주고 있다.

일본의 잃어버린 30년에 주목하자. 그리고 고령화를 떠올려보자. 선진국 대열에 가까스로 턱걸이한 한국의 현실은 옆 나라 일본을 꽤 많이, 그리고 더 빨리 닮아가고 있다. 안타까운 일은 좋지 않은 부분일수록 더 빠른 속도로 닮아가고 있다는 것이다. 오에는 전성기를 구가하던 일본의 성장에 취하지 않고 일침을 날렸다. 번지르르하기만 한 겉모습에 도취되지 않고 보이지 않는 사회의 아픈 부분을 건드렸다. 작품으로 전후 일본 사회를 비판했고, 때로는 사회 운동에 참여하여 실제로 실천적 지성인의 역할을 감당하기도 했다.

우리는 일본의 역사적 위기를 타산지석 삼아 현재 직면한 위기를 타개할 지혜를 얻을 수 있을지도 모른다. 그런 측면에서 오에의 작품, 그리고 그의 일본에 대한 비판적 메시지는 귀담아듣고 집중해서 읽어야 한다. 특히 그의 작품에서 강조한 '책임'이라는 부분에 더 심혈을 기울여 이해해야 한다. 종종 우리는 부모의 학대와 방치로 인한 어린아이들의 죽음, 노동자들의 산재사고, 복지의 사각지대에 놓여 도움을 받지 못한 채 자살한 모녀 가족 등과 관련된 보도를 듣고 읽게 된다. 그리고 분명히 참혹하게 벌어진 일들은 있으나 책임지는 사람이 없는 이상한 현상을 목도하게 된다. 이러한 우리의 현실에서 오에 겐자부로는 가정에서, 기업에서, 그리고 정치에서 '책임'이라는 단어를 떠올리게 한다. '개인적 체험'이 '스스로의 책임'으로 승화되길 바라면서 작품을 다시 한번 읽어보길 권한다.

015

책임 없는 정치적 현실에 일침을 가한
주제 사라마구
《눈뜬 자들의 도시》

주제 사라마구 José de Sousa Saramago

포르투갈의 작가(1922~2010). 1998년 포르투갈인으로는 처음으로 노벨문학상을 수상했다. 1947년 첫 소설 《죄악의 땅》으로 데뷔했으나, 1979년에야 비로소 전업 작가로 활동했다. 1991년 출간한 《예수복음》으로 정부와 갈등을 빚다가 1992년 스페인의 카나리아 제도로 이주해 그곳에서 여생을 마쳤다. 주요작품으로는 《수도원의 비망록》(1984), 《눈먼 자들의 도시》(1995), 《도플갱어》(2003), 《눈뜬 자들의 도시》(2004) 등이 있다.

"상상력과 열정, 아이러니로

뒷받침된 우화들로 착각하기 쉬운

리얼리티를 간파할 수 있게 해주고 있다." (1998년)

주제 사라마구는 1922년 포르투갈 중부 리바테주의 작은 마을인 아지냐가에서 가난한 농부의 아들로 태어났다. 그가 세 살 때인 1924년, 아버지가 경찰관으로 일하게 되어 수도 리스본으로 이주했다. 가정 형편은 좋지 않았지만 고등학교까지 다닐 수 있었고, 이후 생계를 위해서 기능공, 공무원, 번역가, 평론가, 신문기자, 잡지사와 출판사 편집위원 등 여러 직업을 두루 거치면서 다양한 경험을 쌓았다. 이런 경험은 이후 작가로 활동하면서 다양한 작품을 쓸 수 있게 하는 좋은 밑거름이 됐다.

사라마구는 1947년 첫 소설《죄악의 땅Terra do Pecado》을 발표했으나, 큰 반응을 얻지 못했다. 마흔네 살이 되던 1966년부터 본격적으로 작가로서 활동을 시작하면서 다양한 직업을 경험했던 것만큼이나 시, 소설, 희곡, 콩트 등 다양한 문학 장르에서 작품 활동을 시도했지만, 역시나 큰 관심을 받지 못했다. 그렇게 작가로서 활동한 후 10여 년이 지나고 나서 1980년《바닥에서 일어서서Levantado do Chão》라는 작품으로 비로소 이름을 알리기 시작했다. 이후《수도원의 비망록Memorial do Convento》(1984)과 《돌뗏목A Jangada de Pedra》(1987) 등이 크게 인기를 얻으면서 세계적인 명성을 얻게 된다. 그의 작품은 25개국에서 번역돼 출판됐다.

사라마구는 유럽 소설에서는 접하기 힘든 문학 기법인 '마술적 사실주의'를 활용해서 작품을 쓴 것으로 유명하다. 그의 작품을 처음 접하면, 문장 부호는 오직 마침표와 쉼표뿐이고 화법조차 구분하지 않아서 당혹스럽기까지 하다. 그럼에도 불구하고 작품의 매력에 빠져서 읽다 보면, 일반적인 부호와 규칙들이 없거나 이들을 무시해도 소설을 이해하는 데 전혀 문제가 없음을 알게 된다. 우화적으로 보일 수도 있는 그의 여러 작품은 대체로 체제를 전복시키는 역사적 사건을 조명하며 그 시대를 살아가는 인간의 숨겨진 본성을 파헤치는 데 중점을 두고 있다.

눈뜬 자들의 세상이
눈먼 자들의 세상보다 무섭다

2004년에 출간된 《눈뜬 자들의 도시Ensaio Sobre a Lucidez》는 1995년에 출간된 《눈먼 자들의 도시Ensaio Sobre a Cegueira》 이후 4년 후를 배경으로 한다.

시민들이 알 수 없는 전염병으로 모두 눈이 먼 상황을 겪은 지 4년이 지났다. 마침 선거일을 맞이해서 투표소가 설치됐다. 그러나 투표 시간이 한참 지났음에도 투표하러 오는 시민은 거의 보이지 않는다. 투표소 직원은 다른 투표소에 전화해서 상황을 알아보는데, 거기도 마찬가지다. 투표율은 역대 최저를 기록한다.

시 정부는 이 상황의 원인을 날씨 탓으로 돌린다. 비가 와서 시민들이 투표하러 오지 않았다고 생각한 것이다. 그래서 다시 선거일을 정해서 공표하고 재투표를 실시한다. 하지만 이들의 생각이 틀렸다. 투표율은 더 떨어졌다. 이쯤 되면 시 정부는 시민들이 자신들을 지지하지 않는다는 것을 알아차릴 법도 한데, 애써 무시하고 계엄령을 선포하고 정부는 어두운 밤을 틈타 도망쳐버린다.

정부가 없으면 도시는 혼란한 상황을 겪을 것이라고 예상했지만, 시민들은 질서를 지키며 도시를 지켰고, 새로운 시스템을 구축해서 무정부 상태를 극복하고 있었다. 이런 모습을 지켜보던 당국은 이 모든 일에는 어떤 음모가 있을 것으로 여기고, 아무런 이유가 없다면 원인을 만들기로 결정한다. 결국 4년 전 눈이 멀지 않았던 한 여자를 지목하고 그녀를 찾아서 암살한다.

모든 사람들이 갑자기 눈이 보이지 않게 되면, 갑작스러운 충격으로 무질서하고 혼란한 상황이 되리라는 것은 어느 정도 예상 가능한 일이다. 그러나 눈뜬 자들의 세상은 정상인들의 세상이다. 어떤 장애가 있어서 제한된 상황 속에서 어쩔 수 없이 행동하는 일은 존재하지 않는다. 이미 정해진 규칙과 법이 있어서 인간은 습관적으로 생활한다. 그런데 버젓이 눈을 뜨고 있음에도 불구하고 시민들은 권력층의 음모에 걸려든다. 작가는 이 작품을 통해서 우리 시대의 정치, 그리고 시민의식과 민주주의에 대해서 재검토를 요구한다.

우선, 정치에 무관심한 대중을 지적한다. 투표율만 보면, 어떤 정당도 정치적 정당성을 얻을 수 없다. 즉, 어떤 정당도 시민들을 다스릴 자격을 부여받지 못했다. 그러면 시민들 스스로 정부를 전복하거나 새로운 정당을 만들어야 하겠지만, 투표하지 않는 것 외에는 기존 정치 시스템을 상대로 어떠한 항거도 하지 않는다.

그다음으로는 어떻게 해서든 권력을 유지하려고 하는 기득권층을 비판한다. 정부는 투표율이 낮으니 날씨를 핑계로 새로운 선거일을 공표한다. 그러나 투표율이 더 저조해지자 계엄령을 선포하고 도시에서 탈출한다. 시민들에 의해 정부가 전복되기 전에 서둘러 도망가는 모습이다. 이후 투표율이 저조한 것은 음모라고 규정하며 희생양을 찾는다.

은유로 현실을 지적하다

사라마구가 노벨문학상을 수상한 때는 1998년이다. 당시 우리나라는 IMF라는 경제적 시련을 겪고 있었다. 비단 우리나라만의 일이 아니었다. 아시아의 여러 국가가 국가 부도를 선언하고 고통스러운 나날을 보내고 있었다. 유럽이라고 해서 다르지 않았다. 특히 1990년대에 이르면 정치적으로 '거버먼트'의 한계를 인정하고 새로운 지배체제 '거버넌스'가 부상했던 시점이었다. 왜 그랬을까?

유럽은 전후 복구를 성공적으로 완수하고 나서는 모든 국민을 위한 복지정책을 펼치기 시작한다. 그러나 1970년대 이후, 고령화되는 사회와 저성장 기류는 조건 없는 복지정책을 유지하도록 하는 동력을 잃게 했다. 정부의 힘만으로 국가를 이끌어갈 수 없음을 깨닫게 된 것이다. 사라마구의 고국이었던 포르투갈은 다른 유럽 국가와는 또 다른 상황이었다. 독재정권이 지속되면서 민주주의에 대한 갈망이 있었다. 이런 역사적 상황을 다겪은 사라마구는 20세기의 정치적 현실을 작품을 통해서 비판적으로 보여주려고 했던 것이다. 무능한 정부의 지속, 정치에 무관심해서 그들을 전복시키지 못하는 시민.

문제는 알지만 해결할 방법을 찾을 수 없는 주체들을 대상으로 작가는 대중들이 쉽게 이해할 수 있도록 우화의 형태를 빌려, 초현실적인 상황을 설정하고 작품을 썼다. 그리고 모든 우화가 촌철살인의 메시지를 담고 있듯이 이 작품 역시 현실의 부조리함을 간파할 있도록 도와준다. 눈먼 자들만 존재하는 극단적인 세상을 만들어서 인간의 숨겨진 욕망을 적나라게 드러내며, 역시 있을 수 없는 선거일을 설정해서 정치에 무관심한 시민과 권력에 혈안이 된 기득권층의 무능한 민낯을 상세히 보여주고 있다.

세기말 작가의 노벨문학상 수상은 당시 정치 상황에 대한 비판, 그리고 새로운 대안이 필요하다는 작가의 메시지에 대한 공감이 아니었을까?

저조한 투표율,
그럼에도 바뀌지 않는 정치

언제부터인가, 투표율을 올리기 위해서 사전 투표를 진행하고 있다. 명분은 국민의 투표권을 최대한 보장해주기 위함이라고 하지만, 실제로는 저조한 투표율을 올리기 위한 간책(奸策)에 불과하다. 투표율의 저조함에 대해 위기의식을 느낀 작품 속 정부와 현실 속 정부가 크게 다르지 않은 듯하다. 그리고 지지하지 않는 정부임에도 불구하고 전복하지 못하는 소설 속 시민들의 정치적 무관심과 점점 더 정치에 무관심해져가는 우리 국민의 모습 역시 유사하다. 그렇다면 저조한 투표율의 원인으로 찾아야만 했던 희생양은 현실에서는 어떻게 나타나고 있을까?

바로 갈등이다. 어떤 것 하나 합의하지 못하고 싸우기만 하는 치졸한 다툼. 세상에서 가장 재미있는 게 싸움 구경이라고 한다. 정치, 경제, 사회, 문화 등 중요한 부분에서 발생한 문제를 덮기에 가장 좋은 게 바로 남 탓인 것이다. '합(合)'의 과정으로 나아가기 위한 '정(正)'과 '반(反)'이 아니라 '반'을 위한 '반'이니 '합'을 기대하는 것은 어불성설이다.

작가의 바람은 책임 있는 정부와 시민이 되는 것이다. 아마도 이러한 작가의 마음은 현대 국민국가를 살아가는 시민이라면 누구나 가져야 하는 것이 아닐까?

Gao Xingjian

Orhan Pamuk

J. M. Coetzee

Elfriede Jelinek

Doris Lessing

J. M. G. Le Clezio

Herta Muller

2000년대 이후

Mario Vargas Llosa

Mo Yan

Alice Munro

Svetlana Alexievich

Kazuo Ishiguro

Abdulrazak Gurnah

Olga Tokarczuk

Annie Ernaux

016

중국어권 최초의 수상 작가
가오싱젠
《버스 정류장》

가오싱젠 高行健

중국 태생의 프랑스 소설가이자 극작가(1940~). 1987년 중국을 떠나 이듬해 프랑스로 망명했고, 프랑스에서도 활발히 활동했다. 주요 작품으로는 희곡 《버스 정류장》(1983), 《야인》(1985), 《영산》(1982), 《나 혼자만의 성경》(1999) 등이 있다.

"날카로운 통찰과 기지에 찬 언어로

보편적 가치를 담아내고 있다." (2000년)

가오싱젠은 1940년 중화민국 장시성 간저우시에서 출생했다. 은행 간부로 재직했던 아버지 덕에 여유 있는 가정환경에서 성장할 수 있었다. 아울러 연극배우였던 어머니의 영향으로 어린 시절부터 피아노와 바이올린, 동양화 등을 배웠고 예술적 분위기 속에서 성장할 수 있었다.

1957년부터 1962년까지 베이징외국어대학에서 프랑스어문학과를 다녔다. 연극에도 관심이 많아서 당시 중국 공산당의 공포정치를 부조리극으로 담아내고자 시도했다. 정부의 요시찰 인물이 된 가오싱젠은 1966년 시작된 중국의 문화대혁명 때에는 지식인이라는 이유로 10년간의 재교육 처분을 받았고 자신의 원고를 불태워야 했다. 이후 1975년부터는 문예지의 프랑스 문학 담당 편집자로 일하면서 자신의 문학적 주제라 할 수 있는 '부조리' 개념을 조금씩 정립해 나갔는데, 모두 당시 중국의 정치 상황에 대한 비판의식과 관련이 있었다.

문화대혁명이 끝난 이후부터 번역가로 활동하면서 1978년 이후부터는 소설과 희곡을 발표했다. 하지만 중화인민공화국 당국은 공산당원으로서 중국 공산당을 비판했다는 이유로 그를 반체제 인사로 지목했다. 가오싱젠은 1987년 독일 문화교류재단의 초청을 받아 독일을 방문했다가, 1988년에 프랑스에 머물렀는데, 다음 해인 1989년에 천안문 사건이 발생하자 해외 체류를 결심하고 망명을 신청했다. 이후 1998년에 프랑스 시민권을 취득해서 중국계 프랑스인으로 살고 있다.

2000년 중국어권 작가로는 처음으로 노벨문학상을 수상했다. 당연히 중국에서는 망명자인 가오싱젠의 수상을 강하게 비난했다. 노벨문학상을 수상한 이후에도 그는 미국에서 여러 상을 받았다. 대표적으로 2002년에 미국의 국제평생공로아카데미에서 금상을 수상했고, 2006년에는 '미국 공공도서관 사자상'을 받았다. 그리고 대만에서는 그의 문학적 업적을 기리면서 '국립대만대학', '대만중앙대학', '대만중산대학'에서 명예박사학위를 수여하기도 했다. 그는 동양화에도 재능을 발휘하여 30여 차례 전시회를 열기도 했고, 자신의 작품집 표지를 직접 디자인하는 등 다양한 예술 분야에서 능력을 발휘하고 있다.

버스 정류장의 부조리함으로
체제를 비판하다

가오싱젠의 대표작 《버스 정류장(車站)》의 내용은 제목과는 달리 버스가 오지 않는다. 어디론가 떠나기 위해 버스 정류장에 모인 사람들. 그들의 모습에는 동적인 느낌이 있다. 그러나 버스는 오지 않고 그저 조용히 기다리기만 하는 정적인 공간이 된다. 이런 이중적인 분위기 속에서 작가는 여러 사람을 등장시켜 사회를 풍자한다.

버스 정류장에 모인 사람들 중에는 노인도 있고, 처녀도 있고,

아이를 안은 여자도 있고, 학생도 있고, 말 없는 사람도 있고, 진위는 알 수 없지만 꽤나 높은 직책에 있다고 말하는 사람도 있다. 이들이 모인 이유는 단 하나다. 버스를 타기 위해서다. 이곳의 규칙은 먼저 온 사람이 먼저 버스에 오를 수 있다는 암묵적 합의뿐이다. 그러나 분위기를 보니 그런 규칙은 지켜지지 않을 듯하다. 노인은 이런 사실에 화를 내지만, 그의 말에 호응해주는 사람은 없다. 저마다의 이유로 버스를 타고 시내에 가려고 하지만, 버스는 오지 않는다. 사람들 사이에는 불만이 점점 쌓여간다. 그러다가 한참 만에 등장한 버스는 그들의 바람을 외면하고 쌩하고 지나가버린다. 걸어서 갔다면 벌써 도착했을 것이라고 불만을 토로하지만, 그 누구도 버스 정류장을 떠나지 않고 버스를 기다린다. 그러다가 사람들은 세월이 엄청나게 흘렀음을 발견한다. 시내로 나가지도 못하고 집으로 돌아가지도 못한 사이 시간이 흘러버린 것이었다. 잠시 당황한 그들은 각기 다른 이유로 한탄하지만, 이런 어려운 상황이 모두의 공감대가 된 것인지, 그들은 합심해서 시내까지 걸어가기로 결심한다.

이 작품의 핵심 메시지는 부조리함이다. 버스 정류장은 버스가 오는 곳이고, 멈춰 서서 승객을 태우는 곳이다. 그러나 이곳은 이런 기능이 제대로 이뤄지지 않는다. 버스가 지나가더라도 웬일인지 이 정류소는 원래 없었다는 듯이 지나쳐버린다. 누구나 탈 수 있는 버스지만, 아무도 탈 수 없다.

이 작품은 1983년에 발표됐다. 당시 가오싱젠은 공산당원이었으나, 체제 비판적 인사로 낙인찍힌 상태였다. 이미 중국의 근대화 과정의 부패와 부조리함을 목격한 그에게 제대로 기능하지 않는 버스 정류장은 중국의 현실이었다. 이런 부조리한 현실에 작가는 하나의 대안을 제시한다. 바로 공동체이다. 아이러니한 부분은 공산주의야말로 어떤 '이즘'보다 공동체를 강조하지 않던가? 그럼에도 작가는 공산주의 체제 내에서의 대안으로 공동체를 제시하고 있다. 즉, 공산주의의 부조리함과 더불어 중국 체제의 허구성을 고발하고 있는 것이다. 비단《버스 정류장》에서만 이런 날카로운 통찰을 보여주는 것은 아니겠지만, 그의 노벨문학상 수상 이유인 "날카로운 통찰과 기지에 찬 언어로 보편적 가치를 담아내고 있다"란 표현은 이 작품에서도 충분히 찾아볼 수 있다.

늦은 감이 있는
중국 작가의 노벨문학상 수상

중국의 긴 역사와 문화를 생각해보면, 노벨문학상과 관련해서도 '조금 더 이른 시기에 수상자가 나왔어야 하지 않을까?'라는 생각을 할 수도 있다. 그러나 노벨문학상 선정이 1901년부터 이뤄졌고, 노벨상을 제정한 지역도 유럽이다 보니, 유럽과 유럽 내에서도 일부 국가 출신의 작가들에게 수상이 편중될 수밖에 없었다. 식민지 시대를 거쳐, 양차 세계대전의 비극을 겪고 나서 수상국이 다양해진 것은 사실이나, 여전히 서구권 밖에서 수상의 영예를 안는다는 것은 쉬운 일이 아니었다. 게다가 중국은 공산주의 국가로서 냉전 기간 내내 서방 세력과 적대적이었고, 냉전이 끝난 후에는 새로운 초강국으로 부상하면서 서방 세력과 힘겨루기를 했으니, 노벨문학상 수상자를 배출한다는 것은 어불성설이었다.

이런 상황 속에서 가오싱젠은 서양의 사상과 철학을 배운 사람이었고, 중국 공산당의 부조리함을 목도한 작가였다. 그리고 중국의 부조리함을 작품으로 고발했으니, 노벨문학상을 수여하는 데 거침이 없었을 듯하다. 물론, 이런 정치적 이유를 제외하고도 작가의 문학적 탁월함이 있었기에 가능한 일이었다.

우리는 버스를
제대로 타고 있는가?

출퇴근 길 버스 정류장에 서 있다 보면, 고개를 푹 숙이고 스마트폰에 열중하는 많은 사람을 볼 수 있다. 이들은 버스가 오가는 것에 크게 신경 쓰지 않는다. 왜냐하면 자신이 탈 때가 오면 탈 수 있다는 믿음이 있기 때문이다. 이곳에는 배려가 있을 수 있어도 특혜는 존재하지 않는다.

이제 버스 정류장의 영역을 다른 곳으로 옮겨보자. 우리는 특혜라는 말을 종종 듣는다. 부모를 잘 만나서 좋은 대학에 입학하기도 하고, 연줄이 있어서 남들보다 더 큰 수익을 내기도 한다. 어떤 조사에 따르면, 부모의 계급이 그대로 자녀에게 이어지는 경우가 80퍼센트에 이르는 국가도 있다고 한다. 이런 것이 바로 특혜이다. 같은 정류장에 서서 버스를 기다리면 알아서 내 차례가 오지만, 다른 영역에서는 그렇지 않을 수도 있다. 내 자리를 누군가 새치기할 수도 있고, 내 앞에서 문을 닫아버릴 수도 있다. 《버스 정류장》은 부조리한 현실이 있는 곳이라면 어디든 적용할 수 있는 보편적 메시지를 전달한다. 과연 우리는 얼마나 공정과 상식이 제대로 유지되는 사회에서 살아가고 있는가?

다음으로 작가의 공동체주의는 지역으로 나누어져 분쟁하는 지역주의 사회에 대한 대안이라고 할 수 있다. 우리는 공동체와 패거리gang를 제대로 구분하지 못할 때가 많다. 공동체는 함께 상생의 길을 찾는다. 패거리는 오직 집단의 이익을 위해서 경계를 만든다. 그래서 그 경계 밖에 있거나 경계를 넘어서려는 자들을 적으로 간주한다. 우리 사회는 겉으로는 공동체를 지향한다고 하지만, 실제로는 패거리를 조성해서 자신의 권력이나 특혜를 유지하는 것에 여념이 없다. '님비', '핌비'가 대표적이며, 영남, 호남 등으로 일컬어지는 지역주의도 패거리 짓에 불과하다. 더 크게는 남과 북의 분단된 상황을 정쟁으로 끌고 가는 것도 패거리 짓이다. 이쯤에서 작가가 제시하는 서로 보듬으며 걸어가는 공동체주의를 깊이 생각해봐야 한다. 우리가 말하는 공동체가 패거리는 아닌지 말이다.

　마지막으로 진정한 공동체에 대해서 생각해봐야 한다. 작품 속 등장인물들은 처음에는 자신의 입장에서 버스를 타려고 했다. 모두 어디론가 가야 한다는 공통점 이외에는 어떤 것도 파악하기 어려운 상황이었다. 다른 말로 철저한 개인주의라고 할 수 있다. 작가는 이러한 분열된 개인들에게 같은 방향을 보라고 이야기한다. 각자 목적지는 다를 수 있지만, 버스를 타고 가야 할 방향은 궁극적으로 같으니, 함께 걸어서 가면 된다는 대안까지 제시한다.

　팬데믹을 지나 이제 엔데믹으로 전환하는 요즘, 과거 마스크를 쓰지 않고 대면했던 시점으로 완벽하게 돌아가기는 어려울 것이다. 여전히 조금 떨어진 거리를 좁히기 힘들 것이고, 눈을 제외한 모든 얼굴을 가렸던 마스크를 완전히 떨친다는 게 부담스러울 수도 있다. 심리적으로도 물리적으로도 좀 더 거리를 뒀던 상황을 한 번에 극복하기란 어려울 것이다. 다만, 우리가 함께 살아가야 할 현대인임을 분명히 인식한다면 버스 정류장에서 한마음으로 길을 떠났던 사람들처럼 두려운 길이라도 용기를 내서 걸어갈 수 있지 않을까? 어쩌면 누구도 섬이 될 수 없는 현대에서 정답은 바로 네트워크, 혹은 공동체임을 이 작품은 강하게 설파한다.

017

간결함 속에 담긴 날카로운 메시지
J.M. 쿳시
《추락》

J.M. 쿳시 John Maxwell Coetzee

남아프리카공화국의 소설가이자 비평가, 번역가(1940~). 1969년부터 소설을 쓰기 시작한 후 1974년 첫 소설 《어둠의 땅》을 출간했다. 1977년 《나라의 심장부에서》로 남아프리카 최고문학상을 수상했으며, 《마이클 K의 삶과 시대》(1983), 《추락》(1999)으로 영국 부커상을 수상하는 등 국제적인 주목을 받았다. 2002년 오스트레일리아로 이주한 후 집필과 번역을 계속하고 있으며, 2003년 노벨문학상을 수상했다.

"쿳시의 작품은 정교한 구성과 풍부한 화법으로

잔인한 인종주의와 서구 문명의 위선을 끊임없이 비판하고

진지하게 의심해왔다." (2003년)

J. M. 쿳시는 1940년 남아프리카공화국 케이프타운에서 태어났다. 그는 네덜란드계 백인의 후손으로 보어인이라고도 하는 아프리카너이고, 아프리칸스어도 사용한다. 하지만 유럽계인 어머니의 영향으로 영어로 교육받았고, 작품도 주로 영어로 썼다. 그의 작품들은 독특한 위치에 있는데, '변방 문학'으로 취급되는 아프로-아시아 문학이면서도 동시에 영문학으로 여겨진다.

그는 특이하게도 케이프타운대학에서 수학과 영문학을 동시에 전공했다. 1960년대 초 영국으로 이주하여 IBM을 거쳐 영국의 컴퓨터 하드웨어 업체인 ICL에서 프로그래머로 일하기도 했다. 이후 미국으로 가서 오스틴텍사스대학에서 언어학·문학 박사학위를 받았고, 1968년부터 3년간 거주한 버펄로의 뉴욕주립대학에서 영문학을 강의하며 소설 창작을 시작했다.

미국에 거주할 당시 베트남전 반대 시위대에 대한 진압 병력의 철수를 요구하는 연좌 농성에 참여했고, 그로 인해서 미국 영주권 신청이 기각돼 1971년 남아프리카공화국으로 귀국했다. 1972년부터 케이프타운대학교 영문과 교수가 되어 2001년까지 재직했으며, 이후 오스트레일리아로 이주해서 동물보호단체 '보이스리스'에서 활동하고 있다.

노벨문학상과 함께 세계적인 권위를 지닌 부커상은 한 작가에게 오직 한 번만 수여하는 것으로 유명한데, 쿳시는 이례적으로 이 상을 두 번이나 수상했다. 1983년《마이클 K의 삶과 시대 Life and Times of Michael K》라는 작품으로 수상하고, 1999년《추락 Disgrace》이라는 작품으로 또다시 수상했다. 그러나 두 번 모두 시상식에 참석하지는 않았다.

부커상 2회 수상과 함께 남아프리카공화국 사회의 모순과 갈등, 인종차별, 서구 문명의 위선 등을 우회적으로 묘사한 작품으로 세계적으로 유명해졌다. 그리고 이러한 작가의 활동을 기념하여 한림원은 2003년 쿳시에게 노벨문학상을 수여하기로 결정한다. 하지만 노벨문학상과 부커상이 상업적으로 변질됐다고 여겼던 작가는 시상식에 참석하지 않았고, 수상과 관련한 모든 인터뷰도 거절했다.

진보적인 지식인의
교만과 위선을 폭로하다

쿳시에게 두 번째 부커상을 안겨주었던 소설《추락》은 남아프리카공화국 케이프타운의 한 대학에서 교수로 재직하고 있는 백인 남성 데이비드 루리와 그의 딸 루시를 중심으로 벌어지는 이야기다. 냉소적이면서 방탕한 생활을 하는 데이비드는 자신의 딸보다 어린 제자 멜라니와 강압적인 성관계를 맺는다. 멜라니가 강의에 출석을 하지 않으면서 이 사실이 밝혀지고 그는 대학교 윤리위원회에 회부된다. 윤리위원회는 그에게 소명의 기회를 주고 최대한 그 상황에서 벗어날 수 있도록 배려하지만, 데이비드는 자기의 잘못을 인정하고 교직을 떠난 후 딸의 농장에서 조용히 함께 산다.

어느 날 괴한들의 습격으로 데이비드는 부상을 당하고 딸은 성폭행을 당한다. 사건 이후 그는 바로 경찰에 신고하지만, 이런 끔찍한 일이 발생했음에도 어떤 조치도 취하지 못하는 경찰의 무능함에 울분을 토할 때쯤, 끔찍한 일의 주범 중 한 명이 바로 이웃집 노인의 조카였음을 알게 된다. 데이비드는 노인을 찾아가서 항의하지만, 노인은 어쩔 수 없는 일이라며 없었던 일로 하려 하고, 설상가상으로 그 노인은 루시를 첩으로 삼을 계획까지 가지고 있었다. 이런 일련의 사건을 겪은 데이비드는 성폭력을 가했던 제자를 찾아가 사과하지만, 받아들여지지 않는다. 그는 다시 딸이 사는 곳으로 돌아온다.

쿳시의 작품에는 대체로 진보적 지식인인 백인 침략자가 등장한다. '진보'와 '침략'이라는 언어가 대구가 되는데, 진보의 허구성과 위선을 고발한다고 이해할 수 있을 듯하다. 이 작품에서는 굳이 침략자라는 표현까지 사용할 정도는 아니지만, 다른 인종의 제자에게 성폭력을 가하면서도 어떤 죄책감도 느끼지 않는 주인공을 등장시킨다. 그는 윤리위원회의 권고를 거부하면서 모든 잘못을 인정하지만, 정작 피해자인 제자에게는 사과하지 않는다. 그러나 자신의 딸이 성폭행으로 원치 않은 임신을 하고, 범죄자를 보호하는 이웃 노인의 파렴치한 계획을 듣자, 그들의 야만에 크게 분노한다. 그리고 "우리가 일을 처리하는 방식이 아니오"라고 말하는데, 여기서 그는 '우리'를 '서양인'이라고 말할 뻔한다.

작가는 모든 잘못을 인정한, 양심이 있는 듯한 데이비드의 위선을 폭로한다. 그는 피해자인 제자에게 사과하지 않으면서, 자신의 딸이 당한 것에 대해서는 뻔뻔스럽게 사과를 요구한다. '우리 백인'이라면 잘못을 저지르고 나서 용서를 구할 것이라는 데이비드의 의식 속에 이미 다른 인종에 대한 차별과 편견이 존재함을 알 수 있다. 그의 노벨문학상 수상 이유인 "잔인한 인종주의와 서구 문명의 위선을 끊임없이 비판하고 진지하게 의심해왔다"가 정확하게 적용되는 부분이다.

쿳시의 문학적 탁월함과 남아프리카공화국의 변화

체제 비판적 인식이 수상 기준이 된다면, 노벨문학상이 아니라 노벨평화상을 받아야 한다. 다시 말해서 노벨문학상은 비판적 의식도 중요하지만, 문학의 예술성도 뒷받침돼야만 받을 수 있다는 의미이다.

쿳시의 작품을 읽어보면 문체가 굉장히 간결하다. 장문이나 복문이 거의 없다. 독자로서는 아주 편하게 읽을 수 있다. 간결한 문장, 군더더기 없는 절제된 묘사, 그리고 압축적인 표현으로 구성된다. 다소 역설적인 점은 작품이 대개 현실적인 문제와 상황을 다루고 있음에도 리얼리즘을 추구하지 않는다는 점이다. 오히려 장황하지 않은 작가의 간결한 설명은 독자들에게 명확하게 상황을 안내해주고 깊이 생각할 거리를 제시한다. 마치 "당신은 이러이러해서 나쁘다!"보다 "당신은 죽어도 될 만큼 나쁘다!"라는 말이 더 강하게 다가오듯이 작가의 건조하고 절제된 문체는 어떤 리얼리즘을 바탕으로 한 작품보다 더 강렬하게 머릿속에 새겨진다.

이런 문학적 특성과 사회적 비판의식이 어우러졌기에 쿳시는 노벨문학상 수상자로 선정될 수 있었다. 아울러 남아프리카공화국의 상황도 고려할 법한데, 남아프리카공화국은 전형적으로 백인 우월주의를 바탕으로 한 아파르트헤이트의 폐단이 심했던 국가였다. 그러나 1990년대에 들어서서 노벨평화상을 수상한 넬슨 만델라Nelson Mandela가 남아프리카공화국 최초의 흑인 대통령으로 당선(1994)되는 등 정치적으로 큰 변화를 겪었다. 작가의 작품도 백인 우월주의를 바탕으로 한 차별을 주로 다뤘고, 그에 대해서 강도 높은 비판을 했다는 점을 고려할 때, 쿳시가 과거 남아프리카공화국의 부조리함을 고발하는 것은 물론이고, 이와 같은 사회적 병폐를 바로 잡는 데 크게 이바지했다고 할 수 있다.

실수는 있을 수 있다,
그래서 사과가 필요하다

인간은 신이 아니기 때문에 실수를 할 수밖에 없다. 그러니 잘못
하면 시인하고 용서를 구하면 된다. 물론 잘못을 시인하는 것이
쉬운 일은 아니다. 특히 혼자만의 잘못이 아닐 때, 혹은 저지른
행동에 비해 비난의 정도가 더 클 때, 인간은 실수를 인정하고
사과하기보다는 자기방어를 하게 된다. 오죽하면 쥐도 궁지에
몰리면 고양이에게 덤벼든다고 하지 않던가? 그러나 대부분 잘
못을 시인하지 않고 사과하지 않는 이유는 본인이 타인들과 비
교할 때 우월하다고 생각하기 때문이다. "난 회장이야!", "난 교
수야!", "난 대통령이야!" 등 자신의 지위로 사소한 잘못 정도는
덮을 수 있다고 생각하는 것이다.

　작품은 이런 우월의식으로 인해서 성범죄를 제대로 인식하지
못한 지식인의 전형이라고 할 수 있는 교수를 등장시킨다. 그리
고 그가 제대로 깨달음을 얻을 수 있도록 억울할 수 있는 사건을
만든다. 그러나 그가 진심 어린 참회를 했는가에 대해서는 독자
에 따라 다르게 느낄 것이다(이 점 또한 작가로서의 탁월함을 느낄 수
있는 부분이다).

　그럼에도 불구하고 데이비드의 사과를 받은 제자의 부모는
조금이나마 마음을 열 수 있었다. 깊이 난 상처에 적어도 소독약
정도는 바른 셈이었다. 잘못을 인정하고 사과한다는 것은 진심

의 여부를 떠나서 상대방의 마음을 열게 하는 힘이 있다. 하지만 그 과정에 이르기까지가 어렵다. 스스로 우월하다고 여기는 사람은 다른 사람이 나와 동등하다고 느끼는 공감 능력이 부족할 수밖에 없다. 그런데 때로는 눈높이를 맞추기 위해서 무릎도 꿇어야 한다. 이때 느끼는 감정이 바로 수치(羞恥)이다. 이런 어려운 과정에서 용서를 구하는 사람은 우월감에서 수치감으로 감정이 바뀌는 아픈 전환점을 통과해야 한다.

우리 사회는 성공에 대해 찬사를 보내고, 승리에 박수를 보내는 데 인색하지 않다. 그러나 잘못을 시인하는 일은 자주 볼 수 없고, 그렇다 보니 용서에도 인색하다. 가깝게는 우리 가정에서 부모 자녀와의 관계에서 고쳐야 할 문제일 수 있고, 나아가서는 정치·사회적인 문제이기도 하다.

018

논쟁을 두려워하지 않는 작가
엘프리데 옐리네크
《피아노 치는 여자》

엘프리데 옐리네크 **Elfriede Jelinek**

오스트리아의 소설가(1946~) 현대 오스트리아를 대표하는 작가로 발표하는
작품마다 뜨거운 논쟁을 일으켰다. 1967년 시집 《리자의 그림자》로 데뷔했고,
1970년에 발표한 첫 소설 《우리는 미끼 새들이다》로 주목을 받았다. 이후 《연
인들》(1975), 《피아노 치는 여자》(1983), 《욕망》(1989), 《죽은 자의 아이들》
(1995) 등 수십 편의 소설과 희곡, 시나리오 등을 발표했다.

"엘프리데 옐리네크는 작품을 통해

사회의 부당한 권위에 도전하는

작가 정신을 보여주었다." (2004년)

엘프리데 옐리네크는 1946년 오스트리아 슈타이어마르크주에서 태어나 수도인 빈에서 살았다. 체코계 유대인 아버지와 빈 명문가 출신의 어머니 밑에서 엄격한 분위기 속에서 자랐다. 김나지움 시절부터 빈 시립 음악원에서 파이프 오르간, 피아노, 리코더 등을 배웠고, 어머니로부터 스파르타식 교육을 받았다. 예술가로서의 자질이 충분했던 옐리네크의 민감한 감수성은 강압적인 집안의 가르침을 그대로 수용하고 따르기 어려웠으며, 결국 심리적 장애까지 겪었다.

빈대학에서 미술사학과 음악사학, 연극학을 전공했고, 재학 중인 1967년에 시집《리자의 그림자Lisas Schatten》를 출판했다. 첫 시집으로 문단의 주목을 받은 작가는 대학을 중퇴하고 본격적으로 작가 활동에 매진한다. 그러다가 1971년에 파이프 오르간 연주자 시험을 통과해서 대학 졸업을 인정받는다. 또한 1974년부터 1991년까지 공산당에 가입해서 활동하기도 했다.

옐리네크의 대표작은 단연 1983년에 발표한 소설《피아노 치는 여자Die Klavierspielerin》일 것이다. 이 작품으로 그녀는 1986년 여성 작가 최초로 하인리히 뵐상을 수상했다. 이 작품은 미하일 하케네 감독에 의해 영화화되기도 했다. 그리고 역시 문제작이었던 1989년에 출간한《욕망Lust》으로 베스트셀러 작가가 되면서 빈 문학상도 수상했다. 좌파적 성향이 강한 문제작을 쓰던 그녀는 2000년 오스트리아 국민당이 극우세력인 자유당과 연정하자 자신의 희곡이 오스트리아에서 상연되는 것을 거부하기도 했다.

그녀의 작품은 논쟁이 끊이지 않고 비판도 만만치 않은데, 우선 보수주의자들은 과격한 성 묘사와 신랄한 자국 비판 등을 문제 삼아 "포르노 작가"라고 비난하고 있으며, 폭력적이고 가학적인 설정들은 페미니즘 안에서도 논쟁이 되고 있다.

아름다운 피아노 선율 속에 담긴 한 여성의 비명

《피아노 치는 여자》는 작가의 어린 시절, 어머니로부터 받은 강한 스파르타 스타일의 교육에 대한 트라우마를 그대로 반영한 작품이다. 작품 속에 등장하는 피아니스트 에리카는 프로도 아니고 그렇다고 아마추어도 아닌 중간자이다. 그녀는 어린 시절부터 어머니의 가혹한 음악 교육을 받으면서 성장한다. 그녀에게 자유는 존재하지 않았고, 어머니는 그녀를 키웠다는 이유로 노후를 그녀에게 기대려고 한다.

어머니의 집착으로 단 한 번도 제대로 연애를 해보지 않았던 에리카는 비정상적인 방식, 특히 마조히즘을 연상케 하는 방식으로 성적 문제를 해결하려고 한다. 그녀를 흠모하는 학생 클레머는 그녀와 잠자리를 가져보기 위해서 수작을 건다. 두 사람이 조금씩 가까워지며 관계가 진전되려고 하자, 에리카는 클레머에게 반드시 지켜야 할 내용이라고 하면서 편지를 적어준다. 편지의 내용은 폭력, 학대, 강요, 처벌, 억압 등으로 가득해서 일반적인 연인들 사이에서는 벌어지기 힘든 내용이 대부분이었다. 처음에는 거부하던 클레머는 에리카의 진심을 이해하지 못한 채 에리카에 대한 복수심과 도발을 바탕으로 편지 내용을 그대로 실행한다. 원치 않게 애인에게 학대를 당한 에리카는 복수의 칼을 준비해 그를 찾아가지만, 다른 여자와 웃고 있는 클레머를 멀리서 쳐다보면서 준비해 간 칼을 자신의 어깨에 꽂는다. 그리고 애증의 관계에 놓인 어머니가 있는 집으로 다시 발걸음을 옮긴다.

에리카를 억압하는 존재는 가부장적인 아버지나 남자 애인이 아니다. 그녀를 억압하는 사람은 같은 여성인 어머니이며, 그녀를 억압했던 남자 역시 어쩌면 그녀의 바람을 실현시켜준 도구에 불과했다. 페미니즘을 담고 있지만, 기존 페미니즘과 결이 다름을 알 수 있다.

우선, 억압의 주체가 남성이 아니다. 기존 페미니즘은 남성 중심 사회로부터의 해방을 주장한다. 그러나 주인공 에리카는 같은 여성인 어머니로부터 벗어나기를 간절히 소망한다. 어쩌면 말만 어머니지 여자에게 안정을 최우선으로 강조하는 사회적 분위기를 어머니로 상징한 것인지도 모른다.

다음은 계급 문제이다. 작가는 두 인물을 통상적인 남녀관계로 설정하지 않았다. 대개 남성을 지배 계급으로 여성은 피지배 계급으로 설정하는데, 여기서는 반대이다. 여자가 교사고 남자가 제자이다. 예술계에서 사제관계는 절대적 상하관계라는 사실을 생각한다면, 권력은 여성에게 주어진 상태이다. 성관계 있어서도 지시자가 여성이라는 의미에서 남성의 여성에 대한 성적 착취는 거의 불가능해 보인다. 클레머는 에리카가 시키는 대로 하는 꼭두각시에 불과하다. 그러다가 폭발한 클레머의 도발이 그들의 관계를 파탄 낸다.

　오랫동안 억압을 당해왔던 에리카는 그 켜켜이 쌓인 분노를 자기 자신을 향해 폭발시킨다. 많은 여성주의 작품에서 주인공은 틀을 깨거나 억압적인 상황을 떠나지만 이 작품은 이런 기대도 완벽하게 저버린다. 복수를 다짐하며 클레머를 찾아간 에리카는 남자의 심장에 칼을 꽂지 못하고, 자신을 그토록 억압해온 어머니에게로 다시 돌아간다.

급진적인 페미니스트 작가에게 수여한 노벨문학상의 파격

20세기 후반에는 21세기에 대한 기대가 굉장했다. 하늘을 나는 자동차를 기대했고, 더 발전한 세계, 더 평등한 세계, 더 잘 사는 세계를 기대했다. 실제로 성장하긴 했으나, 부익부 빈익빈이 더 심해졌고, 자연환경의 훼손으로 치러야 할 대가가 만만치 않다는 사실을 금세 알아차릴 수 있었다.

20세기가 전쟁과 이념의 갈등 시대였다면, 21세기는 적어도 냉전 정도에서는 벗어날 수 있었다. 공산주의의 대부국가 소비에트연방은 무너졌고, 그만큼 힘이 있었던 중국도 경제 개방을 통해 살길을 모색해 고도성장의 길을 달렸다. 프랜시스 후쿠야마 같은 정치경제학자는 섣부르게 자본주의의 승리를 선언하기도 했다. 실제로 옐리네크도 1991년쯤에는 공산당에서 탈당한다. 당시 상황을 고려할 때 공산주의의 유토피아를 더 신봉하기는 힘들었을 것이다.

옐리네크는 초창기에 마르크스주의를 작품에 반영했다. 보수주의 가정에서 자란 사람이라고는 믿을 수 없을 만큼 급진적으로 전향한 것이다. 그리고 공산주의가 무너지고 나서는 계급 갈등이 아니라 가부장적인 구조를 비판한다. 여기서 가부장적이라 함은, 남성 중심적인 가정을 의미하지 않는다. 정확하게는 '가부모장적'이라고 해야 할 듯하다. 또한 보수주의 정당이 지배한 자국 체제를 비판하면서 자신의 작품 상영을 거부하며 저항하기도 했다. "사회의 부당한 권위에 도전하는 작가 정신"이라는 수상 이유는 그 범위(남성, 자본가 등)를 제한하지 않고 전 영역으로 확대함으로써 더 많은 공감대를 얻었던 것이 아닐까?

달라진 21세기 그리고 2000년대는 여성 작가의 수상이 늘어났다. 20세기의 여성 수상자는 고작 아홉 명에 불과했는데, 21세기가 고작 4년밖에 지나지 않은 시점에서 열 번째 여성 수상 작가가 탄생한 것이다. 그것도 급진적 페미니스트인 작가에게 파격적으로 수여한 것이다. 노벨문학상 선정의 저변이 더 넓어졌음을 알 수 있는 대목이다. 2000년대에 들어서서 중국 작가의 수상은 물론이고, 여성 작가의 수상도 있었다. 이후 수상자의 목록을 본다면, 탈(脫)서양과 탈(脫)남성 작가의 신호탄으로 이해할 수도 있을 듯하다.

현실을 그대로 반영하고 있는
폭력성과 선정성

작가는 소개한 작품 외에도 파격적인 작품을 여럿 선보였다. 줄거리 자체가 폭력적이고 선정적이어서 '19금'이 붙어도 전혀 어색하지 않은 수준이다. 보수적인 시각으로 본다면, '어떻게 노벨문학상을 받았을까?'라는 의문을 제기하고도 남는다.

그러나 조금 더 현실을 있는 그대로 바라본다면, 작가는 현실 그대로를 묘사한 것뿐이다. 미화하지 않았고, 숨기지 않았다. 그래서 뭔가 희망적인 메시지를 기대한 독자들에게는 굉장히 낯설고 거부감이 느껴질 것이다. 이 말은 우리가 살고 있는 실재도 낯설어야 하고 거부감을 느껴야 한다는 의미이다. 독자들이 이런 깨달음을 얻기를 작가가 기대한 것인지도 모른다. 하루가 다르게 끔직한 사건 사고들이 보고된다. 부모가 자녀를 살해하고, 역으로 자녀가 부모 혹은 조부모를 학대하거나 살해한다. 아니면 부모가 자신의 삶을 비관한 나머지 아이들과 함께 생을 마감하거나. 그나마 에리카는 돌아갈 곳이 있었다. 싫든 좋든 어머니가 있는 집이라는 공간이 남아 있었던 것이다. 그러나 그마저도 없는 사람들에게 남은 길은 죽거나 혹은 죽이거나 둘 중 하나일 뿐이다.

우리가 살고 있는 시공간은 어떻게 생각하는가에 따라서 따뜻할 수도 있고, 냉혹할 수도 있다. 하지만 생각이 아니라 현실을 고려할 때, 온화하기보다는 삭막한 느낌이 드는 것은 나만의 생각일까? 작가는 삭막한 현대를 직접적으로 묘사했다. 우리가 숨기고 싶은 치부를 그대로 드러냈기에 읽는 내내 어려운 감정을 감내해야만 한다. 옐리네크는 이런 삭막함 속에서 돌아갈 곳을 잃은 사람들의 결단은 세상을 벗어나는 것밖에 없음을 직설적으로 말하고 있는 것은 아닐까?

작품 속에 잠시 한국이 등장한다. 작가는 과열된 우리의 교육열을 지적한다. 에리카가 평생 어머니의 과도한 억압 속에서 성장한 것에 대한 울분과 우리 사회의 많은 청소년들이 스스로 삶을 마감하는 것이 데칼코마니처럼 보인다.

019

동과 서를 연결하는 작가
오르한 파묵
《내 이름은 빨강》

오르한 파묵 Ferit Orhan Pamuk

튀르키예의 소설가(1952~) 현대 튀르키예 문학을 대표하는 작가로 한국에서
도 사랑받는 작가이다. 1979년 첫 소설 《제브데트 씨와 아들들》로 소설가의 길
을 걷기 시작했고, 이후 《고요한 집》(1983)에 이어 《하얀 성》(1985)을 발표하
여 세계적으로 명성을 얻었다. 이후 《검은 책》(1990), 《새로운 인생》(1994),
《내 이름은 빨강》(1998), 《눈》(2002), 《이스탄불: 도시 그리고 추억》(2003) 등
을 발표했다. 그의 작품은 약 40개국 언어로 번역되었다.

"파묵이 고향 이스탄불의 우울한 영혼을 탐구하는 과정에서
문화 간 충돌과 융합에 대한 새로운 상징들을 발견,
다양한 작품에 잘 반영했다." (2006년)

오르한 파묵은 1952년 튀르키예의 이스탄불에서 태어났다. 그의 집안은 튀르키예 전역의 철도를 설치한 엔지니어 1세대인 할아버지, 그리고 독일 베를린에서 법학을 공부한 외할아버지를 둔 부유한 상류층이었다. 이스탄불의 명문 고등학교를 졸업한 파묵은 본래 품었던 화가의 꿈을 접고 이스탄불 공대 건축학과에 진학했다. 그러나 진로를 변경하여 소설가가 되기로 결심하고 1974년 자퇴한다. 이후 다시 이스탄불대학에 들어가 저널리즘을 전공했다. 이러한 특이한 경력은 이후 그의 작가 활동에 영향을 끼친다. 우선 저널리즘을 전공한 덕분에 그는 작가로서 성공을 거두는 동안에도 체제 비판적 목소리를 꾸준히 냈다.

첫 소설인 《제브데트 씨와 아들들Cevdet Bey Ve Oğulları》이 1979년 《밀리예트Milliyet》 신문의 공모에 당선되어 등단했다. 하지만 당시 주류 문학은 농촌 문제를 다룬 소설이어서 대세와 맞지 않는다는 이유로 출판하는 데 어려움을 겪었고, 3년 뒤에야 간신히 출판하게 된다. 초기에는 작가로서 활동을 시작하는 것이 순탄치 않았지만, 현재는 튀르키예에서 가장 많은 책이 팔린 작가가 됐다.

튀르키예는 지리적으로 동양과 서양의 경계에 놓여 있고, 그 역사도 복잡하다. 파묵은 이런 튀르키예를 배경으로 문명 간 충돌, 문화적 정체성의 혼란, 그리고 서구화로 인한 전통의 소멸 등과 같은 주제를 다뤘다. 이런 주제를 다루다 보니, 당연히 역사적·사회적 문제에 대해 비판적인 발언도 서슴지 않는다. 예를 들어서 튀르키예의 전신인 오스만 제국이 1915년에 아르메니아인 100만여 명과 쿠르드족 13만여 명을 학살했다고 발언하여 튀르키예 내에서도 논란이 된 적이 있었다. 이 학살사건은 현재까지도 축소 및 은폐하고 있어서 국제사회로부터 비난을 받고 있는 역사적 사건이다. 이 발언 이후 파묵은 튀르키예 우파들에게 살해 협박을 받았고, 문학계에서는 그의 노벨문학상 수상이 서구의 입맛에 맞는 발언으로 인한 것이라며 그의 수상을 폄훼하기도 했다.

노벨문학상을 수상한 직후 2007년, 튀르키예에서 생명의 위협을 느낀 파묵은 결국 고향을 떠나 프랑스에서 살았다. 이후 미국으로 가서 컬럼비아대학교 비교문학과 글쓰기 교수로 재직하면서 튀르키예 인권 운동에도 힘을 쏟고 있다.

동과 서는
모두 신의 것이다

《내 이름은 빨강Benim Adım Kırmızı》을 읽다 보면, 움베르토 에코 Umberto Eco의 《장미의 이름Il nome della rosa》이 떠오른다. 살인으로 추정되는 이상한 죽음과 그 원인을 파헤치며 추리소설 형식으로 범인을 찾아가는 과정에서 두 소설의 유사점을 찾을 수 있다. 그러나 《내 이름은 빨강》에 등장하는 첫 화자는 특이하게도 죽은 사람이다. 그는 자신의 억울함을 호소하며 이야기를 시작한다. 죽은 자는 말이 없는데, 작품은 이런 일상적인 상식을 파괴하면서 시작한다. 죽은 자는 궁정화가로 술탄에 관한 작품을 그렸던 사람이다. 당시 궁정에는 서구의 화풍을 접목해서 새로운 그림을 그리려는 시도가 있었고, 거의 마지막 단계에 이르렀다는 소문이 흘러나오고 있었다. 이때 그림 작업에 참여하고 있던 화가가 죽음을 맞이한 것이다.

주인공은 이 시점에 먼 타국에서 돌아와 과거 사랑했던 연인과 재회하는데, 마침 그녀의 아버지가 이 그림의 작업을 책임지고 있었다. 불안을 느낀 책임자는 살인범을 찾아주기를 당부한다. 부탁을 받은 주인공은 살인자를 찾기 위해 동분서주하지만, 결국 책임자도 예고 없이 찾아온 살인자에게 목숨을 잃게 된다. 이후 주인공은 술탄의 도움을 받아 옛 그림 보관소를 방문한다. 거기서 그는 당시 최고의 화가 3인방 중 한 명이 살인자임을 깨닫고, 나머지 두 명과 함께 살인자를 찾아간다. 이후 사투를 벌이던 중 범인을 죽이고 가까스로 죽음으로부터 벗어난다.

작품의 역사적 배경을 모르고 읽어도, 그 나름대로 흥미롭고 독특한 추리 소설처럼 읽을 수 있다. 하지만 당시 서구의 새로운 문화가 들어오면서 새것을 받아들이려는 사람들과 전통문화를 지키려는 사람들 간의 치열한 갈등이 있었다는 역사적 배경을 안다면, 이 소설을 더욱 깊이 있게 읽을 수 있다.

당시 튀르키예는 서방의 문물이 물밀 듯 밀려들어오고 있을 때였다. 전통에 대한 자부심이 강할수록 저항은 극심했고, 폭력적 충돌도 발생했다. 작품도 치열했던 문화 충돌을 설명한다. 새로운 서양의 화풍은 기존 전통 궁정화가들을 위협했다. 이유는 간단하다. 궁정화가들이 서양 화풍을 그대로 모방할 수 있다면 문제가 없을 텐데, 현실은 그럴 수 없었다. 서양의 화풍 역시 오랜 시간 걸쳐 완성된 것으로 한순간에 따라잡을 수 있는 기술이 아니었던 것이다. 결국 전통 기술을 가진 자신의 기득권을 놓칠 수도 있다는 위기의식을 느낀 궁정화가 일부가 서양 화풍 도입에 제동을 건 것이다.

이런 문화적 충돌과 더불어 작품은 세상을 보는 관점의 변화를 말한다. 당시 그림의 중심은 술탄 혹은 주요한 사물이었다. 실제 배경이나 인물, 사물을 사실대로 그리는 게 아니라 가장 중요한 인물이나 사물을 중심으로 차등적으로 그린다는 의미이다. 예를 들어서 술탄의 그림이라면, 술탄이 가장 가운데 위치하고 가장 크게 그려져야 한다. 그러나 서양에서 들어온 화풍은 보이는 대로 그림으로써 신의 대리인 술탄도 그림의 일부가 될 수밖에 없었다. 전통적 회화를 그리는 사람들의 입장에서 원근법은 신성모독과 다를 바 없었다.

또한 초상화의 등장에 충격받은 궁정화가들이 등장한다. 술탄만이 주인공이었던 시대에 이제 누구나 주인공이 될 수 있게 된 것이다. 개인이 작품의 주인공이 될 수 있다는 점은 혁명적인 변화였다. 술탄의 보이지 않는 신민으로 살아가는 무리가 아니라, 자신이 술탄의 자리에 놓일 수 있는, 영예로운 자리에 스스로 놓일 수 있는 상황에 이른 것이다. 그러나 '개인'이라는 개념이 등장한 초기에는 개인으로서 자부심을 느끼기보다 그동안 신봉해왔던 가치관이 무너짐에 따른 혼란스러움이 더 컸다. 작가는 궁정화가들의 복잡한 심리적 갈등을 묘사해 작품을 이끌어가면서, 현대적 입장에서 결론을 내린다. "동과 서 모두 신의 것이다"라고 말이다.

생명의 위협을 받아
고국을 떠나야만 했던 작가

노벨문학상을 수상한 중동권 작가는 모두 세 명이다. 가장 먼저 수상한 작가는 1966년에 수상한 이스라엘 출신 슈무엘 아그논 Shmuel Agnon이다. 그의 작품은 아쉽게도 국내에서 찾아보기 힘들다. 이후 앞에서 소개한 이집트 출신 작가 나지브 마흐푸즈, 그리고 오르한 파묵이다. 두 작가의 행보를 보면, 일류 보편적 가치인 자유, 평등, 인권을 추구했고, 그렇지 못한 조국의 현실을 비판했다. 그렇다 보니 국내에 정적이 있을 수밖에 없었는데, 마흐푸즈는 말년에 암살 시도를 당했고, 파묵 역시 생명의 위협을 느껴 미국으로 이주하게 된다. 2006년 노벨문학상을 받은 이듬해의 일이다.

　그의 수상 이유가 "문화 간 충돌과 융합에 대한 새로운 상징들을 발견, 다양한 작품에 잘 반영했다"인데, 《내 이름은 빨강》역시 동양과 서양의 문화 충돌을 적절히 표현하면서, 궁극적으로 두 진영은 충돌할 게 아니라 하나로 이어져야 한다는 바람을 전한다. 이런 작가의 노력은 세계의 화약고로 항상 전쟁의 위협에 놓여 있는 중동 지역의 평화를 위한 예술적 노력으로 이해할 수도 있을 것이다. 그리고 이런 작가의 의로운 작업을 격려하기 위해서 한림원은 파묵을 수상자로 결정한 것이 아닐까?

　그러나 세계적인 명성도 소용없이 파묵은 조국 강경파의 위협으로 고국을 떠나게 됐다. 세계적인 작가의 반열에 오른 사람을 인정하지 않는 고국의 폐쇄적인 현실을 견디지 못해 떠난 작가의 모습을 보면 결국, 작가가 바란 동서의 융합 역시 여전히 요원한 길임을 보여주는 것 같아서 안타깝다.

세계화 속 우리의 전통은
어떻게 지킬 수 있을까?

파묵은 한국 매체와 진행했던 인터뷰에서 서양 문명의 거대한 파고 앞에 무너지는 전통에 대한 안타까움과 슬픔을 이야기한 적이 있다. 전통은 전통 그대로의 가치가 있어서 계승해야 함에도 자본의 힘과 무관심에 의해 사라져가는 현실을 비판한 것이다.

케이팝과 케이 드라마, 케이 영화 등이 세계 곳곳에서 선전하고 있지만, 한류가 한국적 전통을 직접 반영했다고 하기에는 부족하다. 물론 드라마와 영화는 우리의 정서를 반영했을 것이고, 음악도 우리만의 특성이 반영됐을 것이다. 그리고 이러한 특성과 세계적 보편성이 황금비율을 이뤘기에 지금과 같은 성과를 얻었으리라 생각한다. 그러나 과연 한국적인 것이 세계적인 것이 됐을까? 분명 세계인의 관심과 흥미를 끌 수 있는 요소가 있었겠지만, 우리의 전통이라고 할 수 있는 부분은 쉽게 찾기 힘든 것도 사실이다. 이러한 비판을 다른 각도로 해석하면, 세계의 문화 트렌드와 보편성을 잘 이해해서 성공할 수 있었다고 할 수 있다. 다만, 지속성과 문화 선도의 차원에서 보완될 부분이 있다.

따라서 파묵의 동서의 연결에 대한 바람과 전통 소멸에 대한 아쉬움에 대해서 진지하게 읽고 생각해봐야 한다. 인류 보편적 가치가 무엇인지 살펴보고, 보편적 가치를 지속적으로 추구할 수 있는 문화적 구심력을 기르고, 잃어버리고 사라져버린 전통적 가치를 찾아서 현대 흐름에 어울리게 재탄생시켜야 한다. 그리하여 지금의 한류에 우리의 전통문화까지 포함된다면 한국문화가 새로운 문화적 구심점 역할을 할 수 있을 것이다.

020

현대 여성의 삶을 깊숙이 응시한 작가
도리스 레싱
《19호실로 가다》

도리스 레싱 Doris Lessing

영국의 소설가(1919~2013). 수차례 노벨문학상 후보에 올랐고, 2007년 마침내 88세에 노벨문학상을 수상하면서 최고령 수상자가 되었다. 1950년 첫 소설인 《풀잎은 노래한다》의 출간 이후 서머싯 몸상(1956), 메디치상(1976), 유럽문학상(1982), 아스투리아스 왕세자상(2001) 등을 수상했다. 대표작으로 《폭력의 아이들》 시리즈, 《금색 공책》(1962), 《생존자의 회고록》(1975), 《다섯째 아이》(1988), 《런던 스케치》(1992) 등이 있다.

"레싱은 현대사회 속 여성의 삶을 체험을 통해 풀어낸 서사 시인이자

특유의 회의주의, 열정, 통찰력으로 분열된

현대 문명을 깊이 응시할 수 있도록 한 작가이다." (2007년)

도리스 레싱은 1919년에 이란에서 태어났다. 영국인이었던 부모는 1925년 영국 식민지인 남부 로디지아(지금의 짐바브웨)로 이사해 옥수수농장을 경영했다. 이 시기에 레싱은 식민지의 현실, 즉 흑백 분리와 인종주의를 목격했다고 한다. 로마가톨릭 여학교였던 도미니칸 수도원 고등학교에서 수학했으나 가세가 기울어 열네 살에 학업을 중단했다. 열다섯 살에 집을 떠나 베이비시터, 전화교환원, 타이피스트 등으로 일했다.

어렵고 힘든 유년기를 거쳤기 때문에 레싱은 이후 작품 속에서 현대 가족의 붕괴와 도시문화의 삭막함 등을 다루기도 했고, 아프리카 영국령에서 살아가는 원주민들의 어려운 삶에 대한 연민의 감정을 묘사하기도 했다. 아울러 열네 살 이후부터 제도교육을 거부한 독특한 이력은 기성 가치 체계를 비판한 작가의 정신이 형성되는 데 큰 역할을 하며 초지일관한 삶의 태도를 유지하는 데 영향을 줬다.

레싱은 1950년 《풀잎은 노래한다The Grass is Singing》를 발표하며 작가로서의 길을 걷기 시작한다. 그리고 유럽의 각종 문학상을 모두 수상하고, 2007년 88세라는 역대 최고령의 나이로 노벨문학상을 수상한다.

생계를 위해서 어쩔 수 없이 고단한 삶을 살았다는 점은 작가로서 다양한 주제를 다룰 수 있는 경험이 됐다. 삶 자체가 기존 질서에 대해 비판적 의식을 형성할 수밖에 없는 상황이었기 때문에 작품 역시 사회 비판적이다. 그녀는 개인과 집단, 흑인과 백인, 남성과 여성 등 날카로운 통찰력으로 갈등 관계를 탐구했고, 근본적으로는 전통과 권위라는 명목으로 인간 개개인의 삶을 억압하는 기성 체제를 비판하고자 했다.

레싱은 작품을 통해 사회의 부조리함을 고발했고, 실제로 사회 참여도 활발히 했다. 1952년 영국 공산당에 입당해 반핵 시위에 앞장섰고, 역으로 1956년에는 소련의 헝가리 침공을 비판하며 탈당하기도 했다. 그리고 이후 남아프리카공화국의 아파르트헤이트를 공개적으로 비판하는 등 반인종주의운동에도 깊숙이 참여했다.

21세기 여성들도
여전히 19호실이 필요하다

《19호실로 가다To Room Nineteen》는 레싱이 1960~1970년대에 쓴 단편을 모아 1994년에 출간한 단편소설집이다. 국내에는 20편의 작품 중 11편을 2018년에 같은 제목으로 출간했고, 나머지 9편은 《사랑하는 습관》으로 따로 출간되었다.

여러 작품을 묶은 단편집이어서 각 작품의 줄거리를 모두 소개하기는 어렵지만, 표제작인 〈19호실로 가다〉의 줄거리를 먼저 설명하고자 한다. 결혼하며 일을 그만두고 가정을 꾸린 전업주부 수전이 자신만의 공간을 갖기 위해 '19호실'로 향하는 이야기이다. 남들이 보기에는 멋지고 아쉬울 것 없는 결혼생활이었지만 수전은 독립적이지 못한 자신의 처지에 삶의 허망함을 느낀다. 수전은 가족에게서 벗어나 오직 '자기 자신'으로만 존재하기 위해 호텔 19호실을 찾는다. 그곳에서 잠시나마 평화를 얻지만, 결국 그곳을 찾아낸 남편에게 외도를 의심받는다. 수전은 이미 망쳐진 자신만의 공간을 설명하고 싶지 않아서 외도를 했다고 거짓을 말하지만, 남편은 오히려 안심한 듯이 자신의 외도를 고백한다. 다음 날 수전은 19호실을 찾아가 모든 창문을 닫고 가스 밸브를 연 채 침대에 눕는다.

자신만의 공간을 애써 찾았던 여인에 대한 오해, 그리고 그런 여성을 이해하지 못하는 사회 분위기와 남편에 대한 비판을 담고 있다. 즉, 자신만의 공간 따위는 가질 수 없는 여성의 현실을 서술하고 있다. 결혼 전에는 한 남자의 딸로 살고, 결혼 후에는 한 남자의 아내로 살고, 마지막으로 자녀들이 태어나면 자녀의 어머니로 살아야 했던 여성의 모습을 보여주면서, 여성 자신만의 공간이 있어야 함을 주장하고 있다.

《19호실로 가다》는 남성 중심적인 사회 그리고 여성을 정해진 시공간에 묶어놓으려는, 혹은 소유물이라고 생각하는 남성의 관념에 던지는 파문이라고 할 수 있다. 작품을 읽다 보면, 1960~1970년대에도 유럽에서는 여성주의가 성장하고 있었음을 알 수 있다. 레싱은 이 작품을 통해 몇 가지 메시지를 전달한다.

첫째, 본인을 잃고 살아가는 여성의 모습이다. 누군가의 아내, 엄마 등으로 살아야 했던 당시 여성의 현실을 보여준다. 결혼하고 나면 성(姓)마저도 바뀌어야 했던 여성의 현실을 생각하면 쉽게 이해할 수 있는 부분이다.

둘째, 여성의 진취적인 모습에 태클을 거는 사회적 분위기를 지적한다. 한 작품 속에서 그림에 관심을 가진 여성이 등장한다. 하지만 그녀는 화가가 되겠다는 꿈을 접는다. 남성의 놀림, 혹은 선심 쓰는 듯한 태도에 환멸을 느꼈던 것이다.

마지막으로 작가는 '19호실'을 통해서 여성에 대한 사회적 편견, 그리고 남편의 오해 등을 다루면서 자신만의 작은 공간조차 허락되지 못한 여성의 현실, 그리고 사회적 인식과 관습에 묶여 있는 여성을 다룬다. 역설적으로 말하면, 해방을 희망하는 여성의 근본적인 욕망을 드러낸 것이다.

이러한 여러 의미를 생각하면, 21세기를 20년 이상 지난 지금 우리 사회에서 읽어도 손색이 없으며, 오히려 경종을 울릴 만한 작품이란 생각마저 든다.

다양한 주제를 다룬,
다양한 비판적 작품을 쓴 작가

레싱은 최고령 노벨문학상 수상자이다. 노벨문학상은 살아 있는 작가만 받을 수 있는 상이기에 일단 오래 살고 볼 일이라는 비판도 있긴 하다. 하지만 최고령 수상자인 만큼 다양한 주제를 아우르는 많은 작품을 썼다. "레싱은 현대사회 속 여성의 삶을 체험을 통해 풀어낸 서사 시인이자 특유의 회의주의, 열정, 통찰력으로 분열된 현대 문명을 깊이 응시할 수 있도록 한 작가"라는 수상 이유를 보면 이러한 작가의 작품 활동을 충분히 추측할 수 있다.

여성의 삶에 관한 주제를 다룬 것 이외에도 자신의 공산주의 활동과 탈당, 어린 시절 식민지에서 살았던 경험을 바탕으로 하여 인종차별에 관한 작품을 썼으며, 런던에서 다양한 직업을 전전하면서 고되게 살아야 했던 도시 생활의 삭막함도 작품 속에 담아내었다. 자신이 경험했던 독특한 교육 과정과 여러 번의 이혼을 통해 느꼈던 가정 문제 등을 녹여내서 교육 제도 및 사회 체제를 비판하기도 했다. 크게는 사회 구조부터 작게는 가족 단위까지 세밀하게 비판적 시선으로 바라보는 레싱의 통찰력은 그녀가 충분히 노벨문학상 수상자가 되고도 남음을 보여준다.

2000년대를 지나면서 노벨문학상은 수상에 정치적 이유가 강하게 작용하던 분위기를 조금씩 걷어내고 있는 듯하다. 다시 말해서 이전보다 상대적으로 작가의 작품에 더 관심을 기울이는 듯하다. 즉 20세기는 세계정세를 고려하여 시대적 흐름에 부합하는 수상자를 주로 선정했다면, 21세기를 지나면서는 점차 작품 자체에 힘을 싣는 분위기다. 그리고 다행스럽게도 여성 작가들에게 더 잦은 영예의 기회를 주고 있다. 이런 흐름 속에서 이념과 체제뿐만 아니라 사회 구조, 가족 내의 문제까지 다룬 레싱의 넓은 스펙트럼은 기존 수상자들의 선정 이유를 충분히 이해하게 하면서 새로운 수상 방향까지도 추측해볼 수 있게 한다.

잔인한 현실을 보여주는 것만으로도 설득할 수 있다

작품을 읽는 독자마다 다르겠지만, 레싱의 작품을 읽으면 설득이 된다. 계몽을 의도로 써진 작품이 아니기 때문에 작가의 직접적인 주장은 없지만, 억지로 상황을 조성하는 게 아니라 있을 법한 상황을 제시하고 그런 상황에서 발생한 문제점을 다루기에 독자가 작가의 메시지를 쉽게 이해할 수 있다.

최근 우리 사회에서 벌어지고 있는 페미니즘 논쟁은 설득의 문제가 아니라 승패의 문제로 되어가는 것 같다. 토론의 핵심이어야 할 경청이 없고, 각자 자기 할 말만 떠들어대기에 바쁘다. 세련되지 못한 페미니스트들의 거친 주장도 문제지만, 그동안 누렸던 기득권을 쉽게 포기하지 못하는 옹졸한 남성주의에도 문제가 있다.

레싱의 작품 속 여성은 분명 억압받는 존재로 그려져 있고, 그 위에 남성이 있다는 것을 보여줌으로써 작가 또한 남성들에게 그러지 말라고 외친다. 작가가 보여주는 작품 속 여성은 성공하지 못한다. 꿈을 포기해야 했고, 자기만의 방을 떠나야만 했다. 현미경으로 들여다본 듯한 이 여성들의 삶은 잔인하지만 모든 여성들의 현실일 수도 있다. 어쩌면 이러한 과정을 통해 작가는 연민이라는 또 다른 설득 방법을 구사한 것은 아니었을까? 목소리가 큰 사람이 이기는 게 아니라 사람의 마음을 움직일 수 있어야 설득할 수 있다는 사실을 레싱은 잘 보여준다.

최근 우리 사회는 너무 시끄럽다. 과거에는 목소리가 큰 사람이 목소리가 작은 사람을 억지로 굴복시킬 수 있었다. 그러나 현재는 소음 공해로 취급받을 뿐이다. 더 자세히 설명하고, 상대방의 이야기를 경청해주는 자세야말로 나와 다른 생각과 의견을 가진 대상을 설득할 수 있는 토대이다. 감동으로 인해 한번 열린 마음은 쉽게 닫히지 않는다는 사실을 우리 사회가 깨달아야 하지 않을까?

021

문명 너머의 인간을 탐구하는
J.M.G. 르 클레지오
《조서》

J.M.G. 르 클레지오 Jean Marie Gustave Le Clezio

프랑스의 소설가(1940~). 프랑스에서 오랫동안 평단의 지지와 대중의 사랑을 받았고, 세계 여러 지역에서 여러 문화를 경험했다. 1963년 《조서》로 데뷔한 이후 40여 편이 넘는 작품을 발표했다. 주요 작품으로는 단편집 《열정》(1965), 장편소설 《홍수》(1967), 《사막》(1980), 《황금 물고기》(1996), 《혁명》(2003), 《우라니아Ourania》(2006) 등이 있다.

"새로운 출발과 시적 모험, 관능적 환희의 작가이자

지배적인 문명 너머와 그 아래에 있는

인간의 탐구자." (2008년)

J.M.G. 르 클레지오는 1940년 남프랑스 니스에서 태어났다. 영국인 아버지와 프랑스인 어머니 덕분에 어려서부터 영어와 프랑스어를 자유자재로 구사했다. 영국 브리스틀대학과 프랑스 니스대학에서 수학했고, 미국에서 교사 생활을 하기도 했다. 1964년 액상프로방스대학에서 석사학위를 받았고, 1983년 페르피냥대학에서 박사학위를 받았다.

《조서Le Procès-Verbal》는 르 클레지오가 프랑스 문학을 전공한 뒤 23세에 쓴 첫 번째 소설이며, 이 작품으로 1963년에 르노도상을 수상하며 화려하게 데뷔했다. 1980년에는《사막Désert》을 비롯한 그의 전 작품을 대상으로 폴 모랑상의 첫 수상자가 되었다. 쓰는 소설마다 화제작이 되면서 르 클레지오는 자신의 작가적인 재능을 유감없이 발휘할 수 있었다. 54세가 된 1994년에는 '살아 있는 가장 위대한 프랑스 작가'로 선정되었다.

르 클레지오는 한국을 좋아하는 것으로 유명하다. 제주도 해녀들에게 바치는 소설집《폭풍우Tempete: Deux novellas》와 서울의 현실을 비판적으로 서술하고 있는《빛나: 서울 하늘 아래Bitna: sous le ciel de Séoul》라는 작품을 썼다. 작가는 여러 차례 한국을 방문하면서 한국 문단과 교류했으며, 2007년부터 2008년까지 이화여자대학교에서 프랑스어와 프랑스 문학을 가르치기도 했다.

탈영병인가
아니면 정신병자인가?

작가의 첫 작품이자 대표작인 《조서》는 분량이 그렇게 많은 소설은 아니다. 그러나 한 쪽도 쉽게 읽히지 않는다. 그리고 마지막 부분에 이르러서는 도대체 독자가 읽었던 내용이 작품 속 화자의 진실인지, 아니면 망상인지 구분조차 할 수 없다.

'아담'이라는 탈영병이 있다. 태초의 인간, 혹은 존재라고 할 수 있다. 하지만 탈영병 신세인 그는 자유롭지 못하다. 군대라는 구속에서 벗어났지만 세상에 구속되어버린 것이다. 왜냐하면 탈영병이기 때문에 그는 마음대로 돌아다닐 수도 없고, 사람을 만날 수도 없다. 세상에 갇혀버린 지성인은 많은 생각을 한다. 생각하는 것만이 원래 그의 일이었던 것처럼. 그러다가 아담은 생각과 현실을 구분하지 못하는 지경에 이른다. 정신분열에 가까운 증상을 겪으면서 도저히 숨어 지낼 수 없었던 아담은 광장에 나가서 자신의 신념을 설파한다. 그러다가 깨어난 곳은 정신병원이다.

정신병원 의사는 아담을 주의해서 봐야 할 환자로 지정한다. 의사를 능가하는 지식으로 의사와 토론할 정도로 지적 능력이 뛰어난 아담이지만, 그는 그저 환자에 불과하다. 본인은 고작 며칠 전에 이곳에 들어왔다고 생각하고 말하지만, 의사들은 그가 정신착란증을 보이고 있다고 단정 짓는다. 첫 페이지부터 마지막 페이지까지 작품은 독자를 천천히 이끌면서 도대체 '내가 뭘 읽은 거지?'라고 생각하게 한다. 그런데 이런 생각이 들었다면 바로 책을 잘 읽었다는 증거이다.

작품은 카메라 렌즈로 들여다보는 듯한 시선으로 세계를 묘사하는, 이른바 '펜 카메라pen-camera 기법'을 구사한다. 소설의 제목인 '조서(調書)'처럼 조사한 사실을 기록하듯 객관적인 시선으로 주인공을 따라가지만, 다 읽고 나서 느끼는 감정은 확신이 아니다. '뭐지?' 하는 의문이다. 그러니 실존에 대한 의문을 가질 수밖에 없다. 내가 본 것에 대한 확신이 없다. 내가 살아가고 있는 세상에 대한 의문이 증폭된다. 확실한 게 아무것도 없다. "나는 생각한다. 그러므로 존재한다"라고 말했던 합리주의자 데카르트의 사유 방법이 무너진다. 생각하기 때문에 내가 존재한다는 명제는 힘을 잃는다.

《조서》는 1963년에 출간된 작품이다. 르 클레지오는 프랑스에서 제2의 카뮈로 불렸던 만큼 작품은 '실존'에 대한 주제를 다룬다. '아담'이라는 상징적 의미의 최초의 인간을 등장시키고, 그의 사유를 통해 그의 실존을 증명하려고 노력한다. 그러나 결말 부분에서 알 수 있듯이 아담은 탈영병인지, 혹은 정신병 환자인지 알 수 없을 만큼 모호하다. 아울러 개인의 실존에 방점을 찍은 실존주의의 한계, 즉 개인이라는 소우주의 경계를 넘어서지 못한다. 알다시피 실존주의는 제1·2차 세계대전 이후에 잠시 전성기를 구가하다가 그 한계를 극복하지 못하고 쇠퇴한다. 모든 것의 질서인 신 혹은 이성의 한계 대신 내세운 '인간이라는 신의 대용'은 잠시나마 새로운 질서의 표준이 되는 듯했으나, 인간은 죽음을 극복하지 못하는 한계가 있었으며, 이러한 절망감을 넘어설 수 없었기에 쇠락의 길을 걸을 수밖에 없었다.

　작품 속 '아담'의 실존에 대한 의문과 활동은 사회적 실존으로 확대되지도 못했다. 잠시 아담이 거리에 나가 설교하는 장면이 등장하나, 얼마 후 종료된다. 아마도 사르트르가 개인적 차원을 넘어 사회 참여와 실천을 염두에 둔 '앙가주망*engagement*'을 아담의 거리 설교로 표현하는 듯한데, 작가는 이미 실존주의의 한계를 알고 있는 듯 거리의 아담을 다시 수감한다. 결국 인간은 신을 대체할 수 있는 무한한 존재가 아니었다.

세상에 대한 신랄한 비판이 아닌 애정 어린 충고

"새로운 출발과 시적 모험, 관능적 환희의 작가이자 지배적인 문명 너머와 그 아래에 있는 인간의 탐구자." 한림원이 르 클레지오에게 노벨문학상을 수여한 이유다. 작가는 프랑스어를 '작가의 언어'로 선택한 이유를 영국의 침략성에 대한 반감이라고 했다. 침략은 곧 강자의 약자 지배를 의미한다. 그러나 자연 친화적인 주제를 택하고, 다양한 인간의 모습 속에서 작품 주제를 찾았던 작가는 인간이 인간을 지배한다는 것을 비판적으로 바라볼 수밖에 없었다.

르 클레지오의 작품은 대부분 느리게 흘러가는 강물 위에 이는 바람처럼 부드럽고 잔잔하다. 그의 작품은 자연을 배경으로 하다 보니 여유가 있다. 절대로 급하지 않다. 한국 도시 중 가장 큰 서울을 다룬 작품에서조차도 '빨리 빨리' 급하게 서두르는 느낌이 전혀 없다. 그러나 차분한 어조로 세태를 비판적으로 설명하기 때문에 따뜻한 느낌은 아니다. 그런데도 작가의 작품은 건조하지 않다. 세상에 대한 비판은 신랄한 비난이 아니라 애정 어린 충고로 들린다. 작가의 간절한 감정의 습도가 작품에 녹아 있어서 촉촉한 느낌을 준다.

"새로운 출발과 시적 모험, 관능적 환희"라는 부분은 바로 이런 복합적인 감정을 표현한 것이라고 이해할 수 있다. 다른 수상자들과 비교했을 때, 르 클레지오는 정치적인 분위기를 크게 담지 않아서 조금 낯선 느낌이 들지만, 현대 인간의 삶의 모습을 비판한다는 점에서 작가는 진보주의자일 수밖에 없다. 정치적 진보주의자가 아니라 인간의 진보를 바라는 인간적 진보주의자다. 그러니 한림원의 수상 이유에서 크게 벗어나는 인물은 아니다.

더 신중하고
더 깊이 숙고하는 삶

작품은 무엇이 진실인지 알려주지 않은 채 마무리된다. 작가
의 의도는 무엇이었을까? 성급하게 진보로 나아간다고 자만했
던 인류에 대한 경종이 아니었을까? 노벨경제학상을 수상한 대
니얼 카너먼Daniel Kahneman은《생각에 관한 생각Thinking, Fast and
Slow》에서 두 종류의 인간이 있다고 말한다. 하나는 직관으로 바
로 결정하는 인간이고, 다른 하나는 신중하게 판단하는 인간이
다. 두 인간 중 어느쪽을 택할 것이냐 묻는다면 대체로 후자를
택할 듯한데, 안타깝게도 현실은 전자가 활개를 치며 활동한다.
왜냐하면 두 번째 인간으로 살기 위해서는 사사건건 심사숙고
해야 하기 때문에 많은 에너지와 시간이 필요하다. 그런데 현실
은 그럴 수 없기 때문이다. 그런데도 카너먼은 신중한 인간이 더
자주 등장해야 한다고 강조한다.

《조서》로 다시 돌아가보자. 확실한 것은 아무것도 없다. 그래
서 아담은 매우 깊이 생각한다. 그리고 결국 정신착란에 이른다.
그럼에도 작가는 확실한 게 없기에 더 신중해야 하고, 깊이 숙고
하라고 말한다. 나의 말, 나의 행동이 들키면 구속당할 수 있는
탈영병이라고 생각하면서 말과 행동을 해야 한다면 얼마나 신
중해야 할까? 혹은 그런 신중함이 보편적인 자세로 규정된 사회
라면, 그렇지 못한 말과 행동을 저질렀을 때 어렵지 않게 사과할

수 있을 듯하다. 확실한 게 없기에 더 신중해야 하고, 그래서 말과 행동을 조심스럽게 하는 것이 잘못을 저지르고도 거만하게 당당한 것보다 낫다. 잘못을 저지르고 당당한 것이야말로 작가가 비판한 '지배적인 문명'에 해당하는 부분이 아닐까?

022

소외된 사람들을 위해 펜을 든
헤르타 밀러
《숨그네》

헤르타 밀러 Herta Müller

루마니아 출신의 독일 소설가(1953~). 독일어권의 가장 뛰어난 여성 작가 중 하나다. 1982년 루마니아 독재정권에서 고통받는 루마니아인들의 삶을 15편의 단편으로 보여준 《저지대》를 발표하며 데뷔했다. 1984년 《우울한 탱고》를 발표했으나 독재정권에 대한 비판을 이유로 출판을 금지당했다. 이후 1987년 독일로 망명한 후 《악마는 거울에 앉아 있다》(1991), 《그때 이미 여우는 사냥꾼이었다》(1992), 《마음짐승》(1994), 《숨그네》(2009) 등을 발표했다.

"응축된 시정과 산문의 진솔함으로

소외 계층의 모습을 묘사했다." (2009년)

헤르타 뮐러는 1953년 독일어를 모국어로 쓰며 독일의 전통과 문화를 유지하고 있는 루마니아 바나트 지역 니츠키도르프에서 태어났다. 그녀의 할아버지는 부유한 농부이자 상인이었으나 루마니아의 공산주의 정권하에서 재산과 토지를 몰수당했다. 그리고 그녀의 어머니는 제2차 세계대전 이후 우크라이나의 수용소로 강제 이송됐다. 아버지 역시 생계를 위해서 트럭 운전을 해야 할 정도로 어려운 생활을 했다.

1960년부터 1968년까지 니츠키도르프에 있는 독일어 학교에 다녔고, 그곳에서 루마니아어를 배웠다. 공부를 계속하고 싶었던 뮐러는 생활고로 일자리를 찾기를 바라는 가족들과 갈등을 겪기도 했다. 1973년부터 1976년까지 티미쇼아라 웨스트대학에서 독어독문학과 루마니아어 문학을 전공했다. 대학을 졸업한 후에는 기계공장에서 일했는데, 차우셰스쿠 독재정권 치하에서 비밀경찰에 협조하라는 요구를 거절해 해고됐다. 이후 표현의 자유를 추구하는 루마니아 독일계 작가들의 단체에 참여했고, 이때부터 본격적으로 전업 작가로 활동하기 시작했다. 1982년 온갖 방해와 검열을 받으면서도 첫 연작소설《저지대 Niederungen》를 출간했다. 이 작품에는 작가의 어려웠던 유년 시절이 잘 반영돼 있다.

루마니아의 독재를 비판하는 발언으로 모든 출판활동을 금지당하자, 1987년 남편과 함께 독일로 망명했다. 하지만 망명 후에도 며칠 동안 연방정보국과 연방안전기획부에서 루마니아 비밀정보기관의 요원이라는 혐의를 받아 심문을 당하기도 했다. 당시에는 체제 반목이 극심했던 시기여서 서방 세계로의 망명도 쉽지 않았다. 그러나 작가의 작품성을 인정받아 1998년에 카셀대학의 그림형제 객원교수로 임명됐고, 2001년에는 튀빙겐 문학 강사직을 받았으며, 2005년에는 현재 살고 있는 베를린의 자유대학에서 하이너-밀러 객원교수가 됐다. 1995년부터 언어와 문학을 위한 독일아카데미의 회원이었고, 2016년부터는 베를린 예술아카데미의 회원이 되었다.

들숨과 날숨으로
작품을 쓰다

'숨그네'는 들숨 날숨이다. 오르락내리락하는 호흡을 그네로 형상화했다. 아주 작은 움직임이지만, 숨그네가 제대로 작동하지 않으면, 인간은 곧 죽는다. 그리고 작가의 인생 궤적을 봤을 때, 생명은 곧 자유를 의미하는지도 모른다.

　제2차 세계대전이 끝났다. 6천만 명 이상이 사망한 인류의 가장 큰 과오의 시기가 지나갔다. 실수를 저지르면 대개는 만회하기 위해서 노력하는데, 인류의 역사는 꼭 그렇지는 않았다. 승자와 패자가 있었으니 어김없이 패자에게는 승자의 횡포가 있었다. 작품은 십 대 후반의 소년이 강제 수용소에 끌려가 경험한 일을 묘사한다. 자유를 억압당한 5년이라는 시간은, 그저 5년간의 억압이 아니라 그 이후의 삶까지 빼앗겨버린 시간이었다. 소년의 삶은 더 이상 전과 같지 않다. 작가는 후유증으로 가득한 현실까지 봐야 한다는 메시지를 전하고 있다.

끌려간 사람들은 대체로 자의가 아니라 타의로 인해서 적국의 군인이 되거나 그들을 위해서 복무해야 했던 사람들이다. 목숨을 지키기 위해서 어쩔 수 없이 패전국의 명령에 복종해야만 했던 사람들이다. 그러나 이제 그들은 또 다른 타의로 전쟁에 대한 책임을 지게 됐다. 주인공은 지독한 배고픔에 대해서 지속적으로 이야기하며 수용소에도 사랑이 있음을, 그리고 욕망이 있음을 보여준다. 사람들이 살아가는 장소이기에 삶이 존재한다는 것을 보여주는 것이다.

그러나 자유를 빼앗긴 인간들에게는 치명적인 약점이 있는데, 본능이 이성을 압도한다는 점이다. 식욕, 물욕, 성욕 등 동물적 본능이 지배하는 곳이 바로 수용소이기도 했다. 5년이라는 시간을 보내고 다시 자유를 얻었지만, 주인공은 적응하지 못한다. 오히려 수용소에서의 시간을 그리워하기도 한다. 수용소에서 나왔지만 현실 속에서 수용소의 삶을 계속 살아가야만 하는, 전쟁 후유증을 제대로 치유하지 못한 채 거대한 세상 속에서 작은 호흡을 하면서 살아가는 소외된 자의 삶을 그린 소설이 바로 《숨그네Atemschaukel》이다.

작품은 전후 처리 과정의 부조리함을 다룬다. 소외된 계층의 목소리를 통해 전쟁의 목적도, 그 처리 과정도 권력자들을 위한 것이었음을 고발한다. 제1차 세계대전 이후 승전국들은 베르사유에서 독일 등 전범 국가를 대상으로 막대한 배상금을 매겼다. 독일이 다시 전쟁할 수밖에 없었던 원인 중 하나가 가혹하리만큼 막대한 배상금이라는 주장이 있을 정도다. 그리고 제2차 세계대전 이후에는 미국과 소련이라는 절대 강국의 위성국가로 전락한 국가가 많았다.

작품은 소련의 전후 처리를 보여준다. 십 대 소년이 강제 수용소로 끌려간다. 전쟁은 적을 죽이는 시공간이니 당연히 생사를 보장하기 힘들다. 강제 수용소에서 집으로 돌아오는 일 역시 쉬운 게 아니었다. 주인공이 5년을 버틸 수 있었던 이유 중에는 할머니의 "너는 돌아올 거야!"라는 말이 있었다. 이 말을 주술처럼 여긴 주인공은 결국, 다시 자유를 얻게 됐다. 그러나 그가 돌아온 세상은 또 다른 수용소였다. 적응할 수 없는 세상에서 그는 또다시 고립된다.

뮐러는 작품을 통해서 전쟁의 부당함과 더불어 전후 처리 과정에서 소외 계층을 더 어렵게 만드는 정의롭지 못한 승전국의 처사를 비판한다. 그러면서 동시에 생존하기 위해서 애쓰는 인간의 존엄한 생명 의지도 담아낸다. '숨그네'가 천천히 움직이면 평안하다는 의미이고, 빨리 움직일수록 힘든 상황이라는 뜻이다. 잠시라도 그네가 움직이지 않으면, 곧 죽음을 의미한다. 작가는《숨그네》를 통해서 모든 사람의 생명은 소중하며, 존중받을 권리가 있음을 이야기한다.

소수자로 살아왔기에
작품에 힘이 있다

작품은 어쩔 수 없이 작가의 경험이 반영될 수밖에 없다. 생생한 글을 쓰기 위해서 일부러 어려운 경험을 자처하는 작가도 있다. 밀러 역시 어린 시절부터 힘겨운 삶을 살면서 소외 계층으로서의 삶을 충분히 경험했다. 그래서 작가의 짧고 간결하면서도 단단한 문체는 힘겹게 숨을 쉬고 있는 사람들이 가지고 있는 내면의 강한 생의 의지를 인상 깊게 드러낸다.

2009년 노벨문학상을 수상한 밀러는 독일에 망명했기에 독일 수상자이지만, 실제로는 루마니아인이다. 작가는 소련이 무너지기 얼마 전에 서독으로 망명한다. 사상 의심을 받지만 잘 정착해서 문학 활동을 계속 이어간다. 그리고 당연히 독재정권을 비판하는데, 루마니아가 소련의 위성국가였다는 점을 감안하면, 작가의 비판은 곧 당시 소련에 대한 비판이었고, 개인의 자유를 억압한 전체주의에 대한 비판이기도 했다.

밀러는 떠나온 조국 루마니아의 독재체제와 그 폭압에 상처를 입고 고통받는 사람들, 그리고 체제를 견고하게 만들려는 사람들의 경직성에 대해 솔직하게 표현한다. 《숨그네》역시 개인과 사회, 그리고 폭력적인 국가와 억압받는 개인과의 관계를 명확하게 묘사하고 있다.

노벨문학상이 2000년 이전에는 주로 과거 역사나 독재, 그리고 전체주의를 비판한 작가에게 수여됐다면, 2000년대를 지나면서는 다양한 주제를 다루고, 탁월한 작품을 선보이는 작가에게 좀 더 방점을 찍는 경향을 보이고 있다. 그런 의미에서 2009년 헤르타 밀러의 수상이 조금 어색하게 느껴지기도 한다. 당시로 따지면 50년도 더 된 역사를 다뤘고, 작가 활동 시기에는 소련이 존재했지만 수상 시점에 소련은 사라진 상태였으니까 말이다. 이런 점들을 생각하면 '조금 철 지난 수상이 아닐까?'라는 생각도 든다.

하지만 밀러 그 자체가 소외된 계층이었고 망명자였으며 여성이었다. 작품 또한 문학적 표현이 탁월하면서도 체제 비판적인 요소가 가미됐기에 수상자의 영역을 넓히고 있던 한림원에서 볼 때, 굳이 배제할 이유도 없었을 것이다. 적어도 전후 처리 과정의 부조리함을 개인의 시각으로 표현한 작품은 거의 없었으니, 과거를 다뤘다 하더라도 신선한 작품으로 느껴졌을 것이다.

숨그네는 모든 사람에게
동일하다

모든 사람에게는 하늘이 부여한 권리가 있다. '천부인권'이다. 자유, 평등, 인권, 행복을 추구할 권리, 생명을 보장받을 권리 등이다. 그러나 우리 사회는 분명 성장하고 발전했으나, 기본적인 권리 부분에 있어서는 뒷걸음질치는 듯하다. 자유와 관련해서는 여전히 완벽한 사상의 자유를 누리지 못하고 있고, 평등과 관련해서는 많은 국민이 상대적 박탈감을 느끼고 있다. 인권 부분은 분명 발전하고 있으나, 힘없는 자들의 인권은 여전히 침해받고 있다. 아울러 행복추구권이 있으나, 점점 행복과 멀어지는 삶을 살아가는 국민이 많아지고 있는 듯하다. 실제로 세계에서 자살률이 가장 높은 국가가 대한민국이다.

뮐러의 작품은 모든 사람은 평등하다는 전제에서 출발한다. 차별이 있다면 그것은 사람들이 일부러 구분 지었기 때문이다. 권력의 유무, 전쟁의 승패, 어떤 국가, 어떤 지역에서 태어났느냐에 따라서 인생이 달라진다. 이 또한 우리 사회의 부정적인 단면이다. 권력이 있는 자는 죄를 지어도 제재를 받지 않는다. 반대로 권력이 없으면 사소한 잘못에도 철퇴가 내려진다. 아울러 어떤 부모를 만났는가에 따라서 인생이 달라진다. 부모의 지위가 자녀의 지위를 보장하는 경우가 더 많아지면서, 사회의 수직적 이동이 점점 어려워지고 있다. 수직적 이동이 없는 사회는 발전은 요원하고 낙심과 절망이 가까이 서 있을 뿐이다.

'숨그네'는 가진 자만의 것도 아니며, 가지지 못한 자들의 헐떡거림만을 의미하는 게 아니다. 인간이라면 똑같이 가진 것으로, 모두 소중하다는 의미를 지닌다.

헤르타 밀러의 《숨그네》의 현대적 의미를 생각해보자. 여전히 세상의 많은 사람이 현실의 부조리 속에서 힘겹게 헐떡이고 있다. 그럼에도 불구하고 그들은 계속 숨을 이어가며 생존한다. 작가는 이런 사람들의 끈질긴 생명력에 연민을 느끼면서 동시에 존경의 의미를 부여하고 있는 것은 아닐까?

023

권력자가 되고 싶었던 작가
마리오 바르가스 요사
《판탈레온과 특별봉사대》

마리오 바르가스 요사 Jorge Mario Pedro Vargas Llosa

페루의 작가이자 편집자, 저널리스트(1936~) 라틴아메리카 문학을 대표하는 작가로, 현재는 스페인에 정착해 활동하고 있다. 1963년 첫 장편소설 《도시의 개들》이 큰 주목을 받으면서 작가로 자리매김했다. 주요 작품으로는 장편소설 《판탈레온과 특별봉사대》(1973), 《세상 종말 전쟁》(1981), 《리고베르토 씨의 비밀노트》(1997), 《염소의 축제》(2000) 등과 에세이 《혁명의 문학과 문학의 혁명》(1970), 《사르트르와 카뮈》(1981) 등이 있다.

"그의 권력 구조 지도와

개인의 저항, 반란, 패배에 대한 그의 강력한 이미지들 때문에

이 상을 드립니다." (2010년)

마리오 바르가스 요사는 1936년 페루 아레키파에서 태어났다. 두 살이 되던 해에 외교관인 할아버지를 따라 볼리비아로 갔다가, 아홉 살에 귀국하여 수도원 부설 학교에서 소년 시절을 보냈다. 이후 1952년 레온시도 프라도 군사학교에 다니다가 중퇴한 후 신문과 잡지에 글을 쓰며 문학 경력을 쌓았다. 리마의 산마르코대학에서 문학과 법학을 공부했고, 스페인의 마드리드대학에서 박사학위를 받았다.

1963년 군사학교 재학 시절의 경험을 바탕으로《도시의 개들 La ciudad y los perros》을 발표하며 주목받는 작가로 떠올랐다. 그리고 1966년에 출간한《녹색의 집 La casa verde》으로 페루 국가 소설상, 스페인 비평상, 로물로 가예고스상을 휩쓸며 세계적인 작가가 되었다. 1994년에는 스페인어권에서 가장 권위 있는 문학상인 세르반테스상을 수상했고, 옥스퍼드, 예일, 하버드 등 세계 유수의 대학으로부터 명예박사 학위를 받았다. 바르가스 요사는 청년 시절에는 피델 카스트로의 쿠바 혁명을 열렬히 지지할 정도로 좌파 성향을 지니고 있었으나, 이후 자유주의자로 전향했다.

노벨문학상 수상자의 정치 활동은 흔하지만 선거에 직접 출마할 정도로 적극적인 작가는 드물다. 바르가스 요사는 정치 참여에 매우 적극적이었던 작가로 1990년 볼리비아와 칠레, 페루 사이의 영토 분쟁을 해결하고 반부패 투쟁을 하겠다는 공약을 내걸고, 중도우파 후보로 페루 대통령 선거에 출마했다. 하지만 결선 투표에서 알베르토 후지모리에게 압도적으로 패해 낙선하고 말았다. 선거 실패의 후유증으로 1993년 스페인 국적을 취득하기도 했다. 대체로 노벨문학상 수상자는 정치적으로 진보주의자이지만, 바르가스 요사는 정치적으로 우파에 가깝다. 그리고 많은 작품에서 좌파 독재에 대한 환멸을 묘사하고 있다. 좌파 독재의 부당함이 그를 좌에서 우로 전향하게 한 이유였다. 게다가 이미 몰락해가는 공산주의에 한계를 느꼈을 테니, 중도우파로의 전향은 정치에 관심 있었던 사람이라면 당연한 선택이었을 것이다.

이러한 작가의 정치적 경험은 작품 속에서 권력의 구조를 세밀하게 그려내고 개인의 저항, 투쟁, 그리고 패배 등을 세밀하게 묘사할 수 있었던 원동력이 됐다. 이러한 점을 높이 인정받아 2010년 노벨문학상을 수상했으며, 현재도 라틴아메리카 문학을 대표하는 작가이자 지식인으로서 활동을 펼치고 있다.

명령을 따르는 인간을 묘사하다

마리오 바르가스 요사의 대표적인 작품 《판탈레온과 특별봉사대Pantaleón y las visitadoras》는 1973년에 출간되었다. 이 소설을 읽으면서 '아돌프 아이히만Adolf Eichmann'이 떠올랐다. 그는 아우슈비츠에서 수많은 유대인을 가스실에 보냈던 사람이다. 아이히만의 전후 재판과정을 법정에서 지켜봤던 철학자 한나 아렌트

Hannah Arendt는 아이히만의 모습이 보통 사람과 다를 바 없다는 점에서 더 큰 충격을 받았다고 한다. 스스로 생각할 수 있는 지성이 있다고 믿었던 인간이 그토록 잔인한 일을, 오직 명령에 의해서 기계처럼 할 수 있다는 사실이 놀랍기만 했던 것이다.

이 소설은 한 모범적인 군인에게 얼토당토않은 명령이 떨어지면서 시작된다. 남자들만 우글거리는 군부대에 골치 아픈 문제가 생긴다. 성욕에 눈이 먼 병사들이 인근 마을의 여자들을 겁탈하는 사건이 빈번히 발생하면서 지역 문제로 확대될 조짐이 보인다. 고위 간부들이 모여서 해결책을 만드는데, 바로 비밀리에 창녀를 고용하여 '특별봉사대'를 조직하기로 한 것이다. 그리고 이 임무를 수행할 인물로 판탈레온 판토하 대위를 선택한다. 판탈레온은 군인으로서 충심은 물론, 그동안 여러 임무를 잘 수행한 유능한 군인이었다. 그는 특별봉사대 임무를 처음 들었을 때 적지 않은 충격을 받는다. 명예로운 군인이 할 임무가 아니라고 생각했기 때문이다. 하지만 그는 뼛속까지 명령에 죽고 명령에 사는 군인이었기에 임무를 받들어 실행한다. 그의 임무 수행 능력은 탁월해서 특별봉사대를 잘 조직했고, 대민 피해까지 낳을까 우려했던 군인들의 성욕 문제를 잘 해결한다.

하지만 과유불급이었는지 특별봉사대는 원래 계획했던 규모 이상으로 커지고, 이로 인해 문제가 생기기 시작한다. 이들과 잠자리를 하기 위해서 지역 주민과 다툼까지 벌어진 것이다. 다시 고위 간부들이 모여서 특별봉사대 해체를 지시하고, 판탈레온은 명령을 따른다. 그 과정에서 사실상 그의 정부였던 특별봉사대원의 장례식이 열리고 정복을 입고 등장한 그는 징계를 받지만, 이후 재신임을 얻고 또 다른 임지로 떠난다.

이 작품은 실화를 바탕으로 해서 더 놀랍다. 일제 강점기 때의 일본군 위안부도 비슷한 맥락에서 일본군에 의해 조직되었던 비극적인 일이었고, 전쟁에서 이기기 위해 행해지는 반인륜적이고 맹목적인 일들이 세계 도처에서 일어나고 있었다는 점이 참담하게 느껴지기도 한다.

작가는 이 작품을 통해 몇 가지 문제를 제기를 하고 있다. 첫째, 인간의 수동성을 경계한다. 옳고 그름을 따져보지도 않고 명령을 기계처럼 수행하는 인간 지성의 한계를 지적한다. 둘째, 인간의 성에 대한 욕망을 비판적으로 응시한다. 국가를 지켜야 할 군인들이 성욕으로 인해 오히려 지켜야 할 주민들에게 폭력을 행사하는 모습을 통해 욕망의 노예가 된 인간의 나약함을 비판한다. 마지막으로 책임지지 않는 권력을 통렬히 비판한다. 조직하라는 명령도 해체하라는 명령도 모두 권력자들의 생각에서 나온 것이나, 조직의 실패에 대해서 권력은 꼬리 자르기를 하고 있다.

작품은 흥미진진하고 쉽게 읽힌다. 분명 참혹한 상황이지만, 그 안에 작가가 철저하게 준비해놓은 유머와 해학으로 유쾌하게 지나간다. 말도 안 되는 장면에서 분통을 터뜨리기보다 픽하고 웃게 된다. 그의 작품은 빠른 전개와 사실적인 표현이 두드러지지만, 위트와 유머, 날카로운 풍자가 적절히 섞여 있다.

조금은 파격적인
수상자의 탄생

바르가스 요사는 청년 시절 공산주의에 관심을 가졌고 쿠바의 영웅이자 독재자 카스트로에게 매력을 느꼈다고는 하지만, 결국 공산주의를 포기하고 자본주의 진영으로 전향한다. 작가가 공산주의에 관심을 가졌을 때는 공산주의 사상이 오히려 진보로 여겨졌던 시대였다. 쿠바 혁명은 세계적인 관심을 끌었고, 체게바라는 혁명 영웅으로 이후 수많은 혁명에 영향을 끼쳤다. 독재를 무너뜨린 혁명은 청년 바르가스 요사에게 예찬의 대상이 됐을 법하다. 그러나 카스트로는 독재의 길로 들어서고, 독재자를 무너뜨린 혁명 전사의 독재가 시작됐다.

당연히 작가는 카스트로에 대한 지지를 철회할 수밖에 없었다. 공산주의 독재에 환멸을 느낀 그는 또 다른 작품《염소의 축제La fiesta del chivo》에서는 도미니카공화국의 독재자를 희화화하면서 비판하고 있다. 이런 점들을 볼 때, 작가는 전향한 게 아니라 초지일관하게 독재자를 비판한 것으로 이해할 수 있다.

그럼에도 불구하고 정치에 관심이 많았던 작가, 그래서 대통령이 되고자 노력했던 작가에게 노벨문학상을 수여한 것은 조금 파격적이다. 혹시 작가가 대통령이 됐다면 수상자는 달라지지 않았을까? 선거 실패 이후 국적까지 바꾼 작가의 행보를 보면, 문학의 뛰어남과 더불어 정치적 행보마저도 평가하는 노벨문학상의 기준에는 조금 벗어난 느낌이 든다. 하지만 누구보다 권력을 잘 이해했고 조직의 힘 앞에 무기력한 인간의 본성과 행동을 파헤쳐 문학적으로 드러내는 능력은 탁월했다고 생각한다.

이 작품도 권력 앞에 순응하는 인간을 묘사함으로써 거대한 권력 앞에 움츠러들 수밖에 없는 개인의 한계를 여실히 보여준다. 이런 측면에서 "권력 구조 지도와 개인의 저항, 반란, 패배에 대한 그의 강력한 이미지들 때문에"라는 수상 이유는 아주 적절하다.

우리는 권력 앞에 얼마나
당당하게 살아가고 있는가?

매일 보도되는 뉴스는 권력과 관련된 이야기들이 대부분이다. 특히 정치권 보도는 권력을 빼고는 이해할 수가 없다. 권력이 있어서 부정할 수 있고, 권력이 있어서 보복할 수 있고, 권력이 있어서 축재할 수 있다. 우리의 일상도 권력이 지배하기는 마찬가지다. 하다못해 편의점 아르바이트생도 점주의 마음에 들지 않으면 해고된다.

이번에는 가정으로 들어가보자. 가부장적인 구조 내에서 조금씩 여성의 파워가 커졌다고는 하지만, 여전히 가장은 남성으로 여겨진다. 부모와 자녀 사이에서도 권력이 존재하며, 사랑이라는 이름 아래 자행되는 수많은 횡포가 여전히 사회적 문제로 떠오를 때가 있다. 폭력에 대처하기 위해서 학대를 당하면 고소할 수 있는 장치가 있지만, 이런 장치를 사용하는 자녀가 얼마나 있을까? "너 잘되라고 하는 거야!"라는 진심을 가장한 부모의 말과 행동을 폭력으로 규정하고 대응할 수 있는 사람은 그리 많지 않을 것이다.

　이 모든 것이 다 권력 앞에 무기력한 개인의 모습들이다. 우리는 정치에서도, 직장에서도, 학교에서도, 가정에서도 모두 힘 앞에 무릎을 꿇는다. 분명 남이 당한 일에는 핏대를 세우며 권력에 저항하라고 하지만, 정작 자기는 아무런 항변도 하지 못할 때가 있다. 작가는 이런 인간들을 그대로 보여준다. 누구보다 권력을 잘 알았던 작가였기에 그 앞에 서 있는 인간들의 무력함도 잘 이해했을 것이다. 시비는 따졌고, 비판도 했지만, 작품 속에서 대안은 찾을 수가 없다. 혹 그가 정치에 입문하고 싶었던 이유가 바로 대안을 실천하기 위함이 아니었을까? 정치적 이상을 현실에서 펼치고자 했던 작가의 간절한 바람이 아니었을지 생각해본다.

024

근현대 민중의 삶에 주목한
모옌
《붉은 수수밭》

모옌 莫言

중국의 소설가(1955~). 중국 국적의 최초의 노벨문학상 수상 작가로, 1981년 격월간지 《연지》에 단편소설 〈봄밤에 내리는 소나기〉를 발표하고, 1984년 〈황금색 홍당무〉로 문단의 주목을 받기 시작했다. 주요 작품으로는 《붉은 수수밭》(1987), 《열세 걸음》(1989), 《술의 나라》(1993), 《탄샹싱》(2001), 《사십일포》(2003) 등이 있다.

"환상과 현실, 역사적 관점과 사회적 관점이

절묘하게 엮인 문학 세계를 창조했다." (2012년)

모옌은 1955년 산둥성 웨이팡시 가오미현에서 농부의 아들로 태어났다. 본명은 '관모예(管謨業)'이고, 필명으로 (글 외의 것으로는) '말하지 않는다'는 뜻의 '모옌(莫言)'을 사용한다. 초등학교 5학년 때 문화대혁명이 일어나자 학업을 포기했고, 수년 동안 농촌에서 지내다가 18세가 되던 해 면화 가공 공장에서 직공으로 일했다. 그러던 중 1976년 20세의 나이로 고향을 떠나 중국 인민해방군에 입대해 장교로 복무했다. 그러던 중 문학에 눈을 돌려 1981년부터 군인 신분으로 문학 활동을 시작했고, 1986년 중국 인민해방군 예술학원 문학과를 졸업했다. 1991년 베이징 사범대학을 졸업했으며 루쉰문학원 창작 연구생반 졸업과 함께 문예학 석사학위를 취득했다.

1981년 격월간지 《연지(蓮池)》에 단편소설 〈봄밤에 내리는 소나기(春夜雨)〉를 발표했고, 이때부터 왕성한 작품 활동을 펼치기 시작했다. 특히 1987년에 출간된 연작소설집 《붉은 수수 가족(紅高粱家族)》 중 〈붉은 수수(紅高粱)〉 편을 장이머우(張藝謀) 감독이 '붉은 수수밭'이라는 제목의 영화로 제작했다. 이 영화는 1988년 베를린 영화제에서 황금곰상을 수상했으며, 이를 계기로 모옌은 세계적인 작가로 발돋움했다. 한국에서는 영화와 같은 제목인 《붉은 수수밭》으로 출간되었다.

노벨문학상을 수상한 중국 작가로 가오싱젠이 있었지만, 그는 당시 프랑스 국적이었기에 모옌의 수상은 중국에서도 의미가 깊었다. 모옌은 중국 공산당 소속임에도 불구하고 중국에 대한 비판을 꺼리지 않았다. 그는 1980년대 중국의 개혁·개방 시기를 배경으로 농촌 마을과 관료 사회의 부패를 비판하는 작품을 주로 썼다. 《붉은 수수밭》은 일제와 마찬가지로 민중을 수탈하는 팔로군과 국민당군을 비판하고 있으며, 《개구리(蛙)》에서는 중국의 출산 제한 정책의 잔혹함과 그 부패성을 비극적으로 묘사하고 있다.

이외에도 많은 희곡과 텔레비전 드라마 극본을 썼는데, 1997년에 발표한 희곡 《패왕별희(霸王別姬)》는 무대에 올려져 대중의 사랑을 받았다. 그는 데뷔 후 중국 최고의 문학상인 따자(大家) 문학상을 비롯, 프랑스 루얼 파타이아 문학상, 이탈리아 노니로 문학상, 프랑스 예술문화훈장상, 홍콩 아시아문학상, 일본 후쿠오카 아시아 문화대상, 한국의 만해대상 등을 수상했고 2012년 노벨문학상까지 수상하면서 명실상부 중국 최고의 작가로 자리매김했다.

붉은 수수밭 안에서
모든 인간은 평등하다

《붉은 수수밭》은 가볍지도 않고 쉽게 읽히지도 않는다. 그러나 워낙에 사실주의적 성격이 강해서 한 구절 한 구절 읽다 보면, 얼마 읽지도 않았는데 시간이 훌쩍 지났음을 깨닫는다.

처음 배경이 되는 시대는 중일전쟁 시대다. 당시 중국은 서양 강대국의 침략은 물론이고, 한 수 아래로 봤던 일본의 침략까지 받아서 국가 자체가 온전치 못할 때였다. 합심하여 일본군에 대항해도 모자를 판에 팔로군과 국민당군은 자기들끼리 분쟁을 일삼고, 서로 전투를 벌였다. 그런 상황 속에서 주민들의 고통은 이루 말할 수 없었다. 일본군은 중국군에 동조한다고 해서 주민을 괴롭히고, 팔로군은 국민당군을 지지한다고 해서 주민을 괴롭히고, 국민당군은 또 팔로군을 지지한다고 해서 주민을 괴롭힌다. 때로는 울타리 하나를 두고 각기 다른 군에 들어가서 복수혈전을 벌이기도 한다. 죽이고 죽이는 가운데에서도 살 사람은 살고, 생명은 태어난다.

모옌은 한 집안의 일대기를 통해 시대의 잔혹함과 암울함을 드러내고, 자연을 제외한 모든 인공물의 한계를 비판한다. 사상도, 군인도, 심지어 생계를 위한 기술조차도 약한 주민을 보호해 주거나 도와주지 못한다. 시간이 흘러 모든 게 과거가 된 현재, 모든 사람에게 평등했던 붉은 수수밭조차 자연스러움을 잃어버렸다. 과거의 생명력 대신 무분별한 개발로 자본주의 느낌이 물씬 나는 수수밭을 한탄하면서 작품은 끝을 맺는다.

붉은 수수밭은 대자연을 의미한다. 대자연은 인간이 어떤 짓을 해도 기꺼이 품어준다. 그곳은 크고 작은 전쟁이 일어나기도 하고, 사람이 죽고 다치고, 때로는 새로운 생명체가 잉태되기도 하는 공간이다. 도망가는 자에게는 숨을 곳이 되고, 먹을 게 필요한 사람에게는 양식을 제공해주는 공간이기도 하다. 작가는 이런 대자연 속에서 허우적거리는 인간을 묘사한다. 극사실주의를 지향하기에 잔혹한 장면도 종종 나오는데, 실제로 있었던 일들이라고 생각하면 '인간의 잔혹함의 끝은 어디일까?'라는 의문이 들면서 인간 본성에 대한 회의감마저 인다.

모옌은 작품을 통해 중국의 과거와 현재를 비판한다.

첫째, 인간을 이롭게 하는 사상이 아닌 죽음으로 몰아넣는 사상에 대해서 비판한다. 팔로군과 국민당군의 대립은 사상을 앞세운 대립이었으나, 사실상 권력 쟁탈에 불과했다. 일반 민중들에게 이런 대립은 너무나도 관념적이어서 당장 먹을 수 있는 식량보다도 못하지만, 옆집 사람에게 죽임을 당한 가족의 복수를 위한 도구로 사용된다. 세상의 이로움을 위해 만들어진 사상이지만 그것이 삶과 유리되자 오히려 인간을 죽일 수 있는 명분을 제공한 것이다.

둘째, 사리사욕을 위한 전쟁을 비판한다. 일본군이든 중국군이든 모두 권력을 쟁취하기 위한 전쟁을 벌인다. 정의와 민중의 안녕 및 복지를 위해서 전쟁을 하는 것이 아니라, 소수의 권력자들을 위한 전쟁을 하는 것이다. 가장 큰 피해 대상은 당연히 민중들이다.

셋째, 모든 걸 품어줬던 자연의 변화와 훼손, 즉 자본주의에 물든 현실을 비판한다. 작품은 생명력을 잃은 듯한 수수밭의 변화된 모습을 보여주면서 인공적인 풍경으로는 인간의 허물을 덮을 수 없음을 지적한다. 어쩌면 절대 잃을 것 같지 않았던 대자연의 품위조차도 망가뜨린 인간을 비판한 것인지도 모른다.

그럼에도 불구하고 살아남은 생명력에 찬사를 보낸다. 어떤 시련에도 굴하지 않고 살아남은 생명력이야말로 우리가 마지막으로 기대할 수 있는 희망이라는 의미로 해석할 수 있다.

논란이 될 수밖에 없는 작가의
노벨문학상 수상

모옌의 노벨문학상 수상 2년 전 중국 정부는 중국의 인권운동가 류샤오보(劉曉波)의 노벨평화상 수상에 반대하며 노벨상위원회에 수상 철회를 공개적으로 요청했지만, 모옌의 수상에 대해서는 환영하는 입장을 보였다. 중국의 신화통신에서 그의 수상을 보도할 정도였다. 이 부분에선 모옌의 작품 속에 등장하는 시대를 잘 살펴봐야 한다.

《붉은 수수밭》은 1940년대라는 혹독한 시절을 다루면서 민중들의 항일 투쟁에 초점을 맞추고 있다. 그리고 산아 제한 정책을 소재로 한 《개구리》도 1980년대를 다룸으로써 현대 중국의 정책에 대한 비판을 비껴갔다. 과거의 실정이나 잔혹함에 대한 비판은 현재 중국을 통치하는 사람들의 관점에서는 나쁠 게 없다. 과거를 폄하해 현재를 돋보이게 할 수 있으니 말이다. 아울러 모옌은 중국 작가협회의 관료 아닌가?

그렇다 보니 모옌의 탁월한 작품성에도 불구하고 어용 작가라는 불편한 수식어가 붙고, '중국과 노벨위원회의 거래 결과다'라는 추측도 난무했다. 실제로 세계 정치·경제 대국으로 급부상한 중국의 힘을 고려할 때, 불가능한 일도 아니었다. 그러나 노벨문학상은 결단코 정치적 활동가에게 수여하는 상이 아니다. 모옌의 작품에 대한 대중의 인정과 탁월한 문학성이 없었다면, 수상할 수 없는 상이다. 예를 들어서 《붉은 수수밭》은 영화로 제작돼 세계적인 영화제에서 수상 경력이 있을 정도로 원작의 힘이 있는 작품이다. 그리고 독자의 관점에 따라 다를 수 있겠지만 "역사적 관점과 사회적 관점이 절묘하게 엮인 문학"이라는 선정 이유에도 전혀 손색이 없을 만큼 촘촘한 시공간적 배경을 설정해 과거와 현재를 작가만의 관점으로 통찰하고 있다.

기록되지 못한
민중들의 이야기

역사는 지배자의 관점에서 쓰인다. 그래서 역사는 왕과 귀족의 이야기로만 기록돼 있다. 전쟁을 생각해보자. 우리가 잘 알고 있는 이순신 장군을 떠올려보자. 전쟁 영웅이었던 장군의 삶은 우러러보기에 전혀 부족함이 없다. 그리고 전투 중에 전사함으로써 이순신 장군에 대한 존경심은 몇 배 더 고취된다. 그러나 우리는 그 아래서 목숨을 잃은 수많은 군인에 대해서는 별로 언급하지 않는다. 몇 명이 죽거나 다쳤고, 이후 어떤 대접을 받았는지 기억하려 하지 않는다. 지휘자가 전투 중 죽었다는 것은 승패와 상관없이 치열한 전투였음을 방증한다. 이름을 남기지 않은 수많은 군인이 죽었음을 짐작할 수 있다. 이순신 장군은 복권됐고, 죽어서 영의정이라는 벼슬까지 하사받았다. 그러나 그와 함께 죽음을 각오하고 전투했던 많은 백성은 어떤 칭호를 받았을까?

종종 현실을 비관하면서 스스로 생을 마감한 사람의 이야기가 보도된다. 그보다 훨씬 적게 고위공직자가 스스로 생을 마감했다는 보도도 등장한다. 그리고 고위공직자의 죽음은 대서특필된다. 현재 우리나라의 자살률이 세계 최고라는 부끄러운 수식어를 달고 다니는 점을 생각하면 생을 스스로 정리하는 사람의 대부분은 보통 사람이라는 의미다. 그러나 우리는 이렇게 안타깝게 생을 마감한 사람들의 아픔을 일일이 기록하지 않는다.

작가는 민초(民草)의 힘든 삶을 작품으로 드러내려고 한 듯하다. 그리고 작가는 이러한 현실을 사실적으로 소개할 수 없었기에 역사와 사회를 다룰 때, '환상과 현실'을 절묘하게 엮어야만 했을 것이다. 그리고 과거에 대한 비판을 통해 현재는 물론, 미래에는 더 이상 그런 아픔이 없기를 바라는 마음을 전하려 했다.

025

현대 단편소설의 대가
앨리스 먼로
《디어 라이프》

앨리스 먼로 Alice Ann Munro

캐나다의 소설가(1931~) '현대 단편소설의 거장'으로 불리며 캐나다를 대표하는 작가 중 한 명이다. 1968년 첫 소설집 《행복한 그림자의 춤》으로 캐나다 총독문학상을 받으며 크게 주목받았다. 이후 《내가 너에게 말하려 했던 것》(1974), 《공공연한 비밀》(1994), 《런어웨이》(2004) 등 12권의 단편집을 발표했다. 그녀의 작품은 전 세계 13개국 언어로 번역 출간되었다.

"단편소설이라는 예술의 형식을
완벽한 경지에 올려놓았다." (2013년)

앨리스 먼로는 1931년 캐나다 온타리오주 시골 마을 윙엄에서 태어났다. 아버지는 농장을 운영했고, 어머니는 교사였다. 작가가 되기로 한 계기는 안데르센의《인어공주》를 읽고 슬픈 결말을 조금 더 행복하게 바꿔 쓰면서부터였다고 한다.

1949년 웨스턴온타리오대학에서 영문학과 언론학을 전공했다. 먼로는 재학 중이던 1950년 첫 단편소설 〈그림자의 차원 The Dimensions of a Shadow〉을 발표하면서 작가로서의 경력을 시작했고, 1968년 출간된 첫 소설집《행복한 그림자의 춤 Dance of the Happy Shades》으로 캐나다 최고 문학상 중 하나인 총독문학상을 수상했다. 이 작품 모음집으로 먼로는 단숨에 영어권을 대표하는 작가로 떠오른다. 1978년《거지 소녀 The Beggar Maid》와 1986년《사랑의 경과 The Progress of Love》도 총독문학상을 수상하면서 세 번이나 총독문학상을 수상하는 기록을 세우기도 했다. 1998년《착한 여자의 사랑 The Love of a Good Woman》과 2004년《런어웨이 Runaway》로 길러상을 두 번 수상했다. 캐나다 내 상뿐만 아니라 영어권에서 주는 상도 다수 수상했는데, 미국에서는 전미도서비평가협회상, 오헨리상, 펜/맬러머드상 등을 받았고, 2009년에는 "작가들이 평생에 걸쳐 이룩하는 작품의 깊이와 지혜, 정확성을 작품마다 성취해냈다"라는 평가를 받으며 맨부커 인터내셔널상을 수상하기도 했다.

2012년 발간한 소설집《디어 라이프 Dear Life》로 2013년 트릴

리엄 북어워드를 수상했는데, 이 자리에서 그녀는 이 작품이 자신의 마지막 작품이 될 것이라고 말해 사실상 절필을 선언했다. 그리고 이런 작가의 은퇴의 길을 환하게 밝혀준 노벨문학상은 2013년에 수상하게 된다. 이는 그동안 주류 문학계에서 변방 취급 받았던 캐나다 출신 작가의 최초 수상이라는 점에서 더 큰 의미가 있다. 또한 대부분 소설 작가의 대표작이 장편인 데 반해 먼로의 작품은 대부분 단편이었고, 이런 단편 작품으로 노벨문학상을 수상한 첫 작가가 돼 노벨문학상의 선정 스펙트럼을 넓히기도 했다.

첫 작품과 마지막 작품 속
다양한 여성들의 모습

첫 소설집《행복한 그림자의 춤》과 마지막 소설집《디어 라이프》사이에는 40년이 넘는 시간 차가 존재한다. 그리고 그 시간 동안 작가는 여성주의적 시각으로 주변에서 있을 법한 다양한 처지에 있는 여성들의 내면을 섬세하면서 세밀하게 표현한다.

《행복한 그림자의 춤》에서는 가부장적 분위기에서 눌려 있는 여성들이 등장한다. 시대적인 분위기를 고려할 때 어쩔 수 없는 일이었을 것이다. '행복한 그림자의 춤'이라는 제목이 상징하듯 이 여성은 그림자일 수밖에 없었던 시대였다. 자신의 의견이 있어도 제대로 말할 수 없었던 여성들, 평범한 삶 속에 문득 느껴지는 불편한 순간들을 포착하는 인물들, 물길처럼 흐르는 일상에서 절망과 희망을 발견하는 여성들이 등장한다. 여성이 하나의 인격으로 제대로 존중받지 못했던 시절, 작가는 비판적인 어조로 역설적인 '행복한 그림자의 춤'을 정리했다고 할 수 있다.

그로부터 40년 후《디어 라이프》에서 작가는 삶에 대해 더욱 깊어진 통찰력을, 인간에 대한 더욱 따뜻해진 애정과 연민을 보여준다. 각 단편들마다 지극히 평범한 인물들의 비밀스러운 진실이 드러나기까지 서사는 더욱 탄탄해지고 완성도가 높아졌다. 마지막 작품의 제목인 '디어 라이프'는 삶을 친애한다는 의미이며, 작가의 경험을 담은 작품으로 죽음을 다루고 있다. 어린 시절 장례식에 참석해서 느낀 감정을 회고하면서도 어머니의 장례식에는 참석하지 않았음을 고백한다. 가족에 대한 사랑이 느껴지지 않는 건조한 분위기이다. 그럼에도 불구하고 작가는 자신의 삶을 친애한다는 표현을 사용한다.

노벨문학상 수상자들의 대표작은 대부분 장편이다. 그러나 먼로는 단편 작가로 유명하며, 실제로 단편으로 노벨문학상을 수상한 최초의 작가이기도 하다. 먼로의 문체는 읽기 쉬우며, 이야기 구조도 복잡하지 않아서 독자가 쉽게 읽을 수 있다. 그녀는 특별한 정치활동을 하지도 않았고, 어린 시절 가부장적인 분위기에서 자란 것 외에는 별 특이점도 없고, 복잡한 철학, 사상, 정치 등을 다루지 않아서 더 쉽게 다가온다. 첫 소설집과 마지막 소설집을 같이 소개한 이유는 두 권이 마치 시즌1과 시즌2 같은 느낌이 들었기 때문이다.

시즌1에서 보여줬던 여성들의 억울하고, 유독 여성에게 모질었던 사회 구조의 횡포가 시즌2에서는 많이 해소된 느낌이다. 1968년이면 작가가 30대였을 때이고, 2012년은 여든이 넘었을 때다. 40년이 지난 후에야 기껏해야 '행복한 그림자'로 만족해야 했던 여성의 삶이 진짜 '친애하는 삶'으로 전환됐다는 의미로 해석할 수 있을 듯하다. 그리고《디어 라이프》를 쓰고 난 후 절필을 선언했다는 말에 의미를 부여한다면, 작가 스스로도 '이만하면 됐다'라는 삶에 대한 만족을 작품으로 표현한 게 아닐까? 여든이 넘은 나이에 출판한 작품이 여전히 저돌적이면서 청춘의 힘을 느낄 수 있다는 점에서 아직 생존해 있는 작가의 마지막 작품이라는 점이 아쉬울 뿐이다.

오직 단편소설에만 천착해온 작가에게 보내는 헌사

앨리스 먼로의 이전 수상 경력을 보면, 노벨문학상을 수상하는 것도 당연하다. 캐나다 내의 상을 모두 휩쓸었고, 영미권에서 주는 최고 권위의 상인 부커상도 수상했다. 그리고 마지막 남은 노벨문학상도 그녀의 마지막 작품 출판 이후 기다렸다는 듯이 주어졌다. 하지만 작가의 경력을 보면, 과거 수상자들의 경력과 조금 다른 점이 눈에 띈다. 노벨문학상은 작품에 수여하는 상이 아니라 작가에게 수여하는 상이기 때문에 작가의 경력(삶의 자취)을 따진다. 다시 말해서, 작품의 우수성도 인정받아야 하고 동시에 작가의 삶의 자취까지 평가해서 결정한다.

그러나 먼로는 다른 작가와 비교하면, 특별한 정치·사회적 활동이 없다. 1930년대에 태어났으니 혹독한 전쟁 시기를 겪었을 것이고, 전쟁의 잔혹함을 직접 목도하지는 못했다고 하더라도 쿠바 혁명, 미·소의 대립과 관련한 냉전 분위기는 충분히 알고 있었을 것이다. 그러나 먼로는 이러한 사회적·정치적 배경을 작품의 소재로 사용하지 않는다. 또한 여성주의를 토대로 작품을 쓰긴 하나, 기존 수상자와 비교했을 때 도발적인 주장을 하지도 않고, 실제로 관련 활동을 하지도 않았다. 과거 수상자들의 적극적인 모습과 비교하면 굉장히 정적인 삶이었다.

그럼에도 먼로는 두 개의 수식어를 달았다. 하나는 장편의 그림자에 가려져 있던 단편 작품으로 노벨문학상을 수상했다는 것이고, 아울러 캐나다 출신으로는 첫 수상자라는 타이틀을 달았다는 것이다. 그리고 하나 더 의미를 더 부여하자면, 2010년대에 들어서서 수상한 첫 여성 작가이기도 하다. 먼로의 수상에는 어떤 논란도 없었다.

21세기에 들어오면서 노벨문학상은 다양한 지역 출신과 더 많은 여성 작가에게 수상의 기회를 주고, 과거와 비교할 때 작품성에 비중을 두는 듯한 모습이다. 여전히 사회·정치적 영역에서 활발하게 활동하는 작가에게 수여하기도 하지만, 충실히 작품 활동에만 전념해온 작가도 수상할 수 있는 상으로 분위기를 전환하는 듯하다. 이러한 전환이 있었기에 먼로는 비주류로 인식된 단편소설 작가로는 처음으로 노벨문학상을 수상할 수 있었다. 먼로의 수상 이유 중 '단편소설의 대가'라는 표현은 노벨문학상의 선정 기준을 기존보다 확대·전환하겠다는 근거로 받아들여도 될 듯하다.

여성이라는 말 대신
약자로 치환해도 문제없는 보편성

《행복한 그림자의 춤》의 출간 연도를 의식하지 않고 읽으면, 소설 속 여성의 삶과 우리 사회의 여성의 삶이 크게 다르지 않음을 알 수 있다. 현재 우리 사회의 여성의 삶이 선진국의 1960년대 여성의 삶과 비슷하다는 의미이다. 여성 작가로서 여성의 관점에서 사회 구조의 부조리함을 지적하는 건 어찌 보면 당연하다. 그러면서 작가는 '여성'이라는 단어 대신 '약자'로 치환해도 문제없는 글쓰기를 했다. '행복한 그림자'는 결국 우리 사회의 부익부 빈익빈을 의미하는 말일 수도 있다. 누군가의 거대한 그림자에 가려진 그늘에서 행복을 찾는 보통 사람들 말이다. 현재 우리 사회는 희망을 꿈꾸기보다 포기가 일상이 되고 좌절이 내면화된 상황이다. '3포', '5포'를 넘어서 이젠 'N포'시대라고 말한다.

　희망이 없다는 것도 문제지만, 더 큰 문제는 해결방안이 보이지 않는다는 점이다. 세계는 성장했고 발전했다. 우리나라도 더불어 성장했고 발전했지만, 앞으로 어떤 삶을 지향해야 할지에 대한 비전은 보이지 않는다. 먹고사는 문제는 해결됐지만, 노후는 보장돼 있지 않다. 게다가 10여 년 전부터는 청년들이 안정적으로 의식(衣食)을 해결할 수 있는 직업조차 구하기 힘든 세상이 됐다. 과거에는 에스컬레이터 효과로 일정 기간이 지나면, 결혼하고 아이를 낳고 집을 장만하고 자녀들을 출가시키는 게 보편적 삶의 주기였는데, 현재는 이런 주기가 사라지고 있다. 청춘들은 연애와 결혼을 포기했고, 결혼하더라도 자녀를 포기하고 집을 포기한다. 좋은 차를 타고 다니는 '카푸어'가 수두룩하고, 집은 소유하고 있으나 현금이 없는 '하우스푸어'도 많다.

　'포기'와 '푸어'가 판치는 세상에서 작가가 말한 '디어 라이프'는 기대하기 어려운 말이다. 마지막 작품 이후 절필한 작가는 나름 만족한 삶을 살았는지 몰라도, 현재 우리 사회에서 '삶의 만족'이라는 말은 외계어처럼 낯설기만 하다. 오히려 '행복한 그림자'도 바라지 못하고 그냥 '그림자'처럼 살 것을 걱정해야 하는 것은 아닌지 다시 한번 생각해봐야 한다.

잊힌 여성들의 목소리를 기록한
스베틀라나 알렉시예비치
《전쟁은 여자의 얼굴을 하지 않았다》

스베틀라나 알렉시예비치 Святлана Аляксандраўна Алексіевіч
벨라루스의 소설가이자 저널리스트(1948~) 러시아어로 글을 쓰며, 벨라루
스 최초의 노벨문학상 수상자이다. 1976년 첫 작품 《나는 마을에서 떠났다》
를 집필했지만, 정부의 검열로 출판되지 못했다. 1985년 《전쟁은 여자의 얼굴
을 하지 않았다》가 출간되며 작가로서 명성을 얻었고, 이후 《마지막 목격자들》
(1985), 《아연 소년들》(1989), 《체르노빌의 목소리》(1997) 등을 펴냈다.

"스베틀라나 알렉시예비치의 다층적 작품은
우리 시대의 고통과 용기에 대한 기념비이다." (2015년)

스베틀라나 알렉시예비치는 1948년 우크라이나 서부의 스타니슬라브에서 태어났다. 아버지는 벨라루스인으로 군인이었고, 어머니는 우크라이나인이었다. 그녀의 아버지는 퇴역 후 가족과 함께 벨라루스에 돌아와 정착했고 부부가 함께 교사로 근무했다. 1967년 벨라루스국립대학교 언론학과에 입학했고, 재학 중 학교 신문에 다수의 시와 산문을 기고할 정도로 그녀는 글쓰기에 관심이 있었다. 1972년 대학 졸업 후 브레스트 지방 베레사의 지역신문사 기자로 활동하며 공립학교 교사로도 근무했다. 이듬해 민스크 지역신문에 취직한 후 저널리스트가 되기로 결정한다. 1976년에는 문학잡지《네만Нёман》에 통신원으로 입사해서 보도부장이 됐고, 같은 해 첫 작품《나는 마을에서 떠났다Я уехал из деревни》를 집필했다. 그러나 당시 주민들의 도시 이주를 금지한 정책을 비판한 내용 때문에 출판은 금지됐다.

그녀의 작품이 다큐멘터리 스타일의 인터뷰 형태인 것은 기자로서의 경험이 바탕이 된 것으로 볼 수 있다. 기자로 근무하면서 알렉시예비치는 틈틈이 글을 썼는데, 특히 인터뷰 경험을 살려서 사람들의 이야기를 들려주는 형태로 글을 쓴 것이다. 이런 작품 스타일은 '목소리의 소설'이라는 문학 장르로 자리 잡았다.

1991년 소련 붕괴 이후 집권한 친러시아 정권인 루카센코 정권을 비판했다는 이유로 미움을 산 알렉시예비치는 2000년 벨라루스를 떠나 파리에 정착했다. 이후 반체제 작가로 주목받아

2007년 펜PEN 상을 수상했다. 2011년에는 여러 어려움을 각오하고 벨라루스로 돌아와 민스크에 정착했다. 이후 2015년 노벨 문학상을 수상했다.

2020년 벨라루스에서 시위가 발생했을 때, 알렉시예비치는 시위대를 지지했고 조사를 받았다. 신변에 위협을 느낀 그녀는 독일로 떠나게 된다. 출국 당시에는 상황이 좋아지면 돌아오겠다고 했으나, 사실상 망명이었다. 그러나 망명한 후에도 루카센코는 박해를 멈추지 않았다. 2022년 러시아의 우크라이나 침공 당시 그녀는 벨라루스 정부와 러시아를 신랄하게 비판했다.

여성들의 목소리로 들려주는
전쟁의 고통과 슬픔

알렉시예비치의 대표작《전쟁은 여자의 얼굴을 하지 않았다 У войны не женское лицо》는 탈고는 1983년에 했으나, 출판까지는 2년이라는 시간이 더 걸렸다. 시기적으로 소련이 버젓이 초강대국으로 존속했던 시절이었기에, 제2차 세계대전 이후의 아픔을 다룬 논픽션 작품을 편안하게 출간하게 해줄 사회가 아니었던 것이다. 당국은 그녀의 책이 조국의 영광에 먹칠을 했다며 검열하고 출판을 금지했다. 그러다가 1985년 소련의 개방·개혁 정책과 맞물려 우여곡절 끝에 출판할 수 있었다.

작품은 제2차 세계대전 중에 100만 명이 넘는 여성이 전쟁에 참여했음에도 불구하고 그들의 이름과 얼굴이 기억되지 못한다는 작가의 인식에서 시작한다. 작품은 허구가 아니라 논픽션이다. 한 주인공의 시점으로 전개되지 않고 200여 명의 여성들 각각의 이야기가 옴니버스식으로 이어진다. 전쟁을 생각하면 남성을 떠올리는 것은 편견이라고 주장하며, 여성은 전쟁 중 가정을 지키기도 했지만 전투원으로 남성들과 똑같이 참전했음을 부각시킨다. 저격수로 참전하기도 했고, 탱크를 몰기도 했으며, 병원에서 근무하기도 했다. 하지만 전쟁 영웅은 언제나 남성이었고, 전투는 남자들만의 이야기로 가득하다. 어떤 이유에서인지는 모르지만 여성은 전쟁의 일부로 기록되지 못하고 제외됐다.

작품은 전쟁에 참여한 여성의 시각으로 전쟁의 고통, 공포, 슬픔 등을 생생하게 보여주며, 남성과 동등하게 전쟁을 경험한 여성들의 소외된 전쟁담을 서술한다. 작품을 처음 읽었을 때, '소설이 아니잖아!'라고 속으로 외쳤다. 인터뷰 형태의 작품이었으니 당연히 픽션이 아니었다. 그리고 전쟁에 참여한 주체지만 이유 없이 배제된 여성의 이야기를 다룬 작가의 의도에 대해서 끊임없이 생각하면서 작품을 읽어나갔다. 전쟁은 남성만의 경험이 아님에도, 전쟁은 항상 여성의 역할과 참여의 기록을 남기지 않았다. 작가는 또 다른 전쟁 참여자였던 여성의 실제 이야기를 들려주면서, 그동안 여성을 배제한 세상의 편견과 역사 의식을 비판하고 있는 것이다.

기록된 역사를 통해 보면, 인류는 수많은 전쟁을 치렀다. 그 기록 속에서 전투원은 대개 남자였다. 그렇다고 해서 전쟁이 남자만의 것이었다고 단정 지을 수 있을까? "아니"라고 대답하면서도 아이러니하게도 우리는 여성 전투원을 쉽게 떠올리지 못한다. '잔다르크' 정도가 쉽게 떠오를 뿐이다. 작가는 이러한 부조리함을 작품으로 표출한 것이다.

　당시 시대 상황을 고려했을 때 작품은 몇 가지 중요한 문제를 제기한다. 첫째, 인류의 평등을 주장하며 수립된 소비에트연방에서조차 여성은 실질적 동지가 아니었다. 둘째, 전쟁의 승리와 조국 발전을 이룬 영광의 주인공은 남성이라고 믿는 현실을 지적한다. 셋째, 전승국의 위엄 아래 숨겨진 그림자를 고발한다. 서슬 푸른 비밀정보국이 존재했던 시기였음을 고려할 때, 작가의 작품은 고발 이상이었을 듯하다.

　이 작품을 통해 전쟁은 재해석된다. 남성만의 전쟁이 아니었음을 깨닫게 되고, 원래부터 존재했으나 지워졌던 여성이 새롭게 등장한다. 그래서 전쟁은 남성적인 것만이 아니라 모든 사람의 것이었음을 증명한다. 마지막으로 전쟁에는 승패가 없음을 다시 한번 보여준다. 전쟁의 후유증과 슬픔, 아픔, 고통, 근심 등으로 인한 폐해는 승전국 소련에서도 계속해서 존재한 문제점이었다.

작가의 용기 있는 삶에 헌정한
노벨문학상

픽션이 아닌 작품으로 노벨문학상을 수상한 작가가 없는 것은 아니다. 역사가 테오도르 몸젠Christian Matthias Theodor Mommsen (1902)이 있었고, 철학자 앙리 베르그송Henri-Louis Bergson(1927)과 버트란드 러셀Bertrand Arthur William Russell(1950)이 있었으며, 정치가 중에서는 윈스턴 처칠Sir Winston Leonard Spencer-Churchill(1953)이 있었다. 그러니 알렉시예비치의 수상이 생소하지는 않다. 다만 의미를 생각하자면, 논픽션 작품을 쓴 작가 중 최초의 여성 수상자이며, '목소리의 소설'이라는 장르를 개척한 작가에게 수여됐다는 상징적인 의미를 지닌다.

작품은 생생한 리얼리티를 갖추고 있다. 인터뷰 모음집이다 보니 작품 형식을 평가할 수 없고, 작가의 기준에 따라 편집한 것으로 보여진다. 그렇다면 이러한 작품에 왜 노벨문학상을 수여했을까?

우선, 노벨상 제정 목적에 부합한다. 작품은 인류의 평화와 발전에 이바지했다. 전쟁의 무용(無用)함을 지적해서 평화의 소중함을 다루고 있으며, 보이지 않았던 참전 여성을 발견해 전쟁에 대한 새로운 관점을 제기했다.

다음으로 새로운 문학 장르의 개척이다. '목소리의 소설'이라는 장르를 개척함으로써 새로운 문학 형태의 가능성을 보여주었다. 실제로 과거 수상자들의 면모를 보면 유행하던 사조를 반영한 작가도 있는데, 낭만주의, 사실주의, 상징주의, 마술적 사실주의, 미니멀리즘 등 다양한 문학적 트렌드를 반영했다. 작가는 새로운 문학 장르를 개척함으로써 새로운 형식을 정립한 업적을 세웠다고 할 수 있다.

마지막으로 작가의 활동이다. 체제 비판, 그것도 공산주의 국가에 살면서 공산당을 비판한 작가의 용기, 게다가 여성의 재발견 등은 노벨문학상을 수상한 다른 어떤 작가와 비교해도 부족하지 않을 만큼 드라마틱하다. 아울러 체제의 억압과 감시에도 굴하지 않고 다시 벨라루스에 돌아갔던 작가의 용기는 감히 다른 작가와 견줄 수 없을 정도의 혁명성도 지니고 있다.

이런 점들을 고려했을 때, "우리 시대의 고통과 용기에 대한 기념비"라는 수상 이유는 적절한 표현이라고 할 수 있다.

전쟁에는 승자가 없고
고통은 민간인들의 몫이다

2022년 겨울, 러시아가 우크라이나를 침공했다. 군사 전문가도, 지역 전문가들도 전혀 예측하지 못했던 전쟁이었다. 더 예측하기 어려웠던 점은 여전히 우크라이나가 버티고 있다는 것과 전 세계의 제재 속에서도 러시아가 버티고 있다는 것이다. 과거 초강대국 소련의 힘을 계승한 러시아니 우크라이나 정도는 쉽게 점령하리라 생각했겠지만, 전쟁은 아직까지 진행 중이다. 그리고 전쟁은 곧 혹독한 추위를 맞이할 예정이다. 오히려 2022년이 끝날 때쯤에는 우크라이나의 공세가 러시아를 움츠러들게 했다. 벌써 수많은 사람이 죽거나 다쳤다. 군인들만의 전쟁이 아니다. 전투와 무관한 민간인들도 많이 죽거나 다쳤다. 러시아는 침략자로 규정돼 전 세계로부터 다양한 영역에서 따돌림을 당하고 있다. 죽거나 삶의 터전을 잃어버린 많은 사람은 일반인들이다. 전쟁을 일으킨 이들은 여전히 호의호식하며 전쟁 상황을 지켜보고 있다.

작가는 작품으로 전쟁의 무용함을 보여주었다. 그리고 잊히거나 보이지 않았던 전사(戰士)들을 발견해서 세상에 알렸다. 원하지 않은 전사의 삶을 살았던 그들은 전쟁 후에도 힘겨운 삶을 살아가고 있었다. 러시아 우크라이나 전쟁의 결말은 이제 쉽게 예측할 수 없게 됐다. 더 많은 사람이 죽거나 다치고, 삶의 터전을 잃게 되리라는 점만큼은 확실하다. 그리고 복구할 때까지 러시아와 우크라이나는 물론, 전 세계가 함께 고통을 나누게 될 것이다.

위대한 정서적 힘을 보여주는
가즈오 이시구로
《나를 보내지 마》

가즈오 이시구로 Kazuo Ishiguro

영국의 소설가(1954년~). 일본계 영국 작가로 현대 영미문학을 대표하는 작가 중 한 사람으로 꼽힌다. 1982년 《창백한 언덕 풍경》으로 데뷔한 이래 《부유하는 세상의 화가》(1986), 《남아 있는 나날》(1989), 《우리가 고아였을 때》(2000), 《나를 보내지 마》(2005), 《파묻힌 거인》(2015) 등을 발표하며 국내외 여러 상을 받았다. 2021년에는 신작 장편소설 《클라라와 태양》을 출간하며 활발하게 활동하고 있다.

"이시구로는 위대한 정서적 힘을 가진 소설들을 통해,

세계와 닿아 있다는

우리의 환상 밑의 심연을 드러냈다." (2017년)

가즈오 이시구로는 1954년 나가사키에서 태어나 다섯 살이 되던 1958년에 부모와 함께 영국으로 이주했다. 해양물리학자였던 아버지가 영국 국립해양센터에서 연구 생활을 하게 되었기 때문이다. 중등학교를 졸업한 후 대학에 들어가기 전에 미국과 캐나다 등을 여행하면서 머문 곳에서 글을 썼으며, 음반사에 데모 테이프를 보낼 정도로 음악에도 관심이 많았다. 1978년 켄트 대학에서 철학을 전공해서 학사학위를 받았고, 1980년에는 이스트앵글리아대학에서 석사학위를 받았다. 1983년에 영국 시민권을 취득했다.

1982년 첫 소설 《창백한 언덕 풍경A Pale View of Hills》을 출간했다. 일본을 배경으로 한 작품으로 전후의 상처와 현재를 절묘하게 엮어낸 작품이었다. 이 첫 작품으로 이시구로는 위니프레드 홀트비 기념상을 받았다. 이후 전후 일본인 예술가의 회고담을 주제로 한 《부유하는 세상의 화가An Artist of the Floating World》(1986)로 휘트브레드상과 이탈리아 스칸노상을 받았다.

1989년 발표한 《남아 있는 나날The Remains of the Day》이 부커상을 받으면서 이시구로는 세계적으로 유명한 작가 리스트에 오르게 된다. 이후 《위로받지 못한 사람들The Unconsoled》(1995)로 첼튼햄상을 받았고, 《우리가 고아였을 때When We Were Orphans》(2000) 역시 두 번째로 부커상 후보에 오르며 화제가 되기도 했다.

2005년에 발표한 《나를 보내지 마Never Let Me Go》는 복제 인간의 영혼에 대한 이야기를 다룬 소설로 작가의 대표작이라 할 수 있다. 이 작품으로 작가는 전미 도서협회 알렉스상, 독일 코리네상 등을 받았다. 그 외 그는 문학적 공로를 인정받아 1995년 대영제국 훈장을, 1998년 프랑스 문예훈장을 받았으며 2017년에는 노벨문학상을 수상했다. 이후에도 다양한 활동과 더불어 신작 장편소설 《클라라와 태양 Klara and the Sun》(2021)을 발표했다.

복제 인간에게
영혼이 있을까?

20세기 말 복제 양 '돌리'가 등장했다. 쉽게 말해서 인간이 생명체를 만들어낼 수 있게 된 것이다. 벌써 약 30년 전 일이니, 과학기술의 발전 속도를 생각할 때, 현재는 그 이상도 복제해낼 수 있다고 믿는 게 당연하지 않을까? 이후 크리스퍼 유전자 가위가 발견돼 유전자 조작도 가능한 수준이 됐으니, 우리가 무엇을 상상해도 그 이상이 가능한 세상이다.

《나를 보내지 마》에서는 복제 인간들을 모아놓고 교육시키는 학교가 등장한다. 같은 학급 친구들은 모두 복제 인간이다. 이들은 '근원자'로 불리는 사람들과 다를 바 없이 똑같은 내용을 배운다. 미술도 배우고 음악도 배운다. 특히 그림을 그려놓으면 일반인들이 작품을 보고 논쟁을 펼치기도 한다. 이러한 예술 활동을 할 수 있다는 점을 볼 때 "복제 인간에게도 영혼이 있을 것이다"라는 주장과 그렇게 생각하는 게 부당하다는 주장이 대립한다. 졸업 후 이들은 제각기 흩어진다. 그리고 원래 복제됐던 이유, 장기를 기증하게 된다. 적게는 두 번, 많게는 네 차례에 걸쳐 장기 기증을 하고 나면 복제 인간은 죽게 된다.

이들 중 몇 명은 근원자를 찾으러 여행을 떠나기도 하고, 장기 기증을 미루기 위해서 "연인이 되면 장기 기증을 미뤄준다"라는 떠도는 소문을 믿고 자신들을 가르쳐줬던, 그래서 우호적일 것이라 믿었던 과거의 교사를 찾아가기도 한다. 근원자를 찾아 여행을 떠났지만, 근원자의 출신이 좋지 않았기에 크게 실망하고, 연인이 되면 장기 기증을 미뤄준다는 소문을 확인하기 위해서 찾아간 옛 스승에게는 복제 인간의 영혼을 인정하지 않기에 이들의 사랑 역시 인정받을 수 없다는 차가운 대답을 듣는다. 이후 모든 복제 인간은 그들에게 정해진 시간을 묵묵히 따른다. 결국 한 명, 두 명씩 장기를 기증하면서 세상을 떠난다.

작가가 철학을 전공해서일까? 기존 복제 인간을 다룬 소설이나 영화와 비교하면 분위기가 다르다. 대체로 복제 인간이 등장하는 작품은 보통 인간과 복제 인간의 대립이나 전쟁을 기대할 텐데, 이 소설은 순응하는 복제 인간을 보여준다. 그리고 근원자를 위한 죽음을 예정해놓은 복제 인간의 영혼 문제를 다루면서 생명 창조에 대한 문제의식을 점층적으로 전개한다.

복제 양 돌리의 탄생은 신이 아닌 인간도 생명을 창조할 수 있다는 점에서 논쟁이 됐다. 사실 논쟁거리가 될 수 없었는데 이미 복제한 상태였기 때문이다. 그러니 종교계의 뒤늦은 반발은 생명 창조에 대한 반발이라기보다는 인간 창조까지는 막겠다는 저항인 셈이었다. 그나마 종교를 존중하는 세계에서는 그들의 반발이 영향을 줄 수 있었겠지만, 종교를 인민의 아편으로 생각하는 공산주의 국가에서 어떤 방법으로 논쟁을 하고 저지할 수 있었을까? 작가는 돌리의 출현 10년이 지난 시점에 복제 인간과 관련된 작품을 출판하는데, 다루는 주제는 생명 창조가 아니라 복제 인간의 '영혼' 문제다.

예술 활동을 하고, 우정을 키우고, 질투하고, 연인의 감정을 느끼고, 아픔을 느끼는 복제 인간. '인간과 다를 게 뭐가 있을까?'라는 질문을 자연스럽게 떠올리게 한다. 인간만이 영혼을 가지고 있을 것이라는 오랜 과거부터 이어져왔던 종교·철학적 관념에 파장을 일으킨다. 현실에서는 아직까지 복제 인간이 등장하지 않았지만, 작가의 질문에 대해서는 깊이 고심해봐야 한다. 특히 AI의 발전이 눈부신 요즘, 프로그램이자 기계로만 여겼던 AI와 관련된 논쟁이 활발하다. 즉, 인공지능이 인간처럼 감정을 느끼게 된다면, 그게 프로그램화된 것이라 할지라도 존중해야 한다는 것이다. 작가는 AI와 관련된 작품을 쓰지는 않았지만, 본 작품을 통해서 하나의 기준을 제시하고 있는 것만큼은 분명하다. 복제 인간이든 AI이든 존중해야 한다는 것.

"위대한 정서적
힘을 가진 소설"

이시구로의 작품을 읽으면, 마음이 차분해진다. 불에 올려도 끓는점이 높아서 미동도 하지 않는 액체 같다. 천천히 작품을 읽다 보면, 조금씩 작가가 던지는 질문에 몰입하게 된다. 다른 말로 공감이라고 해도 좋을 듯하다. 거대한 파도 같은 굴곡은 찾을 수 없다. 잔잔하다고 해서 따뜻한 것도 아니다. 강하게 비판하기보다는, 오히려 여백을 만들어 독자 스스로 질문을 떠올리게 하고 생각하게 한다.

일본에서 태어나고 영국에서 성장한 작가의 출신과 성장 과정을 바탕으로 탄생한 이 작품은 동양과 서양을 아우르는 가교 역할을 한다. 제2차 세계대전을 배경으로 한 작품들에서 작가는 승전국이었던 영국과 패전국이었던 일본 둘 다 비판한다. 전쟁 자체를 비판하기보다는 그런 전쟁을 당연하게 여겼던 지배층을 비판한다. 그런 시대 상황에 동조했던 인간을 다루면서 잘못조차 인지하지 못했던 그들의 심리를 비판한다.

다루는 주제를 보면 많은 논쟁을 몰고 다니거나 좌나 우로 확실히 치우 칠 법도 한데, 작가는 절묘하게 '줄타기'를 한다. 그저 질문만 던진다. 그리고 질문에 대한 답은 독자가 알아서 판단하라고 말한다. 하지만 작품에 매료된 독자는 어느새 작가의 이야기에 '그럴 수 있겠는걸'이라고 생각하면서 공감하게 된다. 강요하지 않은 공감, 바로 이 부분이 작가의 작품이 지닌 '위대한 정서적 힘'이 아닐까?

곧 다가올 미래
복제 인간, 유전자 조작, AI

복제 인간, 유전자 조작, 최근에는 AI를 다룬 작품을 많이 경험했다. 미래에 대한 작품은 어떤 것이든 둘로 나눠진다. 하나는 유토피아, 그리고 다른 하나는 디스토피아를 묘사한다. 둘 다 가능한 이야기인데, 여전히 현재에 머물러 있는 사람들은 미래 이야기를 보면서 당장 몰입은 하지만 현실과 동떨어진 이야기로 생각하며 쉽게 잊는다.

《나를 보내지 마》는 복제 인간이 존재하는 미래에 대한 긍정과 부정을 다루지 않고 '영혼' 문제를 제기했다. 한 번도 생각해 보지 않았던 복제 인간에 관한 의문이었다. 물론 단번에 결론 낼 수 있는 부분은 아니지만, 영혼은 인간만 가지고 있다는 기본적인 생각에 반론을 제기한 것만큼은 분명하다. 적어도 우리는 복제 인간의 장기 기증 문제에 관련해서는 심각하게 생각하지 않았다. 인간의 생명 연장에는 반대하지 않았으니까. 그러나 복제 인간에게 영혼이 있다고 설정하면 살인이라는 범죄를 생각할 수밖에 없다.

　유전자 조작은 어떨까? 태어나자마자 유전자를 분석해서 좋은 유전자만 유지한다. 역시 인간의 삶, 생명 연장과 관련된 내용이다. 그러나 그렇게 되면, 유전자가 조작된 인간은 기존 인간과 어떻게 구분해야 할까? 확률적으로 볼 때 도둑이 될 가능성이 있으니 애초에 유전자 조작을 통해서 그런 성향을 제거한다고 생각해보자. 아니면, 유전자 조작을 통해서 지배층에 절대 순종하는 시민을 양성할 수 있다고 생각해보자. 조작된 인간을 인간이라고 할 수 있을까? 그들에게는 인간이라면 있다고 여겨지는 '자유의지'가 있을까?

　AI는 더 큰 문제다. 미래 공상 영화에서 인간과 대립하는 대상은 대체로 AI이다. 최근에는 AI와 감정을 나누는 영화도 등장하고 있다. 슬픔도 알고, 기쁨도 알고, 행복도 느낄 수 있다. 그렇게 프로그램화 돼 있다. 인간도 이런 감정들을 관장하는 뇌 영역이 있음을 뇌 과학이 증명하고 있다. 인간과 AI가 다른 점이라면, 후자는 전력이 필요하다는 것이고 인간은 에너지를 생산하기 위해서 음식을 먹어야 한다는 것이다. 하지만 둘 다 에너지원이 필요하다는 점, 그리고 활동할 때 전력이 소비된다는 점은 똑같다.

　과거 침팬지와 인간의 유전자가 98퍼센트 이상 일치한다는 이야기를 듣고 놀랐던 적이 떠오른다. 좀 더 차이가 있을 것이라고 생각했는데, 별 차이가 없었던 것이다. 불과 2퍼센트의 차이로 인간이 원숭이보다 지능이 더 높고 언어 능력이 더 뛰어나다. 그러나 AI는 다르다. 인간보다 훨씬 똑똑하다. 그리고 더 많은 언어를 알고 더 빨리 처리할 수 있다. 아울러 쉬지도 않으니 인간의 생산력과 비교할 게 아니다.

이 모든 것을 종합할 때, 다가올 미래는 많은 질문거리를 던져준다. 작가는 작품을 통해 미래에 대해서 진지하게 고민하는 시간을 가져보라고 권유하는 것이 아닐까?

경계를 무너뜨린 작가
올가 토카르추크
《방랑자들》

올가 토카르추크 Olga Nawoja Tokarczuk

폴란드의 작가이자 활동가, 임상심리학자(1962~) 1989년 첫 시집인 《거울 속의 도시들》을 출간했고, 1993년 장편소설 《책의 인물들의 여정》으로 주목받았다. 1996년에 발표한 《태고의 시간들》이 여러 나라의 언어로 번역되면서 세계적 작가로 떠올랐다. 이후 《방랑자들》(2007), 《죽은 이들의 뼈 위로 쟁기를 끌어라》(2009), 《야고보서》(2015), 《다정한 서술자》(2020) 등 여러 소설과 에세이, 시나리오 등을 썼다.

"토카르추크는 백과사전적 열정으로

삶의 한 형태로서의 경계 넘나들기를 묘사하는 데 있어

서사적 상상력을 보여줬다." (2018년)

올가 토카르추크는 1962년 폴란드의 술레후프에서 태어났다. 부모는 둘 다 교사였고 아버지는 학교 도서관을 운영했는데, 이 무렵부터 토카르추크는 다양한 책을 읽고 글을 쓰는 데 관심을 가지게 된다. 바르샤바대학에서 심리학을 공부했는데, 특히 칼 융의 사상에 조예가 깊었다. 그 외에도 문화인류학, 철학, 불교에도 관심을 가졌다. 이렇게 다양한 분야에 관심이 있었기에 토카르추크의 작품은 다른 작가의 작품과 달리 독특하면서도 때로는 신화적인 분위기를 느낄 수 있다.

1979년 스카우트 잡지에 두 편의 짧은 산문을 싣고 문단에 데뷔했지만, 전업 작가로 활동하지는 않았다. 대학교 졸업 후에는 실레시아 지역에서 10년 동안 심리치료사 등으로도 일했는데, 이때의 경험은 작품에 등장하는 인물들의 심리를 묘사하는 데 도움이 됐다. 1996년부터 본격적인 전업 작가의 길로 들어섰다.

토카르추크의 작품은 일상적으로 접하는 형식과 문체가 아니어서 낯설다. 그래서 쉽게 읽히지도 않고, 이해하기도 어렵다. 그럼에도 불구하고 작가의 작품은 평단의 칭송을 받고 대중적인 성공까지 거뒀다. 1993년 발표한 첫 소설 《책의 인물들의 여정 Podróz ludzi Ksiegi》(1993)은 폴란드 출판인 협회 선정 '올해의 책'으로 뽑혔다. 이후 《E. E.》(1995)와 《태고의 시간들 Prawiek i inne czasy》(1996)을 발표한 후 1997년에 40대 이전의 작가들에게 수여하는 권위 있는 문학상인 코시치엘스키 문학상을 수상하기도 했다. 그리고 2007년에《방랑자들Bieguni》을 출간하며 2008년 폴란드에서 가장 권위 있는 문학상인 니케 문학상을 받았다. 2018년에는 같은 작품으로 폴란드인으로는 처음으로 맨부커 인터내셔널상을 받기도 했다. 이후 2015년 소설《야고보서Księgi jakubowe》로 다시 니케 문학상을 수상했다. 그리고 2018년 노벨문학상 수상자로 결정됐으나, 한림원의 불미스러운 사건으로 인해서 한 해 미뤄진 2019년에 수상하게 된다.

한곳에
머무르지 않는 사람들

《방랑자들》은 독특한 소설이다. 머무르지 못하는 사람들에 대한 100편의 에피소드를 모은 일종의 모음집이다. 소설 속의 인물들은 끊임없이 움직여야 하고, 어딘가를 향하거나 피해서, 혹은 자기 자신을 더 잘 알고자 떠난다.

　우리나라에서 '방랑자들'이라고 번역된 소설의 제목은 폴란드어로는 '비에군Bieguni'으로 '방랑자들' 또는 '도망자들'을 의미한다. 한국어 번역 '방랑자들'은 거의 직역에 가깝다. 프랑스어 제목은 '페레그린Les Peregrins'이라고 하는데, '반복', '순례' 등의 뜻이 있다. 작품을 읽다 보면 종종 '순례'라는 단어와 마주치는데, 작품의 전체적인 주제를 잘 표현한 단어라고 생각한다. 독일어로는 '언트라스트Unrast'로 번역됐는데 머무르지 못한다는 뜻이다. 의미를 좀 더 포괄적으로 이해한 듯하다. 마지막으로 영어로는 '플라이트Flight'인데, '비행'과 '이동한다'라는 의미도 있지만 '도피'나 '도주'의 뜻도 있다.

제목에 대한 다양한 번역만큼이나, 작품은 독자들을 이리저리 끌고 다닌다. 하도 정신없이 끌고 다녀서 잠시 방심하면 내가 머물러 있는 곳과 내가 낙오한 곳이 어딘지도 알 수 없게 돼버린다. 그러나 이런 낙오조차도 작가는 '방랑자들'로 덮어버린다. 어차피 떠도는 사람이 방랑자들이니 '낙오'란 애초에 없는 말이다.

작품의 줄거리를 정리하기는 어렵다. 작품 속에는 토카르추크가 실제로 경험한 일을 바탕으로 쓴 기행문도 들어 있고, 역사적 인물이 등장하기도 한다. 아울러 가상의 줄거리를 만들어서 드문드문 배치해서 연재하는 듯한 느낌도 든다. 기존 소설의 형식을 생각하고 읽는다면, 전혀 적응하지 못하고 중간에 포기할 수도 있다.

작품은 끊임없이 움직여야 하는 인간을 다룬다. 머무르지 않고 움직이는 인간이 문명인이라는 생각을 근저에 깔고 작품은 계속 이동한다. 완성된 스토리로 독자에게 감명을 주기 위한 작품이 아니다. 등장인물들의 움직임을 따라다니고, 때로는 생각의 흔적을 추적하면서 독자들도 방랑자가 되기를 바라는 작품이다. 그렇게 움직이는 게 타락하지 않는 방법이자 진정한 자아를 찾는 방법이라고 전한다. 책을 펴자마자 눈에 띄는 '여기 내가 있다'라는 챕터 제목은 머무는 곳에 대한 의미가 아니라 바로 내가 있는 곳, 떠돌다가 잠시 머무는 곳에 대한 상징적 의미로 이해해야 한다.

'방랑자들'이라는 의미는 어느 한곳에 머물지 않는다는 의미다. 작가는 제목 그리고 작품 속에서의 이동을 통해서 '정지 상태'를 거부한다. 우리 식의 표현으로 한다면 '고인 물'이다. 부패와 타락에 이르게 하는 '정지'된 상태이다. 다시 말해서, 계속 역동적으로 움직인다면 부패할 겨를이 없다는 뜻을 담고 있다. 작가는 작품을 통해 현재의 부조리함을 정지된 상태, 다른 말로 안정을 추구하고 모험하지 않는, 그래서 발전 가능성이 점차 소멸하고 있는 현대 문명을 비판한 것으로 보인다.

더 나아가 작가는 추상적인 부패 현상뿐만 아니라, 국가의 수립과 국경선까지도 '머묾'이라는 의미로 해석해서 현대 고립주의 현상을 비판한다. 경계가 만들어지면 부패한 권력이 생기고, 사회는 '화석'이 되거나 '박제'될 것이라고 경고한다. 그러면서 인터넷을 통한 세계화에 대해서도 간결하게 비판하는데, 우리가 인터넷에 접속할 때 느끼는 자유로움이라는 것은 결국 작은 모니터 속 수준의 자유로움일 뿐이지, 진정한 자유를 누리는 방법이 아니라고 지적한다. 작가의 생각에 모두 동의할 수는 없지만, 현대 문명이 유목(遊牧)하기보다는 정주(定住)하려는 관성에 붙들린 측면, 그리고 그것으로 인해 발생한 부패와 타락에 대해서는 분명히 공감할 부분이 있다.

경계를 허무는 작가에게 보내는 문학적 찬사

반복되는 말이지만 노벨문학상 선정 기준이 정치적 색채가 점점 흐릿해지면서, 작품성 비중이 보다 커지는 듯한 추세다. 특히 2010년대를 지나면서 더 문학적인 부분이 강해지면서, 기존의 문학상을 휩쓴 작가들에게 '화룡점정'격으로 노벨문학상을 수여한다는 느낌마저 든다. 그러나 조금 더 자세히 들여다보면, 여전히 진보적인 비판의식을 가진 작가를 찾아서 상을 준다는 사실은 변하지 않았다.

2010년대에 들어서 냉전은 완전히 사라졌다. 특히 2008년 금융위기로 신자유주의의 실패를 인정하고 세계 경제 분업에 대한 야망조차도 틀어져버렸다. 세계는 활짝 열었던 문을 닫고 '신고립주의'를 지향하는 분위기로 바뀌었다. 그러나 하드파워라 불리는 정치·경제의 고립주의와는 달리, 소프트파워라고 할 수 있는 문화 등에서의 세계주의는 여러 플랫폼을 통해 급속도로 확산되고 있었다. 물론 토카르추크는 세기말부터 작품 활동을 했기에 당시 불안한 인간의 고독감, 소통의 부재 등을 다루기도 했다. 흥미로운 사실은, 20세기 말은 신자유주의가 새롭게 득세하고 더 많은 자유를 선전하면서 개방의 물결이 높았던 시기였다. 이때 작가는 역으로 인간의 고독을 다뤘다.

　신자유주의 물결에 대한 비판, 그리고 고령화와 다문화 문제로 인해 유럽 각국이 국경을 걸어 잠그는 모습을 보일 때, 토카르추크는 '방랑자들'을 꺼내든다. 그리고 실제와 허구의 경계를 하나의 문학 장르로 통합해 그동안 구분했던 실제와 허구의 구분을 지워버린다. 마치 시대 비평가처럼, 때로는 시대를 거스르는 듯한 목소리로, 때로는 예언자적인 선언으로 작품 속에다 비판한다.

　"백과사전적(해박한) 열정으로 삶의 한 형태로서의 경계 넘나들기를 묘사하는 데 있어 서사적 상상력을 보여준다"라는 수상 이유는 신화와 전설, 외전, 비망록 등 다양한 장르를 가져와 정리하는 작가의 경계를 허무는 글쓰기에 대한 찬사이면서, 현실에 안주하지 않고 항상 비판적 자세로 세상을 보는 작가의 통찰력에 대한 설명이기도 하다. 따라서 작가의 수상은 문학적 성취에 대한 찬사인 동시에 세상에 대한 비판적 통찰력에 대한 인정이기도 하다.

욕망의 멈춤이라는 뜻의 '방랑자'

종종 '노마드'라는 표현을 사용한다. 한자로 '유목(遊牧)'인 이 말은 작가의 '방랑자들'이라는 표현과 어울린다. 이제 노마드는 이

주만을 의미하지 않는다. 직장을 자주 옮기는 사람들(프리랜서)을 일컫기도 하고, 새로운 디지털 문화 속을 떠도는 사람들을 가리켜 '디지털 노마드'라고 하기도 한다. 그러나 현대 문화 트렌드와 작가가 말하는 '방랑자들'은 조금 구별할 필요가 있다.

토카르추크의 머묾에 대한 비판은 부정과 부패에 대한 염려에서 비롯한 것이다. 아울러 다시 국경을 닫고 고립주의로 변하는 세계 현상에 대한 우려이기도 하다. 2022년 러시아 우크라이나 전쟁도 이런 고립주의의 한 형태였다고 할 수 있다. 독재를 연명하기 위한 명분으로 러시아는 전쟁을 택한 것이다.

그러나 현재 트렌드로 인식되고 있는 노마드는 고인 물에 대한 대안이 아니다. 이는 머물 곳이 없어서 떠도는 실향민의 의미가 더 강하다. 온전한 직업을 찾을 수 없어서 긱 경제Gig Economy에 의존하게 되고, 임대료가 비싸서 더 싼 곳으로 이사할 수밖에 없는 현대인의 현실을 담은 말이다. 다시 말해서, 유목민처럼 재산을 불리고 생존 터전을 넓히기 위해서 철마다 옮겨 다니는 게 아니라, 정주하고 싶어도 여건이 되지 않아서 움직여야만 하는 안타까운 현대인을 표현한 것이다. 그런 의미에서 '노마드'는 대안이 아니라 씁쓸한 현실 인정이다. 이런 현실에서 작가의 '방랑자'는 어떻게 적용될 수 있을까?

작가가 말하는 '방랑자'의 개념은 과거의 구태의연한 사고에서 벗어나라는 의미로도 이해할 수 있다. 순례자들을 생각해보

자. 그들은 하늘을 지붕 삼고, 바닥을 방으로 삼으면 그만이다. 뭔가 더 가지려고 애쓰지 않는다. 더 가지려고 하는 순간, 그들에게는 고정된 공간이 필요해진다. 멈추려 하기에 상대적으로 부러움을 느끼는 것이고, 그래서 현실에 만족하지 않는 욕망 등이 생기는 것이다. 더 많은 것을 소유하려 하는 이 욕망의 시대에 작가가 제안하는 '방랑자'는 우리에게 버림과 비움의 가치를 생각하게 해준다.

난민의 정체성을 탐구하는 작가
압둘라자크 구르나
《낙원》

압둘라자크 구르나 Abdulrazak Gurnah

탄자니아의 소설가이자 비평가(1948~). 탄자니아의 잔지바르섬에서 태어났으나, 1968년 영국에 난민으로 정착했다. 스와힐리어를 모국어로 하나 영국에서 글쓰기를 시작하면서 영어로 작품 활동을 한다. 1987년 첫 소설 《출발의 기억》을 시작으로 《순례자의 길》(1988), 《도티》(1990), 《파라다이스》(1994), 《바닷가에서》(2001), 《탈주》(2005), 《그후의 삶》(2020) 등의 소설을 썼다.

"식민주의의 영향과 대륙 간 문화 격차 속에서

난민이 처한 운명을 타협 없이,

연민 어린 시선으로 통찰했다."(2021년)

압둘라자크 구르나는 1948년 영국 보호령 잔지바르섬에서 케냐와 예멘 출신 부모 사이에서 태어났다. 18세 때 잔지바르 혁명을 계기로 고향을 떠나 난민이 됐다. 그 후 1968년에 잉글랜드에 어렵게 정착했다. 이런 경험 때문인지 구르나는 더 많은 사람이 테러 국가에서 투쟁하거나 도망치고 있다며 꾸준히 난민에 대한 관심을 보여주고 있다.

본국의 공포를 피해서 영국으로 망명했지만, 백인이 중심인 영국 사회에서 아프리카인이자 무슬림으로 살아가게 된 그는 '겹겹의 억압과 차별 속'에서 자신만의 관점을 갖추게 된다. 그리고 이런 점이 구르나의 작품 세계를 이끌어가는 원동력이 됐다.

1976년에 캔터베리 크라이스트처치대학교에서 학사학위를 취득했고, 1982년에 켄트대학교에서 박사학위를 취득했다. 1980년부터 1983년까지 나이지리아 바예로대학교에서 강의했으며, 이후 2017년 퇴임할 때까지 켄트대학교 영문학 교수로 재직했다.

2021년 노벨문학상 수상자로 선정된 후, 선정 통보 전화를 보이스피싱으로 오해하고 욕설을 퍼부었다고 한다. 하지만 전화를 끊지 말라는 상대방의 설득으로 전화를 끊지 않았고, 수상 통보를 받을 수 있었다고 한다. 유난히 상복이 없는 작가의 경력에서 비롯된 재미있는 일화이다.

실제로 구르나는 노벨문학상 수상 이전에도 여러 작품으로 다른 상 수상 후보에 올랐다.《낙원Paradise》(1994)으로 부커상과 휘트브레드상 최종 후보에 올랐으며,《바닷가에서By the Sea》역시 부커상 후보와 로스앤젤레스타임스 도서상 최종 후보에 올랐다. 그리고《그후의 삶Afterlives》도 월터 스콧상과 오웰상 최종 후보에 올랐다. 하지만 하나도 수상하지 못했다. 작품 자체는 비평가들로부터 좋은 평가를 받았지만, 대중적인 인기가 없었다. 그래서인지 영국 외 지역에서는 작품이 거의 출간되지 않았고, 영국 내에서도 출간됐던 작품들이 절판되기도 했다.

우리나라에서도 노벨문학상 수상 직후에서야 대표작들이 번역돼 출간됐다. 아마도 영어를 주 집필 언어로 사용하면서도 모국어인 스와힐리어와 아랍어, 독일어 등을 작품에 노출시킨 점과 작품 대부분이 대중들에게 낯선 동아프리카 연안을 배경으로 하고 있다는 점 등이 대중적 인지도를 쌓는 데 어려움을 줬던 것 같다.

유토피아라는 말은
'세상에 그런 곳은 없다'라는 의미

'낙원'을 떠올려보자. 기독교인이면 에덴동산을 떠올릴 것이고, 동양인들이라면 어디선가 들었던 무릉도원을 떠올리지 모르겠다. 작가의 작품《낙원》은 '그런 곳은 없다'라는 의미에 가깝다.

소설에는 유스프라는 소년이 등장한다. 그와 조금 떨어진 곳에 유럽인 남자와 여자가 있었는데, 잠시 후 유럽인은 으르렁거리며 소년을 쫓아버린다. 유럽의 식민지가 된 곳에서 이야기가 전개될 것임을 암시한다. 소년은 얼마 후 아버지의 빚 대신 팔려 간다. 아버지가 빚을 갚지 못하자 동업자가 대신 그의 아들을 볼모로 잡아간 것이다. 유스프는 아버지의 친구라는 빚쟁이에 대해서 나쁜 감정을 갖진 않는다. 그렇게 소년의 또 다른 삶이 시작된다.

도착한 곳에서 유스프는 이미 같은 이유로 잡혀 와 살고 있는 동료들과 생활하게 된다. 유스프는 이후 주인을 따라가 무역을 경험하지만, 크게 실패하고 돌아온다. 그리고 안주인의 유혹을 받는 동시에 주인의 정부로 살아가는 여자한테 사랑을 느끼기도 한다. 여러 사건을 겪고 유스프는 자신 주변의 모든 인물들이 노예의 삶을 스스로 받아들였음을 깨닫는다. 자유를 줘도 떠날 곳이 없어서 머문 자들, 혹은 노예의 삶을 스스로 선택한 사람들을 유스프는 발견한다.

작품은 구르나의 초기 작품이라고 할 수 있고, 평단의 우호적인 평가를 받아 부커상 등의 최종 후보에까지 올랐던 작품이다. 하지만 작가는 작품의 배경이 되는 시대를 살지 않았다. 식민지시대를 경험하지 않았다는 의미이다. 그런데 왜 작가는 자신이 경험하지 않은 시대를 배경으로 작품을 썼을까? 이후 작가의 작품들이 대체로 좀 더 가까운 과거의 모습을 다룬다는 점을 생각하면, 작가는 현재 문제의 원인을 과거로 거슬러 올라가 찾고 싶었는지도 모른다. 즉, 역사를 모르는 상태에서 현재를 쓴다는 게 어불성설이라고 여긴 것이다.

제목은 '낙원'이지만, 낙원에 대한 장황한 묘사는 등장하지 않는다. 그리고 작품 속 배경은 절대 낙원이라고 할 만한 곳이 아니다. 유럽인은 식민지 주민을 학대 수탈하고, 주민은 원주민들을 야만인으로 생각한다. 조금 확대 해석하면, 유럽인은 자신이 식민지 주민이 아님을 다행스럽게 여기고, 식민지 주민은 자신이 원주민이 아님을 다행스럽게 여긴다. 작품의 배경이 되는 잔지바르는 페르시아어로 '검은 해안'을 뜻한다. 이곳은 전통적으로 아프리카와 아라비아, 인도를 연결하는 무역항이자 세 문화의 교차점 역할을 했다. 이러한 혼합된 문화 속에서 '낙원'은 종족과 사는 지역에 따라서 서로 다른 의미를 지녔을 것이다.

작품은 수탈자 유럽인을 묘사하면서, 과연 '유럽인이 없었다면 좀 더 나은 세상이 됐을까?'라는 질문을 던진다. 이런 질문에 작품은 명확하게 답해준다. 유럽의 침략이 없었더라도 낙원은 되지 못했을 것이라고 말이다. 그렇다고 해서 유럽의 침략을 정당화하는 것은 아니다. 외부의 원인만큼이나 내부의 원인도 많았음을 성찰한 것이다.

비판적으로 해석하면 작가의 역사관은 식민사관으로 오해받을 수도 있을 듯하다. 그러나 작가 그 자신도 영국에서 차별을 받기는 마찬가지였다. 고국에 돌아가 교육자로 살기도 했고, 주로 영어로 작품을 쓰지만 자신의 정체성을 드러내는 언어를 심심치 않게 노출시키는 점을 볼 때, 구르나는 두 세계에서 겪었던 고난과 차별 등을 작품에 공정하게 반영한다고 볼 수 있다. 즉, "유럽이 아프리카를 침략한 것은 분명 잘못이야! 하지만 우리 내부도 부패했었어!"라고 말이다.

인종과 종교의 차별적 경험은
식민지 시대의 아픔과 맞닿아 있다

구르나의 노벨문학상 수상은 조금 파격적이다. 이전 수상자들의 화려한 수상 경력과 대중적 인지도를 생각해보면, 작가가 노벨문학상을 수상하게 된 것은 스스로가 그 연락을 보이스피싱으로 여길 정도로 뜻밖의 일이었다. 그렇다면 어째서 구르나를 수상자로 선택한 것일까? 수상 이유로 제시한 '식민주의의 영향'은 2020년대를 생각할 때, 철 지난 이야기처럼 보일 수도 있다. 그러나 조금 생각을 전환하면 작가가 영국에서 인종과 종교의 차이로 겪었던 차별적 경험은 식민지 시대의 아픔과 맞닿아 있는 부분이며, 아울러 '난민' 이슈는 우리가 잘 알지 못하더라도 계속 일어나고 있는 일이다. 그리고 작가의 직접적인 난민 경험과 차별받은 아픔이 있었기에 과거의 문제를 작품 속에 담을 수 있었다고 생각한다.

《낙원》은 물론이고《그후의 삶》이나《바닷가에서》등에서 구르나는 내부와 외부의 문제점을 모두 보여준다. 일방적으로 가해자의 잘못만을 따지는 게 아니라 피해자의 오류도 지적한다. 작가는 태어난 곳에서 평화롭게 거주할 수 없어서 난민이 됐다. 그리고 망명국에서 받은 차별 등의 경험은 한쪽으로 치우치지 않고 여러 가지 방향으로 상황을 이해할 수 있는 통찰력을 갖출 수 있도록 해줬다.

이전에는 어떠한 문학상도 받지 못했지만, 노벨문학상은 작가의 삶과 경력에 수여하는 상이기에 다른 작가들이 쉽게 경험하지 못했던 구르나의 경험에 가중치를 뒀다고 볼 수 있다. 그리고 아프리카 출신 작가로는 월레 소잉카 이후 34년 만의 수상이라는 점도 충분히 명분이 되었을 것이다.

다시 무게감을
느껴야 할 때

구르나의 작품은 과거 이야기다. 작가는 과거도 비판적으로 훑으며, 자신이 겪은 역경을 작품에 반영한다. 그렇기에 읽는 독자는 작가에게 매력을 느끼고, 그 삶에 경의를 표하게 된다. 아울러 진지한 성찰의 시간도 가지게 된다. 내가 관심 갖지 못한 세상의 많은 부조리함에 대해서 생각할 기회가 생기는 것이다.

여기서 노벨문학상 수상작을 왜 읽어야 하는지 다시 한번 생각해본다면 바로 이런 점일 것이다. 가볍게 살아온 나의 일상을 진지하게 되돌아보는 기회를 가질 수 있다는 것. 현재 우리 사회의 트렌드는 가볍다. 깃털보다도 가볍게 느껴진다. 간혹 혹자는 한국인들의 냄비근성을 들어 확 뜨거워졌다가 확 꺼진다고 비판하기도 한다. 틀린 이야기는 아니다. 그러나 이런 비판을 그대로 수긍할 이유는 없다.

역사적으로 볼 때 우리는 35년 일제 식민 지배에서 벗어나기 위해 끝없이 독립운동을 했으며, 이후 민주화를 위해서 수십 년간 독재정권에 맞서 싸웠다. 이런 역사적 무게감을 갖고 있는 움직임이 있었기에 현재 대한민국이 존재할 수 있는 것이다. 하지만 이런 중량감 있는 운동에 다소 지쳤을까? 현재 분위기는 과거와 많이 다르다. 정치 영역에서 독재자 같은 강력한 적이 사라져서인지는 몰라도 국민이 아닌 정파만의 이익을 위해서 가벼이 말하고 실행하고 있고, 사회적 분위기도 공동체적 움직임을 추구하기보다는 나만을 위한 걸음을 걷는 듯하다.

무게감은 곧 약자를 생각한다는 의미이기도 하며, 거시적인 안목으로 국가와 사회를 바라본다는 뜻이기도 하다. 이미 경제, 인구, 부동산 등의 통계가 어두운 미래를 전망하는데도 여전히 지금을 사는 우리는 당장의 쾌활함만을 추구하고 있다. 작가는 자신의 어려웠던 과거를 되짚어가며 작품을 쓴다. 작가로서 감당해야 하는 사회적 책임을 묵묵하게 진 상태에서 글을 쓰는 것이다. 현재의 안일을 추구하기보다는 소외된 자들의 아픔을 긴 호흡으로 계속 알리고 있는 것이다.

중량 운동만 계속 하다가는 몸에 무리가 와 부상이 생긴다. 그래서 쉬어 가야만 한다. 하지만 중량 운동을 계속 쉬게 되면 원래 중량까지 도달하는 데 오래 걸린다. 과거에 독립, 민주화라는 무거운 주제가 있었다면, 이제는 민주화의 발전, 그리고 포용 Inclusive이라는 새로운 돌덩이를 묵묵히 지고 움직여야 하지 않을까? 한낱 미풍에도 정신없이 날리는 깃털이 아니라, 강풍에도 꿈쩍하지 않고 버티는 바윗돌 같은 묵직한 책임감을 지고 걸어가야 할 시대가 아닐까?

030

'나'를 통해 사회를 고발하는 작가
아니 에르노
《단순한 열정》

아니 에르노 Annie Thérèse Blanche Ernaux

프랑스의 소설가(1940~). 자신의 이름을 딴 문학상이 있을 정도로 프랑스 문학의 거장으로 불리는 작가이다. 1974년 소설 《빈 옷장》으로 등단했으며, 1984년 《남자의 자리》로 큰 주목을 받았다. 그 외 대표작으로는 《한 여자》(1987), 《단순한 열정》(1991), 《부끄러움》(1997), 《집착》(2002), 《세월》(2008), 《삶을 쓰다》(2011) 등이 있다.

"개인 기억의 뿌리, 소외, 집단 통제를 드러낸 용기와

임상적 예민함." (2022년)

아니 에르노는 1940년 프랑스 노르망디 릴본에서 태어나 근처 이브토에서 자랐다. 부모는 마을의 노동자 계급이 모여 사는 지역에서 카페와 식료품점을 운영했다. 루앙대학교 현대문학과에 진학하면서 글을 쓰기 시작했고, 결혼한 후에 교수 자격 시험에 합격해 10년간 학생들을 가르쳤다. 에르노는 대부분 자전적이면서 사회적인 소재를 바탕으로 소설을 집필했는데, 그녀에 따르면 사회학적 방법은 전통적으로 '나'를 넓히는 방법이었기에 글쓰기에 반영했다고 한다. 모든 개인은 자신이 처한 사회적 상황과의 관계 속에서 이해할 수 있기에 작가는 그 자신을 사회 속의 개인으로 설정하고 이야기를 전개한 것이다.

에르노는 경험하지 않은 허구를 추구하지 않고, 오직 경험한 것을 작품으로 옮긴다. 1974년 출간한 첫 작품 《빈 옷장Les Armoires Vides》이 대표적이다. 또한 1960년에는 런던에서 일종의 베이비시터인 오페어로 일했는데, 이 경험을 바탕으로 2016년 《소녀의 기억Mémoire de Fille》을 썼다. 그녀는 논쟁의 여지가 있는 소재인 낙태와 불륜을 다루기도 했다. 모두 사회의 관습적으로 만들어진 시스템 안에서 고개 숙일 수밖에 없는 약자이자 소외 계층인 여성의 아픔을 다룬 것이다.

82세라는 늦은 나이에 노벨문학상을 수상한 에르노는 이전 수상 경력도 화려하다. 1984년 자전적인 요소가 역시나 강한 《남자의 자리La Place》로 르노도상을 수상했고, 2008년에는 전후부터 오늘날까지의 현대사를 조망한《세월 Les Années》로 마르그리트 뒤라스상, 프랑수아 모리아크상, 프랑스어상, 텔레그람 독자상을 수상했다. 2011년에는 12편의 자전 소설과 사진, 미발표 일기 등을 수록한 선집《삶을 쓰다 Ecrire la Vie》가 갈리마르 총서에 실렸는데, 생존하는 작가가 이 총서에 편입되기는 처음이었다고 한다.

수많은 수상 경력도 모자라 2003년에는 그녀의 이름을 딴 아니 에르노상이 제정되었다. 에르노는 이제 수상자일 뿐만 아니라 상 수여자가 된 것이다. 그리고 마침내 2022년 노벨문학상 수상자가 되었다. 프랑스는 지금껏 가장 많은 노벨문학상 수상자(16명)를 배출했지만, 여성 작가는 아니 에르노가 처음이었다.

이룰 수 없는
사랑에 대한 회고

1991년 출간된《단순한 열정 Passion Simple》은 열세 살 연하의 유부남과 금지된 사랑을 했던 작가의 경험을 풀어낸 자전적 작품이다. 우리나라 정서로는 쉽게 받아들이기 어려운 솔직한 경험담이어서인지는 몰라도 2001년이 돼서야 국내에 소개됐다.

주인공 여성의 시선으로 한 남자와의 사랑이 묘사된다. 이 여성은 이혼녀이고 이미 장성한 자녀들이 있다. 여성은 자녀들에게 애인이 있음을 밝힌다. 자녀들의 감정을 조금 고민하지만, 자신이 사랑하는 남자와의 만남과 감정에만 최선을 다하려고 한다. 그러나 아내가 있는 남자와의 사랑은 아무리 감정에 충실한다고 해도 행복하기는 어렵다. 사랑에는 국경도 없고 나이 차이도 중요하지 않다고 하지만, 두 사람의 관계는 사회적으로 쉽게 용납되기 힘들다.

불륜이라는 사회적 낙인에도 불구하고 작가는 여성의 사랑을 뜨거운 사랑으로 정의한다. 그리고 그녀의 사랑은 연애를 해봤던 사람이라면 모두 공감할 수 있다. 애인을 위해서 입고, 먹고, 기다리고, 준비하고. 작가는 그 과정에서 느끼는 설렘을 묘사한다. 제목 '단순한 열정'의 의미 그대로 누군가를 사랑하는 데에만 전념하고 있는 소설이다. 물론 그 결말은 헤어짐일 수밖에 없지만, 이별을 미리 알고 있다고 해서 당장 사랑하는 마음을 접는 게 옳은 것인지에 관한 질문을 던지기도 한다.

에르노의 작품은 국내에 많이 소개돼 있다. 10권이 넘는 작품이 이미 번역돼 있어서 쉽게 찾을 수 있고, 작가의 첫 작품부터 최근 작품까지 만날 수 있어서 작가의 글쓰기 변화, 성장도 느껴볼 수 있다. 에르노의 여러 작품 중에서도《단순한 열정》은 작가의 정체성을 확립한 이후의 작품이기에 에르노를 처음 접하는 독자에게 그녀의 스타일을 이해하는 데 도움이 될 것이다.

《단순한 열정》으로 프랑스 문단에 신선한 충격을 안긴 후 10년 뒤 또 다른 소설《탐닉 Se Perdre》에서는 이들의 사랑을 더 구체적으로 묘사한다. 개인의 은밀한 이야기를 대중에게 공개한 작가의 태도를 용기 있다고 해야 할까? 아니면 작가의 창작을 위한 자극이니까 그대로 용인해줘야 할까? 이런 우려에 대해 에르노는 한 인터뷰에서 "이런 이야기들을 숨김없이 털어놓는 것을 나는 부끄럽게 생각하지 않는다"라고 말하기도 했다.

작가는 부끄러워하지 않았다. 다만, 자녀들에게 연애를 공개했음에도 성관계를 묘사한 부분이 아이들에게 노출되는 것이 불편했으며, 오히려 사랑하는 사람에게 집착하게 됨으로써 생기는 문제가 있었다고 고백했다. 또한 작가는 이별 후에 오는 감정의 전환에 대해서도 언급한다. 연애할 때는 열정 속에서 살았기 때문에 미처 깨닫지 못했던 부분이었지만, 글로 쓰게 되면서 부담을 느끼게 되고 조금 부끄러워졌다고 고백한다. 이 부분에서 글쓰기의 내용이 자전적일 수는 있어도 개인이 처한 사회적 상황에서 완전히 벗어날 수 없기에 글을 쓸 때 사회학적 방법을 고려한다는 작가의 말이 다시 떠오른다.

자신의 경험에서 끄집어낸
사회의 보이지 않는 억압과 차별

소설과 영화 속에서 불륜은 흔한 주제다. 있을 법한 일, 혹은 실제 있었던 일을 다루는 창작물은 쉽게 접할 수 있다. 다만, 내가 경험한 일이 아니라 다른 사람이 경험한 일을 주로 다룬다. 그래서 독자나 관객은 편하게 읽고 관람할 수 있다. 그런데 작품이 작가의 경험담이라면 받아들일 때 멈칫할 수밖에 없다. 바로 앞에서 당사자가 고백하는 모습이 연상되기 때문이다. 그 내용이 불륜 그리고 낙태 등과 같은 사회적으로 비판을 받을 만한 내용이라면 더욱 그럴 것이다.

2022년 에르노는 "개인 기억의 뿌리, 소외, 집단 통제를 드러낸 용기와 임상적 예민함"이라는 이유로 노벨문학상을 수상했다. 작품을 읽기 전에는 수상 이유에 대해서 이해할 수 없었다. '개인 기억의 뿌리'와 '소외', '집단 통제'가 잘 연결되지 않았기 때문이다. 그러나 작가의 많은 작품이 자전적이라는 사실을 알게 되면서, '개인 기억의 뿌리'가 바로 작가의 것이었음을 알게됐다. 자전적 작품을 쓴 작가는 많지만, 대부분 작품을 자전적으로 쓴 작가는 에르노가 처음이다.

작가는 주로 계급과 성별에 따른 억압과 차별을 다룬다. 첫 작품《빈 옷장》은 작가의 스무 살 시절 낙태 경험을 다뤘고,《단순한 열정》은 유부남과의 불륜을 소재로 했다. 단순히 작품의 소재만 보면 억압 및 차별과는 거리가 있는 듯하다. 왜냐하면 낙태, 불륜은 모두 도덕적으로 옳지 않은 일이라는 가치판단이 내려지며 여전히 논쟁이 되고 있기 때문이다.

이 지점에서 작가 특유의 글쓰기, 그리고 자전적 작품이기에 가능한 절묘함이 등장한다. 낙태 결정을 내리는 여성은 결심하기까지 누구에게도 고백하지 못하며 홀로 모든 어려움을 감내해야 하고, 낙태 후에도 사회적 편견으로 인해서 소외된다. 불륜이라는 프레임에 갇힌 유부남과의 사랑도 마찬가지다. 그들이 어떤 경로로 사랑하게 됐는지는 중요하지 않다. 이미 정해진 사회 구조 속에서 그들은 비판받아 마땅한 사람들일 뿐이다. 낙태든 불륜이든 이미 정해진 집단적 가치판단으로 인해 개인은 철저히 억압받는다. 이해와 돌봄이 필요한 경우에도 그들은 위로와 격려의 대상에서 제외된다.

사회적인 분위기를 생각하면 굉장히 다루기 어려운 주제들이다. 단순한 체제 비판이 아니라 우리가 역사적으로, 혹은 관습적으로 지켜온 도덕, 윤리에 대한 의문이자 도전이며 반항이기 때문이다. 어쩌면 2020년대라는 시공간이기에 집단적 가치로 관습적으로 인정돼왔던 도덕과 윤리관에 대한 작가의 의문과 도전을 이해하고 받아줬는지도 모른다.

보편적인 질서에 던지는 묵직한 문제 제기

노벨문학상은 1901년부터 수여됐다. 수상자는 각 시대를 대표하기도 했고, 늦게라도 그 경력을 인정받아 수상자로 선정되기도 했다. 양차 대전 이후부터 냉전 시대까지 대부분의 수상자는 체제 비판자였다. 공산주의를 비판했고, 독재를 비판했다. 그러다가 냉전 이후에는 자본주의를 비판하거나 가부장적인 질서를 비판하는 작가들이 등장했다. 이어 더 시간이 흘러서는 인간중심주의에 비판을 가하기도 했고, 일방적인 가해자 비판에서 피해자도 비판의 대상이 될 수 있는 분위기가 조성됐다. 여기까지는 그래도 쉽게 받아들일 수 있는 지점이었다. 그런데 에르노는 우리 사회를 유지해왔던 보편적 원칙마저 부정하는 데까지 이른다. 조금 비판적으로 말하면 낙태와 불륜 등 전통적으로 당연히 단죄할 수 있었던 사건들에까지 예외 상황을 만들어 면죄부를 부여하고 있다.

우리는 우리 세상을 완벽한 체제라고 생각하지 않는다. 그리고 우리가 믿고 신뢰했던 절대자 '신'에 대한 믿음도 과거와 같지 않다. 이제 도덕과 윤리마저도 그 보편성을 상실하는 듯하다. 작가는 우리가 관습적으로 옳지 않다고 생각하는 주제를 다시 한번 꺼내어보자고 제안한다. 무관심과 타성에 젖은 집단 사고로 인해 사회 시스템의 울타리 안에 속하지 못한 채 소외되고 외면받는 사람들이 여전히 많음을 지적한다. 보편적 가치가 사라져가는 현대 사회에서 억압받는 개인의 문제를 더 세밀하게 제기하는 작가의 문제의식은 더 세분화되어가는 우리 사회를 이해하는 데 새로운 틀이 될 수 있을 것이다.

031

한국 최초 노벨문학상 수상자 '한강'
: 시적 언어로 달래는 삶의 고단함
《채식주의자》, 《소년이 온다》

한강

1970년 전라남도 광주시 중흥동에서 태어났다. 연세대학교 국어국문학과에 진학했고, 졸업 후 출판사 샘터사에서 근무했다. 2016년 아시아 최초로 영국의 '맨부커상 인터내셔널 부문'을 수상했으며, 2024년 한국 최초의 노벨문학상 작가로 선정되었다. 대표작으로 장편소설 『채식주의자』, 『희랍어 시간』, 『소년이 온다』, 『흰』, 『그대의 차가운 손』, 시집 『서랍에 저녁을 넣어 두었다』 등이 있다.

"역사적 트라우마에 맞서,

인간 삶의 연약함을 드러내는 강렬한 시적 산문." (2024년)

문학의 강에 온전히 잠기고 흐른
한국 최초의 노벨문학상 수상자

한강의 아버지는 영화《아제아제 바라아제》의 원작 소설을 집필한 한승원 작가이다. 아버지는 어린 딸에게 광주민주화운동 이야기를 들려주었고, 광주의 슬픔을 공감하며 자란 작가는《소년이 온다》라는 작품에서 광주의 맺힌 한을 직접 서술하기도 했다.

맨부커상에 이어 노벨문학상을 수상한 한강은 우리에게 소설가로서 더 알려졌지만, 실제로는 시인으로 먼저 등장했다. 대학 4학년 때 연세춘추가 주관한 연세문화상에서 시 부문, 윤동주 문학상을 수상했고, 1993년『문학과 사회』겨울호에《서울의 겨울》등 시 4편을 실어 시인으로 등단했다. 이어서 다음 해인 1994년 서울신문 신춘문예에《붉은 닻》이 당선되면서 소설가로 활동하기 시작한다. 이후 글 쓰기에 전념하기로 한 작가는 첫 소설집《여수의 사랑》을 출간한 후 직장을 그만두고 글 쓰기에 몰입했으며, 꾸준한 작품 활동을 인정받아 2007년 서울예술대학 문예창작과 전임교수로 임용돼 2018년까지 후학을 가르치기도 했다.

국내뿐 아니라 해외에서도 관심을 받아 2016년에는 작가의 대표작《채식주의자》가 영어로 번역되어 영어 문학권에 한강의 이름을 알리는 계기가 되었고, 높은 작품성을 인정받아 2016년 5월 17일, 오르한 파묵, 옌롄커 등 당대 유명 작가들을 제치고 아시아 최초로 영국의 '맨부커상 인터내셔널 부문'을 수상했다. 아울러 이 책에 수록된《몽고반점》은 2005년 심사위원 7명 전원일치 평결로 이상문학상을 수여할 정도로, 평단의 인정을 받았다. 이때부터 한강은 한국을 대표할 수 있는 유망 작가로 알려졌고, 마침내 2024년 한국 최초의 노벨문학상 수상자로 선정되었다.

권력에 저항한 두 가지 이야기

작가는 두 책에서 두 가지 권력을 다룬다. 하나는 사회적 권력으로, 관습, 관성, 편견 등으로 점철된 집단의 힘이다. 이 힘은 한 개인의 자유와 생각을 박탈하는 것은 물론이고, 급기야 사회적 격리까지 감행하는 횡포를 서슴지 않고 행사한다. 다른 하나는 정치적 권력으로, 국가가 시민과 국민을 무력으로 진압함으로써 일정 기간 공포로 국가를 지배하는 힘이다. 먼저《채식주의자》를 보자. 작품은 세 소설의 연작으로 이루어졌는데, 그중 하나가《채식주의자》, 그다음이《몽고반점》, 마지막이《나무 불꽃》이다.

한 여인이 등장한다. 그녀는 꿈을 꾼다. 그러고 나서, 고기를 먹지 않는다. 더 정확하게는 생명 있는 것들의 죽은 피 맛을 거부한다. 그런 그녀를 사람들은 '채식주의자'로 명명한다. 단지 꿈 때문에 고기를 먹지 않을 이유가 없다는 게 사람들의 생각이다. 정작 이유가 그것밖에 없다는 본인의 이야기는 믿지 않는다.

그저 '요즘 채식주의자가 늘고 있다더라.' 하는 식의 사회 현상으로 치부한다.

아내가 고기를 먹지 않는 바람에 덩달아 손해를 봤다고 생각한 남편은 비열하게 자신의 지위를 이용해서 아내를 괴롭힌다. 그는 처가에 연락해서 현재 아내의 상태를 일러바친다. 딸 가진 죄인이 된 장인과 장모는 연신 사과하고, 이후 여자는 가족들로부터 배척당한다. 가족 모두가 나서서 그녀에게 고기를 먹이기 위해 팔을 붙잡고 강제로 입을 벌린다. 결국, 그들의 손아귀에서 어렵게 벗어난 여자는 칼로 손목을 긋는다. 이후 여자는 남편에게 이혼당하고(채식주의자), 예술을 한다는 형부에게 강간당하고(몽고반점), 언니는 동생을 정신병원에 넣어서 완전히 사회로부터 격리시켜 버린다(나무 불꽃).

점점 야위어 가는 동생의 모습을 지켜보던 언니는 동생이 죽음으로 점점 다가가는 것을 보면서, 살아야 하지 않겠느냐고 묻는다. 그런 언니에게 동생은 "죽는 게 어때서"라고 답한다. 인간이 음식으로 사는 게 아니라 햇빛만으로도 살아갈 수 있다는 사실을 알려주려는 듯, 동생은 어떤 음식도 입에 넣지 않는다. 밖에서는 가족들이 그녀에게 강제로 고기를 먹이려 했듯이, 이제는 의사와 간호사들이 여자의 몸을 구속하고 먹을 것을 주입하려 한다. 사회로부터 격리된 사람은 결국 마음대로 죽지도 못한다. 죽음에 대한 아무런 두려움이 없는 그녀를 가리켜 사회적 권

력은 정신병이라는 진단을 내리고, 스스로 소멸할 기회조차 주
지 않는다.

2007년에 《채식주의자》를 출간하고서 7년 후, 작가는 《소년
이 온다》를 써냈다. 전작이 사회적 권력, 집단의 편견이 한 개인
의 자유를 박탈할 가능성을 고발했다면, 이번에는 국가 권력의
잔혹함을 고발한다. 작품의 때는 1980년 5월이다. 소설의 제목
'소년이 온다'는, 소년이 결코 돌아올 수 없음을 역설적으로 의
미하며, 우리가 소년과 그 시절을 기억해야 함을 설득하고 있다.
　평범한 아이가 총에 맞아 죽었다. 또 다른 평범한 이웃도 총
에 목숨을 잃었다. 혹 죽지 않았어도 살아남았음을 치욕으로 여
겨 죽음보다 더한 고통에 빠진 사람도 있다. 누가 이들을 죽이고
치욕스럽게 했을까? 이들의 생명을 절대적으로 보호해야 할 국
가가 이들에게 총을 들이댔다. 작은 금속은 피부를 뚫고 장기마
저 부숴버렸다. 오늘 저녁에 밥을 먹자고 약속하고 나간 아이가
그렇게 하늘로 떠났고, 다음 해에 대학교에 들어가 폼 나게 살고
싶어 한 학생의 작은 소망이 무참히 짓밟혔다. 이들은 소망만을
지상에 두고 구천을 떠돌게 되었다.
　작가는 등장인물의 말을 빌려 '체르노빌 원전 사태가 수십 년
이어온 것과 같다'고 우리 사회의 현실을 빗댄다. 사상을 검열하
고, 자유를 박탈하고, 서로 고발하게 한 1961년부터 1987년까

지의 세상을, 원폭 피해의 끈질기고 참혹한 후유증을 앓고 살아
가는 사람의 고통에 비유하고 있는 것이다.

부조리한 권력을 향한
소시민적 저항

두 작품은 전혀 연관성이 없다고 볼 수도 있다. 그러나 작가가
두 작품에서 다루는 주제는 비교적 명확하다. '인간의 삶' 그 속
에서의 투쟁이다. 그리고 투쟁의 대상은 권력이다. 작품 속 개인
은 나약해 보인다. 가족으로부터 배척받고 정신병원으로 보내
지고, 그곳에서도 작은 자유조차 누리지 못한다. 1980년 광주
시민도 마찬가지다. 그들은 신군부의 총 앞에서 무력하게 쓰러
진 나약한 사람들이었다.

　절대적으로 큰 사회적 권력과 국가 권력(폭력) 앞에 개인과 시
민은 어떤 저항도 하지 못했다. 적어도 짧은 시간 동안 책에서
묘사된 모습은 그렇다. 하지만 결국은 그렇지 않다고, 작가는 은
연중에 말한다. 전작에서는 '시간은 멈추지 않는다'라고 되풀이
해서 말한다. 시간은 직선이다. 그리고 시간은 변증법적 발전을
의미한다. 즉, 사회의 폭력 아래 굴복한 개인이 기지개를 켜고
일어설 날이 올 거라는 말이다. 후작에서는 '양심'을 언급한다.
양심은 보석과 같아서 사람의 이마에 그 보석이 박히는 순간 광
휘가 일어난다. 총이 내 심장을 겨누고, 죽음보다 고통스러운 고

문이 내 앞에서 자행되어 당장은 거짓 고백을 하게 되고 조롱당하더라도, 양심이 사라지지 않는 한 언젠가는 먹구름으로 가득한 흐린 세상을 물리치는 광휘가 나타날 거라는 희망을 보여준다. 작가는 거대한 권력에 저항하는 작은 움직임으로 말미암아 발전하는 인간과 세상을 상상한다.

다음으로 살펴볼 것은 인간 사고에 대한 작가의 시선이다. 전작에서는 한 여성이 채식주의자로 명명되고, 결국 사회로부터 격리된다. 그러나 정작 그녀는 채식주의자가 아니라, 죽은 것을 먹지 않으리라 다짐했을 뿐이다. 죽어가는 것에 대해 부정적으로 생각하지 않았던 그녀를 사회는 이상한 사람 취급했고 격리했으며, 곡기 투입을 강행했다. 편견은 한 개인을 파멸시킬 수 있다. 그 편견이 사회적으로 조장된 것이라면 더 그렇다. 그래서 인간은 편견에서 벗어나기 위해 '사고(思考)'를 해야 한다.

후작은 어떤가? 지금도 광주민주화운동을 있는 그대로의 역사로 보지 않고, 북한과 연관 짓는 사람들이 있다. 편견은 사고를 마비시키는 게 아니라 왜곡시킨다. 그래서 색안경을 끼고 세상을 보게 한다. 본인이 보고 싶은 색으로만 보게 하는 것이다. 이런 색안경을 벗을 수 있는 방법은 '양심의 소리'이다. '과연 내가 제대로 보고 있는 걸까'라는 자아성찰만이 색안경을 벗고 내 눈으로 세상을 볼 수 있게 한다. 한나 아렌트가 말했던 '악의 평범성'은, 사고를 멈춘 사람에게 언제든 깃들 수 있다는 사실을 이 책을 통해 떠올리게 된다.

2024 노벨문학상,
왜 한강이어야 했을까?

김대중 대통령 이후 대한민국에서 또 한 명의 노벨상 수상자가 탄생했다. 이번 수상은 여성 작가라는 점에서도 의미가 있다. 한강은 2016년에 수상한 맨부커상에 이어, 노벨문학상에서도 최초의 여성 수상자라는 기록을 세웠다. 노벨문학상의 경우, 2000년대 이전에는 여성 수상자의 수가 손가락으로 꼽을 정도였는데 2010년대부터는 여성과 남성이 번갈아서 수상을 하고 있다. 한강이 이번 노벨문학상 수상자로 꼽힌 데에는 여러 가지 이유가 있다.

먼저, 작가는 노벨문학상에서 요구하는 진보적 성향을 충분히 갖추었다. 알프레드 노벨은 노벨상을 '인류에 이바지한 자에게 수여하라'는 유언을 남겼다. 진보라는 말이 내포하는 '발전'의 의미를 계승해서, 노벨상은 보수보다는 진보에 기준을 둔다. 일반적으로 진보란 소수자들을 대변한다고 할 때, 한강의 작품이 기득권을 대하는 태도는 충분히 진보적이다. 작가의 작품은 기득권을 골리앗으로 바라보며, 골리앗에 저항해서 물매를 돌리는 다윗을 지지한다.

이러한 흐름은 한강 이전의 수상자들을 보아도 확인할 수 있다. 2022년 노벨문학상을 수상한 아니 에르노는 민감한 개인의 치부를 문학적으로 승화시켰으며, 프랑스 최초의 여성 수상자로 선정되었다. 또한 2004년에 수상한 엘프리데 옐리네크는 폭력과 자본주의 사회에 대한 비판, 페미니즘, 노골적인 성애 묘사 등으로 평단을 당혹하게 만드는 작품들을 써낸 바 있다.

권력이 무너지면 새로운 권력이 생긴다. 작가는 새로운 권력에 대해서 어떤 생각도 드러내지 않지만, 현 권력에 대한 생각은 확고하다. 노벨문학상 수상 이후, 대통령실의 환영을 거절한 일화에서도 작가의 진보적 시선을 가늠할 수 있다.

이처럼 아시아 여성 작가, 진보 성향, 대중적이지 않은 글 쓰기 등은 노벨문학상 심사위원들이 눈여겨볼 수밖에 없는 요소들이었다. 또 한 가지 이유를 덧붙이자면 '국력'을 들 수 있을 것이다. 대한민국의 경제력은 세계 10위권이며, '한류'는 세계 문화의 주류에 속한다고 해도 과언이 아닐 것이다. 아시아의 다른 나라와 비교하자면, 인구가 많은 중국과 인도에서는 이미 수상자가 나왔고, 1980년대와 1990년대를 장악했던 일본도 두 명의 수상자를 배출했다. 이들 아시아 수상자가 모두 남성이었다는 점을 고려할 때, 한강이 서 있는 좌표는 분명히 유리했다.

시는 언어의 본질

독일의 철학자 마르틴 하이데거는 "시는 언어의 본질"이라고 말하면서 시야말로 언어의 절정이라고 극찬한다. 한강이 《채식주의자》, 《소년이 온다》, 《흰》, 《희랍어 시간》 등에서 보여준 언어는 시어였다. 시인으로 먼저 등단한 작가답게, 시와 산문을 실험적으로 섞어서 압축적이면서도 풍성하게 글을 풀어낸다. 산문과 시어가 섞인 작가의 작품은 두께는 두툼하지 않아도 쉽게 읽히는 책은 아니며, 작가의 은유적 표현 앞에서 독자들은 잠시 멈추어 생각을 하게 된다.

한강의 작품을 읽으면서 독자들은 압축된 언어를 통해 나의 인생을 돌아보고, 내일을 생각한다. 작가가 차분하게 들려주는 이야기 속에서 인생의 애환을, 한국 사회의 부조리함을, 인간답게 살아가지 못하는 인류를 떠올리게 된다. 한강의 작품은 개인의 인생을 소환한다. 굳이 여성의 삶이라고 하지 않겠다. 아직도 소멸하지 않고 우리 사회에 존재하는 전체주의의 힘에 억압받는 개인의 모든 삶을 떠올리게 한다. 그리고 억울하게 죽어간 생명, 하늘이 정해준 삶을 온전히 살지 못하고 태곳적으로 돌아간 이들을 상기시킨다. 작가의 언어는 결국, 억압받는 자들에게 고개를 들라는 주문이고, 그 주문을 들은 자가 자각하고 기억하기를 바란다는 메시지를 전달한다. 책 읽는 행위가 작가와의 대화라고 한다면, 작가의 단단한 글을 통해 충분히 대화를 나눈 독자들은 모호한 암호가 아닌 선명한 메시지를 얻게 될 것이다.

열린 마음으로 더 넓은 세계로

나는 2007년 도리스 레싱이 노벨문학상을 수상하고 2022년 아니 에르노가 수상할 때까지 15년에 걸쳐 매년 노벨문학상 수상자의 작품을 일일이 찾아 읽었다. 한 해 한 해 설레는 마음으로 발표 전날 수상자가 누구일까 기다리고, 발표된 후에는 바로 수상 작가를 검색했다. 그리고 다음 날에는 온라인, 오프라인 할 것 없이 서점을 뒤지며 책을 구했다.

2007년 이전의 수상 작가들의 작품은 틈이 날 때마다 찾아 읽었다. 왜 그렇게까지 했을까? 우선 길지 않은 나의 인생을 보다 풍성하게 만들고 싶었다. 그리고 내가 머무는 시공간에서 겪을 수 없는 다양한 경험을 해보고도 싶었다. 이러한 풍성한 선물을 많은 사람과 나눌 기회를 얻게 되었는데, 바로 이 책《노벨문학상 필독서 30》을 쓰게 된 순간부터이다. 그러지 않아도 나는 브런치 등을 활용해 이러한 독서 경험을 연재하고 있었는데, 덕분에 15년간 이어진 독서의 결과물과 수년의 연재물을 정리할 수 있게 되었다.

다만 아쉬운 점이 있다면, 지면상의 문제로 원래 예상했던 것보다 적은 수의 작품만 실은 것이다. 1901년부터 2022년까지 노벨문학상 수상 작가는 119명에 이르지만, 이 책에서는 단지 서른 명만 소개했을 뿐이다. 그만큼 이 한 권으로는 노벨문학상의 모든 것을 담아내기에 부족하다. 그야말로 빙산의 일각, 일종의 맛보기 수준일 뿐이다. 하지만 이로 인해 많은 사람이 노벨문학상에 관심을 가질 수 있다면 이 책을 집필한 저자로서는 기쁘고 즐거운 일일 것이다. 혹시 수많은 수상 작가의 작품들 중 어느 것부터 읽어야 할지 고민되는 독자가 있었다면 이 책이 그 길잡이가 되어주리라 믿는다.

사실 '필독서'라는 개념 때문에 이 책을 쓰면서 많은 고민을 할 수밖에 없었다. 119명 작가와 작품 중 '필독'에 우선적으로 넣어야 할 작가와 작품은 무엇일까, 어떤 순서로 정리해야 할까. 아울러 프롤로그에 '문학 한 잔'이란 표현이 있듯이 소개되는 작가와 작품의 분량과 구성에 관한 고민도 이어졌다. 이런 모든 과정에 답을 내야만 했다.

다행히 편집부와 주변 지인들의 도움으로 시대별로 정리하기로 했고, 시대별로 우선적으로 읽어야 할 작가와 작품을 선정해서 리스트를 만들었다. 이런 식으로 하나씩 채워가다 보니 어느새 책 한 권의 분량이 완성되었다. 결코 쉽지 않은 여정이었지만 여러 분들의 도움으로 매듭지을 수 있었다. 나 혼자만 애쓴다고 되는 일이 아니라는 걸 새삼 깨달으면서, 여러 사람의 정성으로 나온 책이니만큼 많은 사람들한테 의미 있게 가 닿았으면 좋겠다는 소망을 가져본다. 그리고 저자로서 이 책을 읽는 독자에게 몇 가지 바람을 가져본다.

첫째, 이 책이 문학을 접하는 데 망설이는 사람들에게 좋은 안내서가 됐으면 한다. 노벨문학상을 받았다고 해서 어려운 책이라는 편견을 가지기보다는, 노벨문학상을 받았다는 것은 그만큼 수상 작가의 작품이 널리 읽히기를 원한다는 뜻이니만큼 열린 마음으로 읽어주면 좋겠다. 이 책도 그러한 면에 중점을 두었다. 아무쪼록 많은 사람이 노벨문학상 수상 작품과 친해질 수 있길 바란다.

둘째, 이 책이 중·고등학생에게도 필독서가 될 수 있기를 바란다. 1990년대 초중반에 중·고등학교를 다녔던 나는 이문열 작가의《삼국지 평전》을 읽으면서 논술을 준비했다. 당시 서울대 공대생의 합격 수기에《삼국지》가 논리적 사고에 많은 도움이 됐다는 이야기가 실리면서《삼국지》는 청소년들이 꼭 읽어야 할 책이 되었다. 지금 시대에는《삼국지》에 해당하는 것이 노벨문학상 수상 작품이라고 생각한다. 세계화 시대에 다양한 지역의 정치, 사회, 문화, 역사 등을 접근하는 데 있어서 노벨문학상 수상 작품만 한 콘텐츠는 없다고 생각하기 때문이다. 아울러 다양한 문학 기법은 물론이고, 대체로 열린 결말을 지향하고 있어서 책을 덮은 후 상상의 날개를 펼쳐야만 한다. 따라서 사고의 다양성을 추구하고 논리적 사고의 계발을 원하는 청소년들이 꼭 읽었으면 하는 바람이다.

셋째, 이 책을 읽고 사고의 범위를 좀 더 넓혔으면 좋겠다. 최소한 내 주변과 더불어 내가 살아가는 사회만큼은 돌아볼 수 있는 마음을 가졌으면 한다. 책을 읽은 독자라면 아마도 눈치챘을 것이다. 나는 각 작품 소개 말미에 작품이 가지는 의의와 그것이 현시대의 이슈에 어떻게 적용될 수 있을지 나의 생각을 정리했다. 물론 이 부분에 대해서는 읽는 독자에 따라 평가가 갈릴 수 있겠지만, 그렇게 한 이유는 작품을 읽고 작가의 이야기에만 천착할 게 아니라 우리의 이야기라고 생각하면서 주변을 한번 둘러봤으면 하는 마음이 들었기 때문이다.

넷째, 이 책이 조금이나마 문학적 상식을 가지는 데 도움이 되었으면 한다. 읽고 나면 최소한 2022년 노벨문학상 수상자가 아니 에르노이며 프랑스 최초의 여성 수상자라는 사실만큼은 알게 될 테니까 말이다.

끝으로 이 책이 나오기까지 함께 애써준 여러 사람에게 감사 인사를 전하고 싶다. 먼저 항상 나에 대한 응원을 아끼지 않는 세상에서 가장 사랑하고 존경하는 아내 김혜현과 아빠의 부탁

(강요)으로 《닐스의 이상한 모험》을 같이 읽어준 큰 딸 조안아, 글을 쓴다는 핑계로 잘 놀아주지 않는 아빠 옆에 붙어서 불평없이 뽀로로를 열심히 시청해준 막내 조주아에게 감사의 마음을 전한다. 은퇴 후 여유 있는 시간을 보내셔야 하는데도 불구하고 항상 나의 귀찮은 부탁에 적극적으로 응해주신 추태화 교수님, 먼 미국에서도 시간을 내 원고를 보고 조언해주셨던 김휘원 박사님께도 깊은 감사를 전한다. 어쩌면 가장 애착을 가지고 원고를 읽어주고 조언을 해줬을 후배 양후백, 육아로 많이 힘들 텐데도 시간을 내서 원고를 읽어준 후배 김성동과 양유정에게도 고마운 마음을 전한다. 그리고 이 책을 쓰는 동안 자주 찾았던 우리 동네 '소금 카페'의 황귀화 사장님, 작가의 고뇌에 찬 몸짓을 지켜보시다가 서비스로 맛있는 커피를 내려주신 그 마음에 진심으로 감사드린다.

노벨문학상 필독서 31

초판 1쇄 발행 2023년 2월 20일
개정판 1쇄 발행 2024년 11월 25일

지은이 조연호
펴낸이 정덕식, 김재현
펴낸곳 (주)센시오

출판등록 2009년 10월 14일 제300-2009-126호
주소 서울특별시 마포구 성암로 189, 1707-1호
전화 02-734-0981
팩스 02-333-0081
메일 sensio@sensiobook.com

책임 편집 김혜연
디자인 Design IF

ISBN 979-11-6657-178-7 (03800)

소중한 원고를 기다립니다. sensio@sensiobook.com